AF550788

PATRICK HASSEL-ZEIN

MINOVAR

Ett romantiskt science fiction-mysterium
på en homonormativ planet

(Bok 1 i Minovar-serien)

Fraktalerna på omslaget: Författarens egna digitala konst.
Omslagets bakgrund: Copyright-fritt foto från www.pexels.com.

Förlag: BoD – Books on Demand, Stockholm, Sverige
Tryck: BoD – Books on Demand, Norderstedt, Tyskland
ISBN: 978-91-7785-539-2

~ * ~ * ~

Stort tack till Wolfgang Zein, Stefan Reitersjö, Petronella Virdhedotter, Anna Eriksson, Ingeborg Müller, mamma, och alla andra som stöttat mig på olika sätt i detta projekt!

Som författare kan jag känna att jag blottar mig själv genom det jag skriver, även om det är ganska uppenbart att denna bok inte är någon självbiografi. Jag kan oroa mig för att bli kritiserad eller ifrågasatt för olika aspekter av mitt berättande, men min vilja att dela med mig av min fantasi till andra blev helt enkelt för stark.

~ * ~ * ~

Minovar

1. Prolog: Ett oväntat besök

Ute på halvön Snæfellsnes i västra Island, bara några kilometer från den trånande glaciären Snæfellsjökull, bor Geir Jónsson i en ensligt belägen gammal stuga nära stranden. Han är en ung man runt de tjugo och spenslig till kroppen. Han har kort och mörkt hår, ett litet pipskägg och runda glasögon. Han klär sig gärna i jeans och isländska ylletröjor oavsett årstid – ja, möjligen växlar han till kortbyxor om sommaren.

Denna ruggiga höstdag tar han en promenad längs den steniga stranden. Han trivs med den ödsliga tystnaden. Han betraktar nyansskillnader i stenarna som polerats av havet, gläds åt de få falnande fjällblommor som kämpat för sin existens i den karga jordmånen ända fram till hösten, och lyssnar till vågorna som sakta rullar fram och tillbaka. Solen skiner svagt genom diset vid horisonten. Snart kommer skymningen.

Geir ser ett egendomligt ljusfenomen över glaciären. ”Var det en komet? Slog den ner?” frågar han sig själv. Han går vidare i den riktning som den misstänkta kometen såg ut att vara på väg. Efter en stund ser han att längre bort, mitt på stranden, står det ett föremål som han inte känner igen. ”Är det ett tält? Men det verkar nästan vara metalliskt”, tänker han. Han anar en figur som går runt föremålet. ”Om det där är en vuxen människa, så måste den andra saken vara lika stor som en skåpbil!”

Han går närmare. Det ser ut som att någon parkerat en strömlinjeformad skåpbil utan hjul på stranden. ”Man skulle kunna tro att någon kommit hit för att spela in ett avsnitt av Star Trek”, tänker han. Liknande saker har ju hänt några gånger på senare år. ”Men borde inte någon ha informerat mig om det?”

När han är ett stenkast ifrån föremålet ropar Geir: ”God dag!” åt den okända figuren. Figuren vänder sig då mot Geir och börjar vandra mot honom, och Geir tycker det ser ut som en man.

Den främmande mannen är klädd i något som kan beskrivas som en mörkgrå motorcykeljacka med matchande byxor, han har ett verktygsbälte runt midjan och en hjälm med ogenomskinlig visir och några utstickande slangar. Figuren stannar ett par meter från Geir, och står tyst och stilla en liten stund. Sedan tar han av sig hjälmen. Framför sig ser Geir en bildskön man med asiatiska anletsdrag, bruna ögon och sammanvuxna ögonbryn. Mannen har rakat håret på huvudets sidor, och verkar ha tatuerat in leopardfläckar där.

”Definitivt en skådespelare”, tänker Geir.

Mannen håller hjälmen i sin vänsterhand, och lyfter högerhanden till en hälsning samtidigt som han säger: ”Goddag!” på isländska, men med en lite egendomlig brytning.

Geir ser att mannens handske har en tumme på vardera sidan, precis som isländska sjömäns vantar hade i gamla dagar. Han tittar på mannen och noterar dels något slags obekant logotyp eller emblem på jackan, och dels några egendomliga tecken broderade över vänstra ficklocket. Tecknen liknar något slags bokstäver, men Geir kan inte känna igen språket.

”God dag”, säger han än en gång. ”Är det någon som spelar in en film här?”

Den främmande mannen tittar ingående på Geir från topp till tå, men svarar inte.

”Förstår du inte vad jag säger?” Han växlar från isländska till engelska och frågar: ”Pratar du engelska?”

Han går ett steg närmare, men då tar främlingen ett steg tillbaka, så Geir stannar där han står. Mannen lägger ner hjälmen på marken, tar av sig sin högerhandske och petar sig i sitt högra öra. Nu noterar Geir att mannens hand ser vanskapt ut, för han verkar ha en tumme på vardera sidan av handen. Geir rynkar intuitivt med ögonbrynen och tittar förbryllat på mannens hand. Han antar att det måste vara någon slags latexprotes eller annan form av rekvisita.

”Vem är du?” frågar Geir på engelska.

”Goddag!” säger mannen igen, åter på isländska. Han fortsätter: ”Jag vill inget illa.” Där hörs samma egendomliga brytning som tidigare.

Geir kan inte placera brytningen, men tycker nästan att det låter lite som en digitaliserad röst. Han gissar att mannen har någon elektronisk utrustning som förställer rösten – antagligen ännu en del av rekvisitan för en filminspelning. Han sträcker fram sin högerhand mot mannen och växlar tillbaka till isländska när han säger: ”Jag heter Geir.”

Mannen tar Geirs hand och tittar smått undersökande på den. ”Gej”, säger han.

Det låter som att mannen säger ”gay”, och Geir kan inte hjälpa att han fnissar lite. Han repeterar sitt namn lite tydligare: ”Geirrr”, med ett rullande r.

Främlingen gör ett nytt försök: ”Geirrr”, och han låter r:et rulla lika överdrivet länge.

Geir släpper mannens hand och pekar på de obekanta broderade tecknen på hans jacka.

”Ska det vara ditt namn?”

Mannen tvekar. ”Eh... Ja. Ro-bi. Geir.”

Geir skrattar till lite. ”Me Tarzan. You Jane!” Han ler, men får bara ett förvirrat ansiktsuttryck till svars.

Geir tittar förbi mannen mot det egendomliga fordonet, och sedan tillbaka på mannen. ”Varifrån kommer du? Är du alldeles ensam?”

”Jag kommer ensam från långt borta”, svarar mannen.

”Men vad gör du här? Och vad är det där?” Geir pekar mot fordonet.

”Jag söker. Det är mitt skepp.”

”Skepp? Flög du i det där?”

”Ja. Jag flög. Jag söker information.”

Geir kan inte begripa hur den klumpiga saken skulle kunna flyga, men när nu mannen talar med den där lustiga brytningen, gissar han att det råder en viss språkförbistring. Han frågar: ”Kan jag hjälpa dig?”

”Kanske. Jag känner du är god. Tack för hjälpen.”

Geir känner sig förvirrad över den märklige mannen och hans hackiga sätt att prata. I sitt stilla sinne tänker han: ”Killen verkar vara osäker och lite konstig, men samtidigt ser han harmlös ut. Dessutom är han riktigt söt. Vore jag hemskt framfusig om jag bjöd hem honom?” Efter sin lilla tankepaus säger Geir högt: ”Får jag bjuda på en kopp te och en matbit hemma hos mig? Det är ju lite kyligt här ute.”

”Ja, det är lite kallt. Tack!”

Mannen ler mot Geir, som nu noterar att främlingen har ovanligt breda framtänder. Han tycker det är lite konstigt att en ensam skådespelare i full sminkning skulle dyka upp på det här sättet, men säger inget om det.

Geir bjuder in främlingen i sitt hus, tar av sig skorna och lägger sin islandströja på hatthyllan. Främlingen ser att det står flera par skor i stället innanför dörren, och att där hänger flera jackor och andra plagg.

”Ska jag klä av mig?” undrar han.

”Du får gärna ta av dig skorna. Om du vill ta av dig mer, så får du det.”

Främlingen ställer sin hjälm på hallbordet, lägger sina handskar bredvid, tar av sig sitt verktygsbälte och lägger det på golvet. Sedan börjar han ta av sig sin ena stövel. Eftersom mannen har strumpor med indelningar för varje tå, ser Geir att han inte bara har två tummar på vardera handen, utan tydligen även har en stortå på vardera sidan av foten.

Geir skrattar till och frågar skämtsamt: ”Kommer du från en annan planet?”

Besökaren hoppar till och tappar stöveln som han håller i. ”Vad?!” utbrister han.

”Jag menar, du ser uppenbarligen ut som att du ska föreställa någon slags utomjording.”

”Jag… Eh…” Mannen står mållös.

Geir förtydligar: ”Jag har aldrig sett en människa med fyra tummar och fyra stortår, och du har snygga fläckar bakom dina öron. Är det tatueringar eller bara smink?” Han nämner inte mannens ovanliga ögonbryn eller hans lite egendomliga framtänder.

Den främmande mannen viftar snabbt sina händer bakom ryggen.

Geir håller upp sina händer i en gest av fredlig välvilja. ”Förlåt! Du har inget att skämmas över”, säger han med en omtänksam röst. ”Jag gillar science fiction, och din kostym ser verkligen realistisk ut.”

Främlingen plockar upp stöveln och ställer den vid skostället. Han ser lite osäker ut, men tar sedan av sig den andra stöveln.

”Kan jag ta av mig min uniform också?”

Geir småskrattar och ler. ”Du får ta av dig så mycket du vill, men jag betalar inte för en strip-tease!”

Mannen ser åter förvirrad ut, men öppnar försiktigt sin jacka. Under jackan har han något slags grafitgrått underställ i ett halvglansigt syntetmaterial.

”Jag känner inte till era seder. Jag vill inte göra fel.”

”Ingen fara. Gör det som känns naturligt för dig själv!”

Geir går in i allrummet och väntar på att besökaren hängt av sig jackan och följer efter. Verktygsbältet hänger nu över hans ena axel. Geir noterar då att mannens underställ är alldeles slätt, utan fickor eller designdetaljer, ja det verkar inte ens ha några sömmar. Den enda dekorationen på dräkten är ett broderat emblem på hjärtsidan av bröstet. ”Den där kostymen klär honom väldigt bra”, tänker Geir. ”Han är riktigt snygg i den!”

Besökaren håller ut sina händer åt sidorna, och säger: ”Detta är jag.”

Geir imiterar rörelsen och säger: ”Detta är jag, och detta är mitt hem.”

”Jag har inget vapen”, lägger besökaren till.

”Inte jag heller”, imiterar Geir och känner sig lite som en imiterande papegoja.

Främlingen ser sig sakta omkring. ”Ditt hem ser fint och bekvämt ut.”

”Tack! Om du nu ’söker information’, som du sade, vill du kanske läsa mitt uppslagsverk eller surfa på nätet?” Geir pekar mot sin bokhylla.

”Jag har lite svårt att förstå vad du säger. Men jag vill gärna prata mer med dig.”

”Visst! Kan jag få bjuda på lite mat eller dricka?”

”Ja, tack!” svarar främlingen och ler lite blygt.

Geir går ut i köket och börjar plocka i skåpen. Han frågar sin gäst: ”Äter du kött?”

”Helst inte. Och inte ägg heller.”

”Går det bra med ost och mjölkprodukter?”

Främlingen ser förbryllad ut, så Geir visar upp ost och mjölk för honom. ”Det går bra”, svarar han.

”Okej. Se dig omkring så länge!”

Främlingen ser sig lite diskret om i huset. Han tittar in i Geirs arbetsrum på andra sidan av allrummet. Det sitter ett stort antal färgglada utskrifter av fraktaler uppsatta på tre av rummets fyra väggar, och det ligger en trave med fler bilder på bordet. Han tittar intresserat på bilderna och lyfter upp en som ser ut som fem rödgula fågelhuvuden med blågröna ögon. Huvudena omgärdar en femhörning som verkar vara fylld med en spiral av juveler. ”Har du gjort alla dessa vackra bilder?” halvropar han åt Geir.

”Fraktalerna? Ja, jag är lite av en dator-nörd och pysslar med programmering och grafik på fritiden.”

”De är väldigt vackra”, konstaterar besökaren. Sedan går han till Geir och det halvdukade köksbordet. Han plockar upp en liten manick ur sitt verktygsbälte. När Geir ställer fram mat på bordet, rör mannen sin manick över maten.

”Vad gör du?” frågar Geir och tittar lite smått förbryllat.

”Jag vill veta om din mat kan göra mig sjuk.”

”Varsågod, Mr Spock!”

”Jag förstår inte.”

”Du påminner mig bara om en annan skådespelare.”

Mannen tittar på stolarna runt bordet. ”Kan jag sitta här?”

”Ja, varsågod! Om du vill dricka något varmt, så har jag gjort te. Om du vill dricka något kallt så har jag fruktjuice.”

Mannen använder åter sin manick över de serverade dryckerna och undrar: ”Kan jag få prova båda?”

”Du kan få prova allt. Och om något inte smakar gott, så behöver du inte äta upp det.”

Besökaren smakar på dryckerna. ”Gott”, säger han kortfattat.

”Vad trevligt!”

Geir sitter tyst och tittar undrande på mannen. Besökaren ser den granskande blicken, ställer ner juice-glaset, tar ett djupt andetag och säger: ”Jag måste berätta. Jag känner att du inte är rädd.”

”Rädd för dig? Nej. Hurså?”

”Jag kommer från långt, långt borta.”

”Varifrån?”

”Jag har rest snabbare än ljuset.”

Geir undrar om mannen narras med honom, eller om han bara har svårt med språket. ”Nog för att du ser rätt annorlunda ut, men jag skämtade bara när jag frågade om du vore utomjording!”

”Men det är sant”, säger mannen allvarligt.

Geir ryggar till överraskat och stirrar storögt på mannen. ”Vad?” utbrister han. ”Menar du att du verkligen kommer från en annan planet?”

”Ja.” Han nickar sakta.

”Nej, jag tror inte på dig. Du ser väldigt mänsklig ut, och du talar isländska med mig. Är du en metodskådespelare, eller har du varit på en maskerad för inbitna science fiction-fanatiker?”

”Men du ser mina fingrar och mina fläckar?”

”Ja”, instämmer Geir. ”Men det är väl bara latex och smink?”

Mannen sträcker fram sina händer och säger: ”Känn på mig!”

Geir undersöker mannens händer närmare, och de extra tummarna känns verkligen äkta. Mannen drar tillbaka sina händer, ställer sig upp och drar upp sin tröja över naveln. Då ser Geir att mannen inte har en navel, utan någon slags hudflik som ser ut som en liten ficka.

”Vad är det där?” frågar han.

”Det är min äggblåsa.”

”Ursäkta?” Geir tittar på mannens mage, hans egendomliga händer och fläckarna på hans nacke, men vägrar tro att det verkligen kan vara en tvättäkta utomjording som står framför honom.

”Jag kommer från planeten Minovar”, säger mannen.

”Minovar? Så du vill säga att du är en… en ’minovaran’?”

”Ja. Men kalla mig Ro-bi!”

Mannen sätter sig ner igen och tittar över matbordet.

Geir känner sig väldigt förvirrad och säger inget mer. Han överväger om han ska tro på den främmande mannen eller ej. Medan han tänker brer han en smörgås och lägger på Gouda-ost, lite rucolasallad och inlagd gurka.

”Vill du prova en smörgås med ost och grönsaker?”

Mannen tar emot smörgåsen. ”Äter jag med händerna?”

”Ja, varsågod!”

Mannen biter av en tugga och tuggar sedan med tydlig eftertanke. Det syns att han verkligen försöker analysera varje ton av smaken innan han säger: ”Oh! Verkligen gott!”

Geir tittar med en blandning av förvåning och förtjusning på mannen och brer en smörgås åt sig själv.

”Jag har aldrig sett någon som blir så begeistrad över en enkel smörgås, och njuter av den som du!” Han tar en tugga av sin egen smörgås och fortsätter sedan: ”Men berätta, Robbi: Var har du lärt dig isländska?”

”Jag har en teknisk sak i örat. Den översätter det jag hör och det jag säger.”

”Men så avancerad teknik finns ju bara i filmer!”

Mannen kommenterar inte Geirs uttalande, utan återgår till att äta. Han säger ännu en gång ”Gott!” som ett litet barn som upptäckt en tidigare okänd godsak, och låter sig väl smaka. Geir bjuder mannen att smaka andra saker från bordet och låter honom äta ostörd.

Lite senare gör minovaranen en paus i ätandet och tittar på Geir.

”Förlåt, jag undrar... Kan du inte alls känna mig?”

”Vad menar du?”

”Du tittar. Du lyssnar. Men kan du *känna* mig?”

Geir lägger sin hand på den andres axel. ”Du menar såhär?”

”Nej, jag menar *här!*” Han pekar på sitt huvud med båda sina pekfingrar.

”Frågar du om jag kan läsa dina tankar?”

”Eh...” Minovaranen tystnar för en liten stund innan han svarar med ett smått tveksamt ”Ja?”

”Nej, vem kan det? Kan du?”

”Jag känner det du känner. Alla minovaraner kan känna.”

”Verkligen?” Geir tvivlar fortfarande på sin besökare, och tänker att han nog bara lever sig in lite väl mycket i sin karaktär i en film.

”Vet du aldrig vad andra känner?”

”Om jag umgås med dig en längre tid, så kan jag nog förstå dig bättre, men aldrig läsa dina tankar.”

”Det måste vara svårt. Då vet du inte om någon tycker om dig.”

”Nej, men det är det som gör livet spännande!”

Mannen sitter tyst en stund, och frågar sedan: ”Om du inte kan läsa mina tankar, får jag tala tydligt?”

”Du menar ’tala klarspråk’? För all del!”

”Är alla människor lika fina och trevliga som du?”

”Det finns många sorters islänningar, men tack för komplimangen!”

”Jag menar att jag tycker att du har en vacker, lång hals, och jag tycker om ditt släta och glänsande hår.”

Geir känner att han rodnar lite, och stryker håret i sin nacke. ”Jag kammade det bara med lite gelé i morse. Det är det som glänser.”

Geir ställer ner sin mugg och lägger händerna ovanpå varandra på bordet. Han lutar huvudet åt sidan och tittar på den andre när han frågar: ”Varför valde du att komma just hit?”

”Hur kan jag förklara?... Det finns speciella energiflöden här i närheten.”

”Ah, du menar de druidiska kraftlinjerna?”

”Kanske. Min mikroöversättare kan inte förklara alla ord du säger.”

”Olika kulturer på vår planet har olika ord för någon slags energilinjer i marken. Det finns en punkt här i närheten där två sådana linjer sägs korsa varandra.”

”Ja, korsning av energilinjer. Jag söker något liknande det.”

Geir skrattar till. ”Ha! Jag har alltid trott att det där bara var humbug, och så kommer en marsian på besök och frågar om dem!”

”Förlåt, jag förstår inte.”

”Åh, det gör inget. Jag tänker bara högt.”

Den egendomlige besökaren dricker den sista klunken av sitt te och lägger sina händer på bordet, som om han avsiktligt imiterar Geir.

”Vart kan jag gå för att tvätta händerna?”

”Toaletten är ute i farstun”, svarar Geir och pekar.

Besökaren ser oförstående ut, så Geir stiger upp och går ut i hallen. Minovaranen följer efter. Geir öppnar toalettdörren och gestikulerar åt mannen att gå in.

”Hur gör jag?”

Geir visar kranarna, tvålen och gästhandduken, och demonstrerar.

”Tack!” säger besökaren, går fram till handfatet, drar ner sina byxor och lyfter fram sin lem.

Geir stirrar förvånat på sin besökares privata delar och utbrister: ”Vänta!” Han vänder sig generat bort. ”Jag trodde du bara ville tvätta händerna. Om du behöver ’länsa båten’, så får du använda den vita stolen.”

Geir tar ett par steg åt sidan och lyfter på toalettlocket. ”Här! Sätt dig här!”

Mannen går med öppna byxor över till toalettstolen. Han verkar inte vara det minsta generad över sin nakenhet. Geir försöker låta bli att titta, han känner att han rodnar lite, vänder sig mot toalettstolen och säger ganska snabbt: ”Om du vill, kan du sätta dig. Om du behöver torka dig, kan du använda det här pappret, och när du är klar trycker du på den här knappen.” Sedan går Geir raskt ut och stänger toalett-dörren bakom sig.

Geir skakar oförstående på huvudet och suckar på isländskt vis: ”Jesus min!” Snart därefter går hans min dock över i ett litet förföriskt leende. Han tänker: ”Attans vad sexig han var!” och mimar ett ohörbart ”Woof!” av uppskattning.

När besökaren kommer ut igen frågar han: ”Är du blyg att se mig naken?”

Geir generas nästan över den oväntat direkta frågan. ”Ja... Alla jag känner brukar vara mer... hemlighetsfulla om sina privata delar.”

”Men du tycker om att titta på mig?”

”Jag... Jag tycker du ser... trevlig ut.”

”Men du tyckte om att se mig utan kläder?”

Geir tittar förbryllat på minovaranen. ”Jag känner dig inte. Jag brukar inte titta på nakna främlingar.”

”På min planet är vi inte blyga över våra kroppar.”

”Du envisas att prata som om du verkligen är från en annan planet!”

”Du har sett mitt skepp. Du ser att min kropp är annorlunda. Varför tror du inte på mig?”

Geir känner sig inte övertygad. ”Men det är ju helt absurt!” protesterar han. ”Hur kan en utomjording se så mänsklig ut?”

”Ser mina händer och min äggblåsa mänskliga ut? Jag känner dina känslor, och du tycker om mig. Hur kan jag veta det?”

”En vild gissning!”

”Men jag har rätt. Eller hur?” Mannen ler lite finurligt mot Geir, som vänder sig bort utan att säga något.

Besökaren lägger till: ”Jag gillar dig också. Jag skulle gärna vilja se dig naken.”

Geir drar snabbt tillbaka huvudet, höjer på ena ögonbrynet och tittar mannen i ögonen. ”Ursäkta? Vet du inget om romantik?”

”Jo. Jag vet mycket om romantik.” Mannen går fram till Geir och ger honom en kyss mitt på munnen. Geir ryggar än en gång tillbaka av förvåning. Minovaranen tittar oförstående på honom. ”Gör jag något fel?”

”Fel? Nej, men du går lite snabbt fram för mig.”

”Förlåt! Misstolkade jag dina känslor?”

”Mina känslor kanske säger en sak, men mitt intellekt är inte riktigt med på noterna.” Geir klappar den flirtige minovaranen på axeln. ”Men det gör inget.”

Geir går tillbaka till bordet. ”Hjälper du mig att duka av?”

När de dukat undan allt från bordet, säger Geir: ”Nu ska jag visa dig vad jag menar när jag talar om romantik.” Han stoppar in en skiva med romantisk klassisk musik i CD-spelaren, dämpar belysningen, går fram till eldstaden och tänder en brasa. Hans besökare betraktar honom nyfiket.

Geir sätter sig i soffan framför eldstaden, klappar på platsen vid sin sida med handflatan och säger: ”Kom och sätt dig!”

Den andre slår sig varsamt ner, tittar som hastigast på Geir och sedan in i den flammande brasan. Båda männen sitter tysta för en stund innan Geir säger: ”Jag tycker det är så meditativt att sitta och titta in i en brasa.”

”Vi tänder nästan aldrig brasor hemma på Minovar.”

”Så tråkigt.” Geir tar hans hand i sin och ser djupt i hans ögon. ”Tycker du inte att det är behagligt?”

”Jo, det känns mycket hemtrevligt!”

Elden sprakar och ljuvlig musik flödar i rummet. Geir lägger handen mot den andres kind, vrider hans ansikte mot sitt och ger honom en kyss. ”Det blir så behagligt varmt också”, lägger han till med mjuk röst, och börjar dra upp den andres tröja för att försiktigt smeka hans mage och bröst.

Nästan med det samma får han gensvar i samma mynt. När minovaranen sakta drar upp Geirs skjorta ur byxorna viskar han: ”Jag gillar romantik på ditt sätt!”

När besökaren drar av sig sin tröja, ser Geir att hans överarmar och rygg är helt täckta av leopardfläckar. ”Wow!” utbrister han. ”Vilket underbart vackert mönster! Det är ju nästan som fraktaler!” Han smeker fascinerat fläckarna med sina fingerspetsar, vilket uppenbarligen framkallar en njutningskänsla.

”Mmm!” stönar utomjordingen av välbehag. ”Mina fläckar är känsliga!”

”Tack för tipset!” Geirs smekande fingrar följer fläckmönstret ner till byxlinningen. Han frågar: ”Hur långt går dina fläckar, Robbi?”

”Undersök, så får du se!” uppmuntrar den andre och knäpper upp sina byxor.

Nästa morgon äter de båda frukost tillsammans. Utomjordingen verkar tillbakadragen och Geir tycker det känns som ett lite konstigt beteende med tanke på den väldigt romantiska kväll och heta natt de båda haft tillsammans. Han försöker lätta upp stämningen lite.

”Jag hade nog aldrig trott att jag skulle få se en utomjording under mitt liv. Sedan kommer en så vacker minovaran som du på besök, och det visar sig att du dessutom är bög!”

”Förlåt? Jag förstår inte. Min mikroöversättare har problem med att översätta vissa av dina ord.”

”Är det ordet ’bög’ som är svårt?”

”Ja. Kan du förklara?”

”Det betyder att en man föredrar män framför kvinnor.”

”Ah, du talar om tvåkönad fortplantning. Det har vi inte på Minovar.”

”Ursäkta? Menar du att det inte finns några kvinnor på din planet? Att alla är män?”

”Ja, alla minovaraner har samma kroppsdelar som jag.”

”Men om... Om det bara finns män, innebär det att ni får barn med varandra?”

”Ja. Vi får ägg som kläcks till pojkar.”

Geir funderar för en stund, och säger sedan: ”Det kanske är därför som du inte har någon navel.”

Utomjordingen rynkar pannan i ett par sekunder innan han förstår: ”Ah! Du menar det där söta, lilla hålet som du har på magen?”

”Ja, just det. Det som du var så fascinerad av igår.”

”Förresten så märker jag att du nu har accepterat att jag är minovaran.”

”Jag var lite tveksam igår. Idag känner jag dig bättre, men jag är inte helt övertygad.”

De fortsätter äta. Efter ett par minuter frågar besökaren: ”Geir, har du några barn?”

”Nej, jag lever helt ensam här i mitt hus.”

”Skulle du vilja bli far?”

”Kanske det. Jag tycker ju om barn. Men då måste jag träffa en kvinna som kan hjälpa mig.”

”Du kan bli far till mitt barn.”

”Även om jag inte är minovaran?”

”Vi var nakna och nära varandra igår. Ibland kan det resultera i ett barn.”

Geir skrattar lite lätt. ”Du talar lustigt, men jag förstår dig. Men ska vi inte lära känna varandra lite bättre först?”

Minovaranen blir tyst. Efter en stund lyfter han upp sin grå tröja och visar sin mage. På platsen där han inte har någon navel har nu en utbuktning uppstått. Den är formad som ett hönsägg med den smala änden upp, och ungefär så stor som en valnöt. Den känner Geir att han borde sett kvällen innan, om den funnits då.

”Är det ett ägg?” frågar Geir.

”Ja.”

”Ditt och mitt ägg?”

”Ja.”

”Du skämtar?”

”Nej.”

”Men hur är det möjligt?”

”Jag hade inte tagit med något skydd att sätta på min mage.”

”Skydd? Du menar...” Geir tystnar och tänker: ”Först påstår han envist att han är en utomjording, och nu säger han att han blivit med barn. Det här är ju helt befängt! Dessutom hade vi ju säkert sex.” Högt säger han: ”Vad är det du försöker lura i mig?”

Besökaren lägger händerna skyddande på sin mage och sänker blicken när han säger: ”Förlåt mig!”

Geir reser sig upp och går runt bordet för att titta närmare. Han sätter sig på knä vid sidan av den andre och ber honom visa ägget igen. Han tittar på mannens mage med en min full av tveksamhet, men tycker att ägget faktiskt verkar vara en del av besökarens kropp.

”Får jag känna?” frågar han.

Minovaranen tar Geirs hand och lägger den på utväxten. ”Var försiktig! Skalet har inte bildats än.”

”Finns det verkligen ett barn där inne?”

”Ja, vår son.”

Geir känner värme och ett lätt pulserande från utväxten. ”Det är varmt!” utbrister han förtjust.

Mannen tittar i Geirs ögon. ”Detta var inte planerat.”

”Du menar att du inte trodde att vi kunde få ägg tillsammans?”

”Jag är ledsen för att utsätta dig för detta! Är du arg på mig?”

”Arg? Nej. Men mycket, *mycket* förvånad!”

De förblir sittande tysta en stund. Geir tittar fascinerat på det lilla ägget, smeker sin älskares mage och kysser utväxten.

Utomjordingen smeker Geirs hår och säger: ”Tror du på mig nu?”

Geir sitter tyst en lång stund och överväger det totalt oväntade läget. Han sliter inte sin blick från ägget när han sakta och uppriktigt svarar: ”Ja. Jag tror det. Hela situationen känns fullkomligt obegriplig, men jag börjar faktiskt tro på dig.”

”Men…” Minovaranen tvekar, och säger sedan: ”Om du vill så kan jag ta bort fostret.”

Geir rycker till. Han sätter sig på stolen vid sidan av mannen och vänd mot honom. ”Ta bort?” Han skakar på huvudet. ”Varför säger du så?”

”Jag vill inte skapa problem för dig.”

”Vill du inte ha barnet?”

”Jag är beredd att göra det jag måste.”

De båda blir åter tysta. Minovaranen drar ner sin tröja över magen. ”Om vi vill ta bort barnet, så måste jag göra det idag eller imorgon.”

”Du kanske inte är medveten om det, men detta är säkert första gången en man på Jorden gör en annan man havande. Då kan vi inte vara förhastade och döda barnet.”

”Geir, du måste tänka på saken. Jag vill inte tvinga dig!”

”Jag ska tänka.”

Efter frukost diskar Geir medan hans besökare sitter tyst och skriver på en liten platta som han kallar för sin dagbok.

Efter en stund frågar Geir: ”Kommer du att stanna kvar hos mig, eller ska du åka hem till din planet?”

”Jag kan stanna tills pojken föds, men sedan måste jag åka hem. Han kan inte stanna här.”

”Jag var rädd för att du skulle säga något sådant.”

”Om jag inte åker tillbaka, finns det risk att jag orsakar en paradox. Jag kanske redan har gjort det!”

De båda sitter tysta en stund. Sedan säger minovaranen: ”Jag kan behöva din hjälp tills vår son föds.”

”Då får du tala om för mig vad jag ska göra.”

”Det är enkelt. Jag vill att du ska tycka om mig och barnet.”

”Jag tycker redan om dig.”

”Jag vet. Jag känner det. Barnet kan också känna.”

”Du menar att det lilla fostret kan läsa mina tankar?”

”Undermedvetet, ja. Och ju mer du älskar mig och barnet, desto snabbare växer det.”

”Menar du att du vill att vi ska klä av oss en stund?”

Mannen sänker blicken som om han vore blyg eller skamsen när han säger: ”Ja, jag och barnet skulle uppskatta det.”

Geir ler och säger: ”Varför verkar du plötsligt så blyg?”

”Jag har ställt till med problem för dig.”

”Ibland ger livet oss lite oväntade överraskningar. Min livsdevis är att se det positiva i vad som än händer. Om du hjälper mig att torka disken, så kan vi tända brasan om en liten stund.” Halvvägs ut mot diskbänken vänder han sig om och lägger till: ”Och sedan talar vi inte mer om att ta bort fostret.”

Hans älskare slänger ner sin dagbok på bordet och hoppar raskt upp, han går fram till Geir, ger honom en puss på kinden och säger: ”Du är underbar!”

~ * ~ * ~

En lång stund senare ligger de båda männen och omfamnar varandra i soffan. Elden har börjat falna. Geir frågar: ”Förresten, Robbi, hur lång tid tar det tills barnet föds?”

”Det är lite olika. Jag tror det kan ta ungefär tio eller elva dagar till.”

”Dagar? Sade du inte fel nu?”

”Nej. Tio eller elva Jord-dagar. Att er sol kommer att stiga upp tio eller elva gånger.”

”Det är väldigt kort tid.”

”Hur lång tid tar det innan barn föds på denna planet?”

”Nio månader.”

”Oh!”

Geir funderar lite, och känner att han vill fråga en helt annan sak: ”Men Robbi, skulle du inte kunna prata lite på ditt eget språk för mig?”

”Vänta lite! Jag måste stänga av mikroöversättaren.” Minovaranen sträcker sig efter sitt verktygsbälte och tar fram en liten dosa som påminner om en smart telefon. Han knappar på dosan och säger sedan en mening.

Geir rynkar förvånat på ögonbrynen. ”Det där låter ju väldigt mycket som engelska! Du sade något om att du älskar mig och att du är ledsen över något.” Geir repeterar det han just sagt, fast på engelska.

Minovaranen tittar förvånat på Geir. ”Det stämmer”, säger han på sin variant av engelska. Sedan knappar han på dosan igen.

Geir stirrar mållös på honom. När han smält den oväntade upptäckten för en stund, konstaterar han: ”Jag tror att du har en del saker som du bör förklara för mig. En *hel* del saker!”

När männen har klätt på sig igen, går de ut och tar en promenad i den mjuka höstsolen. Geir leder dem längs den grusväg som går från stranden och förbi hans hus. Grusvägen mynnar ut vid landsvägen som går runt näset, och på andra sidan av landsvägen reser glaciären sig högt och stolt över havet. Såhär års är endast den övre halvan av glaciären snötäckt, och de grova lavastenarna och klipporna täckta av mossa har inte heller dolts under någon frost eller snö.

Utomjordingen börjar berätta: ”Det är sant att jag kommer från planeten Minovar. Den ligger knappt två dussin ljusår från Jordens sol. Både ni jordlingar och vi minovaraner kallar vårt stjärnsystem för Gliese sex-sex-sju.”

”Det måste jag kolla upp när vi kommer tillbaka!” kommenterar Geir.

Minovaranen stannar och ser Geir djupt i ögonen. ”Men det är inte hela sanningen.” Han drar ett djupt andetag. ”Jag kommer också från framtiden och jag är delvis människa.”

”Menar du att du är framtidens människa?”

”På sätt och vis. Jag har anfäder från Kina och Europa, men jag har också gener från ett ointelligent trädlevande djur som finns på Minovar.”

”Så du är en sorts hybrid?”

”Ja.” Han låter Geir smälta denna information en stund.

Sedan frågar Geir: ”Och du talar en framtida variant av engelska?”

”Det kan man säga.”

”Från vilket år kommer du?”

”Två-tre-sju-sju enligt din tideräkning. Det vill säga två-gross-sex-dussin jordiska år in i framtiden.”

”Vad?”

”Två-gross-sex…” Han ser Geirs förvånade min och inser plötsligt orsaken till förvirringen. ”Ah. Du räknar förstås inte i dussin.” Han håller upp sina tolv fingrar och spelar på ett osynligt piano i luften.

”Tja… Två gross, det är 288. Och sex dussin är 72. Det blir… 360 år? *Wow!* Häftigt! Du är full av överraskningar.” Geir tänker en stund, och säger sedan ”Men du Robbi… Om du nu har anfäder från Jorden, då visste du nog att vi kunde få barn med varandra.”

Den andre vänder bort blicken. Efter en kort betänketid tittar han åter Geir i ögonen. ”Jag försökte vända bort magen när du… när det blev som hetast. Men ibland räcker det inte. Ibland behövs det bara en enda droppe när äggblåsan är mottaglig…” Han håller upp sin vänstra hand knuten och gestikulerar med högra handens fingrar sex ormar som slingrar genom luften mot knytnäven. ”Men samtidigt betyder det att du har starka känslor för mig.”

”Hur menar du nu?”

”För att det ska bildas ett ägg behövs en katalysator: äkta kärlek. Om du inte tycker om mig, så blir det inget ägg.”

”Du menar att din äggblåsa är lite som en lögndetektor?”

”Nu gör du en rätt ovanlig liknelse, men den stämmer i stort sett.”

Geir står tyst och betraktar den andre. Sedan säger han: ”Vet du, jag är imponerad av hur bra isländska du talar idag. Du stammade rätt ordentligt igår.”

”Mikroöversättaren lär sig hela tiden. Ju mer du pratar med mig, desto bättre blir den på att översätta ditt språk.”

”Smart!” säger Geir och nickar.

De vandrar vidare i tystnad.

Efter en stund frågar Geir: ”Och vad tycker du om forntidens Island?”

”Det är vackert här. Så stilla.”

”Det tycker jag också.” De stannar till vid den egendomliga farkosten.

”Så detta är ett tidsskepp?” frågar Geir.

”Det stämmer.”

”Kan vi ta en tripp någonstans?”

”Jag vet inte om det är så bra. Jag är ju med ägg just nu.”

”Är skeppet farligt?”

”Det är en testmodell. Man måste vara försiktig.”

”Jag förstår”, säger Geir och tittar intresserat. I sitt hjärta känner han sig dock lite besviken och börjar befara att hans älskare avsiktligt undanhåller en massa information.

Minovaranen borstar bort lite smuts från skeppets ena sida. Sedan säger han med låg röst: ”Dessutom hade jag inte tillstånd att åka med tidsskeppet.”

”Du menar att du stulit det? Att du är en rymdpirat?”

”Jag var hemskt nyfiken.”

”Och nu är du nyfiken på mig?”

”Ja. Men jag lovar att jag inte ska stjäla dig – inte utan ditt medgivande!”

Geir skrattar och ger den andre en kindpuss.

”Men Geir, jag vill hemskt gärna fortsätta min undersökning av vad som finns under berget.”

”Energilinjerna?”

”Ja.”

”Hur lång tid tar det?”

”Jag vet inte. Jag vet inte var jag ska leta. Kanske måste jag leta runt hela berget.”

”Tror du att du vill krypa ner under jorden också?”

”Krypa ner? Hur menar du, Geir?”

”Det finns lavagrottor under marken. Hundratals meter långa grottor.”

”Kan du visa mig?”

”Jadå. Och jag har både hjälmar och ficklampor som vi kan använda. Men vi kanske borde vänta till imorgon? Solen går snart ner, och jag tror det börjar regna eller rent av snöa.”

”Det har du rätt i. Jag letar vidare imorgon.”

Paret går tillbaka till huset. Geir förbereder två koppar värmande te. När de sitter och myser i köket funderar han lite: ”Du, Robbi, vad är det som är så intressant med fjället, att det lockar dig att komma hit från en fjärran planet långt bort i framtiden?”

”Jag vill se om där finns något speciellt.”

”Finns det inte i framtiden?”

”Nej. Men kanske finns det nu.”

”Det där låter väldigt *skumt*.”

”Du tycker inte om det?”

”Nej, det låter definitivt *väldigt* skumt!” Geir tar en klunk till av sitt te, och försöker sedan fiska efter fler detaljer. ”Det låter lite som att du inte riktigt vet vad du letar efter. Hur ska du då kunna hitta det?”

”Jag har ett verktyg. En detektor.” Ur sitt verktygsbälte tar han fram ett föremål som liknar en lite klumpig, silvergrå GPS-mottagare. ”Jag kan ställa in den här för att leta efter olika metaller eller mineraler.”

”Den *lilla* grejen?”

”Ja. Vänta!” Minovaranen knappar på sin manick, reser sig ur sin stol och vrider sig runt i rummet. ”Jag kan till exempel se om du har något guldföremål i ditt hus.”

”Vet du, Robbi, jag tror inte jag har något guld. Eller, jo, kanske jag har…” Han ser besökaren gå fram till en gammal rakspegel i trä som står på en hylla i allrummet. Han öppnar en liten låda i spegelns botten och tar fram en gammal tobakspung. ”…min farfars vigselring”, avslutar Geir sin mening i samma stund som den andre plockar fram en guldring ur påsen. ”Det där var imponerande, Robbi!”

”Modern teknik. Det var bara ett litet exempel på vad jag kan leta efter.”

”Så du letar efter en nedgrävd skatt av något slag?”

”Kanske det.”

”Kan jag hjälpa till?”

”Vill du följa med som sällskap? Både jag och vår pojke skulle tycka om det.”

Geir ställer ner sin tekopp och sätter sig på knä framför sin vän för att smeka hans mage. ”Då ska jag förbereda en matlåda som vi kan ta med oss imorgon, så att ni båda får ordentligt med energi!”

Utomjordingen smeker hans hår och säger: ”Vi båda tackar dig innerligt!”

~ * ~ * ~

Efter ytterligare tre dagar lossnar ägget, som nu är ungefär så stort som en apelsin, från den fördjupning som minovaranen har på sin mage just på den plats där människor har en navel. Ägget har nu ett läderartat och fläckigt skal. Han lägger det på en mjuk filt i en korg, sätter sig och klappar det, pratar med det och sjunger sånger för det. Geir hjälper till så gott han kan, lagar mat åt sin älskare och ger honom och ägget så mycket kärlek han kan.

Ägget ser inte ut som något ägg Geir någonsin hört talas om, och dessutom ser han till sin förvåning att ägget varje dag växer sig allt större. ”Ägg som växer utanför förälderns kropp?” tänker han. ”Det känns som ett brott mot någon sorts naturlag!” Han känner att han måste fråga: ”Hur fungerar det här egentligen? Hur kan ägget växa utan att få någon näring?”

”Det kan ta upp fukt, gaser och stoff ur luften och från vår beröring. Dessutom kan både fostret och jag omvandla uppskattande känslor till endorfiner och energi.”

”Menar du att om jag tittar trånande på dig så blir du starkare?”

”Ja.”

”Så du behöver egentligen inte äta och dricka?”

”Jo, men om jag känner mig älskad, så behöver jag inte äta lika mycket som annars.”

”Måste du sitta och ta hand om ägget hela tiden?”

”Det är bäst att inte lämna ägget ensamt. Antingen kan jag ta det med mig i en varm väska, eller så kanske du kan ta hand om det?”

”Eller så kan du stanna hemma, och jag leta efter din mystiska skatt? Vad sägs om att vi samarbetar?” föreslår Geir.

”Jag uppskattar ditt förslag. Vilken del av arbetet vill du börja med? Äggvaktande eller att vandra runt med detektorn?”

”Jag hjälper gärna genom att ta en lång morgonpromenad. Sedan kan jag laga lunch åt oss, och så kan jag ta hand om ägget efter lunch. Ägget är ju ändå till hälften mitt, och jag vill att både du och ägget ska må bra.”

Minovaranen ler glatt, säger ”Tack, pappi!” och kramar om Geir.

En dryg vecka senare har ägget vuxit sig större än en amerikansk fotboll, större än en vattenmelon, och skalet har blivit hårt. När det kläcks, tittar en liten, svarthårig pojke fram. De lindar in pojken i ett par mjuka handdukar och sitter och gullar med honom en stund. Plötsligt slår en sak Geir: ”Men vad äter pojken?”

"Han kan äta mosad mat, välling och sådant, och han kan dricka juicer och soppor. Dessutom kan han dricka små mängder mjölk från mina bröstvårtor, vilket är nyttigt dels för att knyta sociala band och dels för att förstärka hans immunförsvar."

"Kan en alldeles nyfödd minovaransk pojke äta så varierad föda? Och kan han dricka mjölk från sin pappa? Häftigt!"

Geir gullar vidare med pojken och noterar: "Hans händer och fötter ser ganska mycket ut som dina. Och han har lika korpsvart hår som du."

"Ja, men han har dina blå ögon och precis en så rak och smal näsa som du."

Då utbrister Geir helt utan förvarning: "*Fan!* Det här är fruktansvärt! *Måste* ni verkligen åka?"

"Jag känner din frustration. Jag har försatt oss i en besvärlig situation, och nu måste jag reda upp den."

"Men kan han inte stanna hos mig under tiden?"

"Jag är hemskt ledsen, Geir, men alla skulle se att han inte är människa. Han har sex fingrar på vardera handen, han har ingen navel, och hans leopardfläckar är ganska tydliga. Dessutom har jag brutit mot lagen när jag åkte hit, och måste erkänna det inför mina överordnade."

"Men han är min *son!* Jag kan inte lämna honom!"

"Och jag vill inte lämna dig heller, men jag måste!"

"Jag kommer *aldrig* att glömma dig. Jag har haft en underbar tid med dig, Robbi."

"Säg inte så! Jag ska inte lämna dig för *alltid!*" Han tar Geirs båda händer i sina. "Vet du vad, Geir?"

"Berätta!"

"Vår son kommer aldrig att kunna glömma dig heller, för hans namn kommer alltid att påminna honom om dig."

"Hur menar du?"

"Stavelserna i mitt namn är stavelser från mina fäders namn. Vi minovaraner har seden att alltid ge våra söner en stavelse från varje faders namn. Så han skulle kunna heta 'Ro-geir', 'Bi-geir', 'Ro-jón' eller 'Bi-jón' i vårt fall."

"I så fall röstar jag för 'Ro-geir'. Det låter lite som 'Roger'."

"Då säger vi det. Roger är ett fint jordiskt namn."

Strax därefter lägger Geir till: "Jag förstår att du försöker byta samtalsämne här, men du ska veta att jag inte godkänt ditt beslut att åka ifrån mig. Vi får prata mer om det senare!"

Geir går ut till sitt arbetsrum och kommer tillbaka med en digitalkamera. "Men nu måste vi föreviga den här stunden!" säger han.

En kväll, endast två veckor efter sin ankomst, tar utomjordingen farväl av Geir. I sin famn håller den isländske pappan sin lille Ro-geir inlindad i nytvättade handdukar och samma filt som han värptes i. Korgen står redan i tidsskeppet. Geirs ögon är röda efter att han gråtit över sin älskares och sons kommande bortfärd. Som för att ge dem en privatföreställning vid deras avresa, har böljande, gröna draperier av norrsken dykt upp på himlen.

"Himlen är fantastiskt vacker ikväll!" noterar tidsresenären.

"Har ni inga norrsken på Minovar?" undrar Geir.

"Jo, men inte där jag bor, men jag tror inte att polarskenen hemma på Minovar är så här vackra."

"Det är ett tecken på att vintern är i annalkande."

Geir lägger in byltet med sin son i tidsskeppet. Har tar farväl av pojken med tårar rullandes nerför sina kinder. Han stiger ut igen.

"Jag har en liten avskedsgåva till dig. Jag har ramat in ett foto av mig och Ro-geir, så att du inte ska glömma ditt besök hos mig." Han räcker över ett litet paket som han väldigt hastigt lindat in i en utskrift av en slingrig fraktal.

"Tack, Geir! Jag kan aldrig glömma det jag upplevt här, och vad som än händer så ska jag alltid ha din gåva nära mig!"

De omfamnar och kysser varandra en sista gång. Sedan stiger minovaranen ombord på sitt tidsskepp.

”Förlåt att jag inte kan stanna, och att jag inte kan ta dig med, men jag måste se till att vår son har det bra innan jag fortsätter mitt letande.”

”Jag förstår, Robbi, även om det gör ont. Och jag lovar att jag ska fortsätta att leta med hjälp av din metalldetektor, så som du instruerat mig.”

”Tack, Geir! Jag ska försöka komma tillbaka så snart jag kan!” Han stänger skeppets dörr, och Geir backar några meter från det. Skeppet stiger sakta och stilla rakt upp, nästan ljudlöst, för att sedan hastigt skjuta iväg likt en komet.

Geir står ensam kvar på stranden och känner sig övergiven och mol allena i hela världen. I sitt hjärta vet han dessutom att ingen någonsin skulle kunna tro på honom om han berättade vad han upplevt under de senaste veckorna.

Han börjar sakta vandra tillbaka till sitt hus och suckar för sig själv. ”Jag undrar om han någonsin kommer tillbaka?” tänker han i sitt stilla sinne, och känner att ännu en tår börja rulla nerför kinden. ”Men jag ska definitivt stå fast vid mitt löfte, och fortsätta söka efter vad det nu var som Robbi letade efter.”

Han stannar upp och tittar på det dansande norrskenet. Det är extra starkt just denna kväll, och de gröna slöjorna har nu fått sällskap av både gula och röda inslag. De slingrande banden har en hypnotisk effekt, och Geir glömmer bort både tid och rum för en stund. Det känns som om en ängel lagt en tröstande hand på hans axel, och hans tårar slutar rinna.

Efter några minuter bryts magin och Geir inser att han börjat frysa, så han skyndar hem.

Han öppnar ytterdörren och stiger in i värmen. Hans ombonade hem känns plötsligt så väldigt tomt. Han ser fotografiet av sin älskare och deras son på spiselkransen och tänker: ”Om någon frågar, får jag säga att de minnesfoton jag har är från en maskerad.”

2. En efterlängtad son

Den nyblivne pappan styr tidsskeppet i riktning mot sin hemplanet i stjärnbilden Skorpionen. Det tar en stund att komma tillräckligt långt bort från Jordens solsystem, bort från solens och gasjättarnas gravitationsfält, för att kunna accelerera till överljushastighet. Geirs avskedsgåva står på instrumentpanelen. Omslagspappret med den färgglada fraktalen ligger vid sidan om.

När han vill aktivera fältgeneratorn för rymd-tids-hoppet protesterar skeppsdatorn. Skeppets motorer kan tydligen inte generera tillräckligt med energi för att göra hela resan i ett enda snabbt hopp. Det enda alternativet är att tillryggalägga resan till Minovar före själva tidshoppet. Denna resa kan han förvisso göra i en hastighet snabbare än ljuset, men det tar ändå minst tre dygn med ett skepp som detta.

Så det är bara att acceptera situationen och göra det bekvämt för sig. Som väl är så finns det en matreplikator ombord, så det råder ingen brist på föda eller förnödenheter. Minovaranen tillbringar en stor del av resetiden till att pyssla om sin son, så att han ska må bra, känna sig älskad, växa till sig och bli starkare. Han berättar sagor, sjunger sånger och gullar med pojken, så som han själv minns att han sett sina fäder och farbröder pyssla om hans egna bröder och kusiner.

Efter tre dagar kommer de fram till Minovars solsystem. Den unge fadern gör sig redo för tidshoppet tillbaka till den tid han kommer från. Först vill han bara ta en titt på sin hemplanet för att se hur den såg ut innan den blev koloniserad av människor år 2096 enligt Jordens kalender.

Egentligen finns det kanske inte så mycket anledning att undersöka den obebodda planeten, eftersom befolkningen under hans egen tid bara är en bråkdel av den på Jorden, och inte ens tio procent av planetens yta räknas som bebodd eller odlad då. Den mest uppenbara skillnaden är att här och nu finns det ingen bebyggelse, inga satelliter i omloppsbana, och inga rymdskepp på väg till eller ifrån Minovar. Det vilar en fridfull stämning över den orörda planeten, och det kommer att ta dussintals år innan de första bosättarna söker sig hit. Just nu finns det inga intelligenta livsformer på planeten.

Han susar ner under det tunna molntäcket över huvudkontinentens västkust, och ser den bukt som senare kommer att bli Archimedes City. Han knappar på panelen för att förstora den bild han ser på skärmen framför sig. Det djupblå havet glittrar i morgonsolen.

Han styr vidare norrut. Efter dryga hundra kilometer kommer han till en annan bukt där den första kolonin kommer att anläggas en dag om sjuttionio år. För sitt inre öga kan han föreställa sig huvudstadens hamns pirar som i framtiden sträcker sig ut i havet.

När han beundrat vyn för en stund, knappar minovaranen in det datum som han avreste från och aktiverar systemet för att genomföra tidshoppet. Av en för honom okänd anledning har motorerna överhettats och partikelacceleratorn i skeppet tappar energi mitt under hoppet. Acceleratorn kan inte alstra ett tillräckligt starkt takyonflöde, så tidshoppet blir för kort, och skeppet ankommer Minovar fyrtiosex jordiska år för tidigt.

Piloten försöker förbereda ett nytt tidshopp för att komma tillbaka till den tid han avreste från, men det börjar spraka och ryka ur skeppets paneler. De överhettade motorerna surrar och fräser, och varningslampor blinkar frenetiskt överallt över kontrollpanelen. Skeppet tappar styrförmågan och börjar störta okontrollerat ner mot marken.

Piloten sliter frenetiskt för att återfå kontrollen över skeppet, men motorerna svarar inte på hans kommandon. Han ser att han håller på att plöja rakt ner mot en ravin. Han försöker för allt vad han kan att styra ner i ravinens mitt, och hoppas att den å han ser längs ravinens botten ska kunna dämpa landningen en aning. ”Vad som än händer måste jag skydda min son!” tänker han stressat.

~ * ~ * ~

Det är en ljum försommardag på Minovars norra hemisfär. I söder skärs ekvatorialplanet av en enorm gråskimrande skiva av planetariska ringar. Strax nedanför ringarna skiner tre solar. Den primära solen lyser till synes ungefär lika starkt som Jordens sol, men lite rödare. De båda andra solarna skiner som ett par stora och mycket starkt lysande gula stjärnor.

Da-bao-lo och Ma-ro går och ser över sina fruktodlingar. Da-bao-lo har brunsvarta ögon och tydligt asiatiska drag i sitt ansikte. Ma-ro är blåögd och ser mer italiensk ut. Båda ser ut att vara runt trettio jordiska år gamla, om man skulle jämföra dem med människor. Båda har mörkt hår, och efter att ha levt tillsammans i snart en tredjedel av sina liv ser de vid en första anblick nästan ut som ett par bröder. För att vara exakt så ser båda lite ut som kinesiska risodlare där de går i sina löst sittande bomullskläder och skärmmössor.

Plötsligt hör männen hur ett rymdskepp skjuter ner från himlen dånande likt en komet över deras huvuden. De följer den rykande kulan över himlavalvet och ser den skjuta ner i ravinen på andra sidan av deras odlingar. Genast därefter hör de en smäll följd av ett skränande dunder – definitivt ljudet av en kraschlandning.

Ma-ro utbrister förskräckt: ”Vid alla våra solar!”

Männen slänger ifrån sig sina arbetsverktyg och rusar iväg över odlingarna.

Fältet som de springer över sluttar ner mot den sandiga ravinen där Rödån rinner fram. När männen kommer fram till den närmaste stigen ner i ravinen, ser de det rykande skeppet ligga vid den smala ån, och det syns ett rött dammoln över den rejäla fåra som skeppet rivit upp när det brakat ner. En man bär ut ett bylte och lägger det omsorgsfullt på marken en bra bit ifrån skeppet. De ropar på mannen, men han är utom hörhåll och går raskt tillbaka till sin farkost.

De båda trädgårdsmästarna skyndar så snabbt de kan nerför den slingrande och steniga stigen som leder mot ån. Den tegelröda sanden yr upp runt dem där de rusar. Plötsligt skiner ett bländande starkt vitt ljus ut från den rykande farkosten, sedan dras ljusstrålarna tillbaka in i skeppet som verkar sugas samman. Det ser ut som att farkosten hastigt skrynklar ihop för att sedan implodera på ett skrämmande ljudlöst sätt.

Männen stannar förfasade halvvägs ner i ravinen och stirrar storögt framför sig. Ma-ro stöttar sig på Da-bao-lo och gapar stort. Det finns inget kvar av farkosten, och den man de såg är till synes helt försvunnen. Männen springer vidare.

Snart hör de något som låter som ett spädbarns skrik. När de undersöker byltet på marken, finner de en till synes nyfödd minovaransk pojke inlindad i ljusblå handdukar och en uniformsjacka. Männen tittar förstummade på varandra. Ma-ro tar varsamt upp pojken i hans lindning och försöker trösta honom. Da-bao-lo tar upp jackan och granskar den. Han ser emblemet på jackbröstet.

”Se här! Är detta någon variant av Rymdflottans emblem?”

Ma-ro skakar på huvudet. ”Ingen aning. Visst, det liknar deras emblem, men det är lite annorlunda.”

De lägger ner den lille pojken på jackan och sitter hos honom en stund. Ma-ro säger med svag röst: ”Tror du att det var en av hans pappor som försvann med skeppet?” Han lägger försiktigt handdukarna tätare runt pojken.

”Han kan inte vara många dagar gammal!” konstaterar Da-bao-lo.

Pojken börjar gråta igen, så de lindar in honom i jackan och Da-bao-lo tar upp hela byltet. Han håller pojken nära sig och vaggar honom sakta i sin famn. Han ställer sig upp, ser sig om och spanar utefter den långa skåra som skeppet rivit upp i ravinens botten. ”Jag kan inte se några andra personer”, säger han.

”Jag kan inte se något annat än det där rykande diket”, konstaterar Ma-ro.

Da-bao-lo vänder sig mot sin man, som fortfarande sitter på knä. ”Kom! Det ser ut att ha lossnat en del bitar från skeppet i samband med kraschen. Vi kanske borde undersöka området?”

Ma-ro ställer sig upp och svarar med en fråga: ”Du tror inte att vi snarare borde kontakta myndigheterna? Det kan finnas strålning eller andra risker.”

”Det har du har rätt i. Vi borde ta hand om den lille också. Myndigheternas specialister kan undersöka eventuella vrakdelar.”

Männen går hem till sin gård vid sidan av odlingarna. Huset är murat i en lokal typ av sten som liknar vit marmor. Runt huset finns det välansade blommande buskar och blomsterrabatter. En låg mur löper runt tomtgränsen. Ma-ro ställer undan deras verktyg och följer sedan efter Da-bao-lo in i huset.

De lägger pojken på sin dubbelsäng och kontaktar den lokala polisen via videolänk. De talar om att de sett någon form av oidentifierat skepp störta ner i ravinen nära deras odlingar i hög hastighet, för att sedan implodera. De talar även om att de hittade en liten övergiven nyfödd pojke på platsen.

När de avslutat samtalet tar de båda männen hand om babyn, tvättar honom, gör en provisorisk blöja av en handduk, och bäddar ner honom i sina mjukaste handdukar. Ma-ro använder husets matreplikator för att tillreda lite välling åt pojken, som genast börjar äta girigt.

Medan de matar pojken, tittar männen närmare på handdukarna och jackan som han låg inlindad i. De ser att det står ”Ro-bi” broderat med moderna interplanetära bokstäver på jackan. I den ena jackfickan hittar de en slags digital bok med samma emblem som det de sett på jackan. De kan inte aktivera boken, men på framsidans ram står det ”Denna loggbok tillhör Ro-bi, son till Da-ro och Ji-bi”. I en ficka på jackans andra sida finns ett inramat foto av en man som håller ett nyfött barn i sin famn. På bilden står det skrivet med europeiska bokstäver: ”Vår förstfödde son i pappi Geirs famn. 25 oktober 2017”. Texten är skriven på modern standardengelska så som den stavas nu på 2300-talet, men med ett lite gammaldags typsnitt. De noterar också att en av handdukarna är markerad med texten ”Geir” och den andra med ”Gestir” i gammaldags skrivstil.

Just då hör de svävskyttlar susa över huset. Ur fönstren ser de två polisskyttlar flyga ner i ravinen. De låter säkerhetspersonalen undersöka olycksplatsen ostört och tittar vidare på de föremål som nu ligger på sängen.

”Detta är helt klart suspekt”, konstaterar Da-bao-lo.

”Mhm! Vi vet inte varifrån pojken kommer, och det där datumet är ju helt orimligt. Men det verkar som att hans pappor heter Ro-bi och Geir”, noterar hans make.

Da-bao-lo lyfter upp handdukarna och säger: ”Eller Geir och Gestir?”

”Men pojken är helt klart minovaransk. En av hans pappor måste vara minovaran. Geir och Gestir kan vara två medfäder.”

Da-bao-lo tittar närmare på fotografiet. ”Mannen i fotografiet bär glasögon och en gammaldags skjorta. Dessutom ser ramen inte modern ut.”

Hans make tittar närmare: ”Tror du att vi kan göra en ålders-analys av fotopappret?”

”Vet du, något säger mig att det inte skulle kunna bevisa något. Fotografiet har uppenbarligen inte legat bortglömt i någon kista i över två gross jordiska år.”

Ma-ro nickar instämmande. ”Man kanske kan analysera tryckfärgen eller materialen?”

”I så fall får vi nog visa alla sakerna för myndigheterna.”

Pojken har ätit upp sin välling. Ma-ro lyfter upp honom på sin axel och klappar honom lätt på ryggen.

”Du är en naturlig far, Ma-ro”, säger Da-bao-lo och ler.

”Vi har drömt om en egen son så länge. Jag har läst böcker om faderskap och förberett mig mentalt. Det vet du.”

”Jag vet.”

Just då hör de en svävskyttel landa på gårdsplanen framför huset. Da-bao-lo går för att öppna, samtidigt som hans make hastigt viker ihop jackan runt fotografiet och loggboken, och lägger allt på en stol vid sängen.

Utanför dörren står en storvuxen polis med rakad skalle. I skytteln kan Da-bao-lo skymta en annan polis.

”God dag! Är du Da-bao-lo?”

”Ja, det är jag.”

”Var det du som ringde angående ett oidentifierat skepp som kraschat i ravinen nära era marker?”

”Ja.”

”Kan jag få komma in och ställa några frågor?”

”Har du legitimation?”

Konstapeln visar upp en holografisk identitetsbricka och Da-bao-lo granskar den.

”Tack! Kom in!” Da-bao-lo räcker tillbaka legitimationen, stiger åt sidan och visar in polisen i vardagsrummet. Da-bao-lo bjuder konstapeln att sätta sig vid matsalsbordet. Själv sätter han sig mitt emot.

”I ert samtal till det lokala poliskontoret sade ni att ni sett något slags skepp störta ner i hög hastighet. Stämmer det?”

”Ja.”

”Och ni hävdar att det imploderade?”

”Ja, det såg så ut.”

”Skulle du och din man kunna författa en skriftlig redogörelse om era observationer?”

”Självfallet.”

”Det vore bra om jag kunde få den imorgon. Är det möjligt?”

”För all del.”

”Sedan har vi ärendet med pojken som ni hittade vid olycksplatsen.”

”Vi har tagit hand om honom medan vi väntade på er.”

”Jag skulle vilja ta ett blodprov från pojken, för genetisk analys.”

”Min make är i sovrummet och tar hand om pojken.”

”Kan vi gå dit?”

Da-bao-lo går före. När de kommer in i sovrummet ser Da-bao-lo att jackan är försvunnen från stolen, men säger inget.

Ma-ro och polisen hälsar på varandra. Polisen går genast rakt på sak: ”Är detta pojken som ni hittade?”

Ma-ro svarar: ”Ja, konstapeln. Och detta är handdukarna som han låg inlindad i.” Han räcker över handdukarna till polisen.

”Hm?” säger polisen, tittar lite på handdukarna och räcker tillbaka dem. ”Ni kan behålla dem. Jag är mer intresserad av att ta ett blodprov.”

”Gör det ont?” undrar Ma-ro.

”Det är som ett insektsbett. Kan du hålla upp pojken i din famn?”

Ma-ro lyfter upp pojken och polisen tar ett raskt prov med en modern och smidig elektronisk dosa. Den lille pojken börjar gråta, och Ma-ro försöker trösta honom.

”Vill myndigheterna ta hand om pojken nu?” undrar Da-bao-lo.

”Om ni vill sköta om pojken medan vi söker efter en släkting eller annan målsman, så får ni det. Vad jag kan se har ni tagit väl hand om honom så här långt.” Han tittar på hur Ma-ro vaggar pojken i sin famn och gör smackande ljud med tungan.

Ma-ro tittar upp och säger: ”Tack, konstapeln!”

Da-bao-lo leder polisen tillbaka till den parkerade polisskytteln och ser på när den flyger iväg. Sedan går han tillbaka till sovrummet. Ma-ro har bäddat ner pojken i sängen. Han sitter vid pojkens sida och smeker den lilles kind när Da-bao-lo kommer in i rummet.

”Ma-ro, varför gömde du undan jackan och de andra sakerna? Tror du inte att vi borde låta polisen titta närmare på dem?”

”Jag är nyfiken.”

”Tänker du starta din egen lilla utredning här?”

”Nej, men detta är ju de enda saker som säger något om vem han är!” Han tittar tyst på pojken för en stund och lägger sedan till: ”Risken är väl att de tar pojken ifrån oss om hela ärendet ser påfallande suspekt ut. Vi kanske borde hålla tyst om de här sakerna?”

De tar fram en förvaringslåda och packar ner handdukarna och jackan som de fann pojken inlindad i. De lägger även ner loggboken, men fotografiet lämnar de framme för att kunna visa pojken när han blir gammal nog för att förstå vad som hänt. Sedan ställer de in lådan i en garderob. Ma-ro tittar till pojken som nu sover.

”Bao, har du tänkt på att han ser lite asiatisk ut? Han liknar faktiskt dig!”

”Jo, och jag såg att han dessutom har lika blå ögon som du.”

”Han skulle nästan kunna vara vår egen son.”

De sätter sig och tittar tysta på pojken en stund. Sedan tittar Da-bao-lo på sin man. Han ser hur lycklig Ma-ro verkar. Han tittar ner på pojken och funderar.

”Ma-ro?”

Ma-ro tittar upp mot sin man och rätar på ryggen. ”Ja?”

Da-bao-lo tittar Ma-ro i ögonen. ”Om pojken är faderlös... Kanske vi skulle kunna adoptera honom?”

Ma-ros leende ansikte blir plötsligt gravallvarligt. ”Menar du allvar?”

”Jag menar, vi har försökt få en son i flera år. Du är redo att bli far, och jag är också redo.”

Ma-ro står tyst och ser storögt på sin man. Sedan kastar han sina armar om Da-bao-lo, kysser honom och säger: ”Ja! Låt oss försöka adoptera pojken!”

Ma-ro tittar i sin mans ögon. ”Vet du, Bao, i morse kändes det som höst i mitt hjärta. Jag har så länge längtat efter en son, och så plötsligt dyker denne lille ängel upp!”

”Det är som att någon gud besvarat våra böner.”

Ma-ro nickar instämmande. ”Pojken är en välsignelse!”

Da-bao-lo tänker en stund och säger sedan: ”Känner vi någon som kan ha en begagnad liten säng som skulle kunna passa för honom?”

~ * ~ * ~

Samma dag rapporterar medier att ett okänt objekt störtat i Röda Ravinen, utan att orsaka några nämnvärda materiella skador eller personskador. Några dagar senare får Da-bao-lo och Ma-ro läsa polisens rapport om undersökningen av olycksplatsen. De har hela tiden utgått från att det hela skulle omhuldas av hemligheter, så de blir inte direkt överraskade när rapporten inte nämner mycket som de inte redan visste. De får i stort sett bara veta att det inte finns någon skadlig strålning efter nedslaget, och att de inte behöver oroa sig för att något liknande ska hända igen.

Adoptionsärendet går ganska snabbt igenom, och utan större besvär. Man har inte kunnat hitta pojkens biologiska fäder, så man låter de båda trädgårdsmästarna ta hand om vårdnaden av den lille.

De båda männen bestämmer sig för att ge pojken ett namn baserat på stavelserna ur sina egna namn. De väljer att kalla honom ”Da-ro”, som ju dessutom verkar vara namnet på pojkens biologiske minovaranske farfar. De tycker att det är både passande och artigt att välja det namnet, och dessutom tycker de att det låter riktigt fint.

Ett par veckor senare är de nyblivna adoptivfäderna ute och arbetar på sina odlingar. Den lille pojken ligger i en bärstol, skyddad mot solarnas varma strålar av ett parasoll som hans fäder fällt upp. Plötsligt hittar Ma-ro ett okänt bränt metalliskt föremål, och han plockar upp det. Det är en avlång, platt och svagt böjd plåtbit, ungefär femtio centimeter lång och tio centimeter bred.

”Bao, tror du att detta kan vara något från kraschlandningen?”

Da-bao-lo går över till honom, tar plåtbiten, och vänder och vrider på den.

”Det ser lite ut som en plåt från en av polisens skyttlar.”

Ma-ro tar tillbaka plåten och putsar lite på den utbuktade sidan.

”Det verkar vara en del av ett tryckt emblem här.”

”Du har bra ögon, Ma-ro!”

”Ser det inte lite ut som emblemet på Ro-bis jacka?”

Da-bao-lo lutar på huvudet och plirar på plåten. ”Kanske. Det är inte mycket att gå på. Men det kan vara en del av skeppet som kraschade.”

De står och tittar på plåten en stund, sedan frågar Ma-ro: ”Ska vi lämna in den till myndigheterna?”

”Jag vet inte. Jag tror inte de behöver fler ledtrådar i sin undersökning. Vi kanske kan spara den tillsammans med jackan och de andra sakerna?”

”När pojken blir större, kan han kanske uppskatta att vi sparar på saker som kan knytas till hans livsöde?”

De bestämmer sig för att behålla plåten för sig själva, och lägger den i förvaringslådan.

3. Ett halvdussin-kalas

En vacker försommardag har Da-bao-lo och Ma-ro ordnat ett kalas för Da-ro som fyller ett halvt dussin minovaranska år – lite drygt nio jordiska år. Några grannpojkar och en del av hans klasskamrater kommer på kalaset, och hans lillebror Pe-lo-ro får självfallet vara med.

Medan barnen leker, stimmar och skrattar glatt i den soliga trädgården sitter fäderna och pratar med varandra i skuggan under några fruktträd. Bland annat passar en av de inbjudna barnens fäder på att fråga Da-bao-lo och Ma-ro hur det var att få barn tillsammans med en surrogatfader. De tycker det är lite genant att prata om saken, men betonar att de älskar Pe-lo-ro precis lika mycket som sin adoptivson Da-ro. Och pojkarna trivs ju uppenbarligen med varandra.

”Era båda pojkar ser så olika ut, men ändå liknar båda sina pappor i sina personligheter”, säger en av de besökande fäderna.

”Jag tror att personlighet handlar lika mycket om uppfostran och hemmiljö som om ren genetik”, säger Da-bao-lo. De flesta andra fäderna nickar mer eller mindre instämmande.

”Men om en pojke är medveten om att han är annorlunda”, invänder en av papporna, ”så kan det påverka hur han ser på sig själv. Han kan känna att han inte har samma förutsättningar på sin väg genom livet.”

”Vet du”, säger Ma-ro, ”ibland känns det som att Da-ro ser hur annorlunda hans lillebror är, och liksom med flit vill göra raka motsatsen mot vad Pe-lo-ro gör!”

Da-bao-lo nickar och säger: ”Jo, jag har noterat det ibland, men jag har inte tänkt på om det är för att pojkarna skulle se så olika ut eller veta att de har olika fäder. Dessutom är det ju Pe-lo-ro som ser mer avvikande ut, om man får använda ett så fult ord. Han har blont hår medan Da-ro ser ganska mycket ut som jag och Ma-ro! Borde det inte få Da-ro att känna sig mer trygg i vår närhet än vad Pe-lo-ro känner sig?”

”Vet du, Da-bao-lo”, säger en av de andra papporna, ”oavsett varför han gör det ena eller det andra, så tycker jag det ser ut som att ni gör ett jättebra jobb med båda era grabbar.”

”Tack, William!” säger Ma-ro. ”Jag tycker att ni gjort ett bra jobb med er Ti-wi också. Han är en snäll och hjälpsam pojke.”

”Ja, jag har då ingen aning vem han brås på!” skämtar William.

”Kanske den minovaranska miljön är nyttig för både dig och er pojke?” föreslår Ma-ro.

Da-bao-lo skrattar och ger sin man en liten applåd på minovaranskt vis – med båda handflatorna uppåt. ”Heja, Ma-ro! Vi kanske borde marknadsföra Minovar som ’en planet för att bättra på den mentala hälsan’, eller något i den stilen?”

Efter en stund bär Ma-ro fram en stor chokladtårta och ett lika stort fat med Da-ros favoritkakor. Han behöver inte ropa efter de lekande pojkarna mer än en gång.

När barnen ätit sig mätta på tårta och kakor, tycker Da-bao-lo att Da-ro ska öppna sina presenter. Då smyger Ma-ro ut för att ta fram fädernas speciella present medan födelsedagsbarnet först öppnar de paket som vännerna har tagit med sig.

Allra sist kommer Ma-ro med ett riktigt stort paket.

”Pappi! Vad är det?” utbrister Da-ro storögt och upphetsat.

”Det är något du önskat väldigt länge”, svarar Ma-ro. ”Och nu tycker vi att du är stor nog att ta hand om honom.”

”Honom? Menar du att...” Pojkens ansikte skiner som en fjärde sol på himlen. ”Är det en...?” Han öppnar lådan och jublar: ”En minolor! Min alldeles egna minolor!”

Han lyfter försiktigt upp det ekorrliknande djuret ur lådan. Minoloren är ungefär lika stor som en katt, den har två framarmar, två bakarmar, sex fingrar på varje hand, en yvig svans och tofsar på öronen. De andra barnen rusar fram för att titta närmare på den mahognybruna hårbollen.

”Lyckost, du!” ropar en av pojkarna.

”Så söt!” säger en annan.

”Får jag klappa honom?” undrar lillebror.

Da-ro kramar sin nye bäste vän.

”Har du ett namn åt honom?” frågar pappa Da-bao-lo.

”Ja. Algernon. Han ska heta Algernon!” Da-ro kramar sitt husdjur och pussar det. Han känner att minoloren njuter av all uppmärksamhet, för husdjuret är precis som husse emofilt.

Alla barnen blir sittande en så lång stund med minoloren, att Ma-ro känner att han måste säga att Algernon kanske börjar bli trött av all uppmärksamhet. ”Han är ju trots allt bara en liten valp!” förklarar han. ”Jag kan ta hand om honom, så kan ni kanske leka lite mer i det vackra vädret?”

”Det är alltid vackert väder här, pappi!” invänder Da-ro, men sedan tittar han på sina vänner och föreslår: ”Ska vi bygga en koja i ravinen?”

”Nej, det är så stenigt där, och det finns inget att bygga med”, invänder hans fräknige kamrat Ti-wi.

”Kan vi inte bygga en koja i skogen på andra sidan vägen?” föreslår hans mörke och finlemmade kompis Ga-re-ma.

”Okej!” säger Da-ro. ”Men nästa gång tycker jag att vi ska prova att bygga på en ny plats.” Han vänder sig mot Ma-ro och säger: ”Vi går över till gläntan på andra sidan gatan för att bygga en koja.”

”Okej”, svarar hans pappa. ”Klättra bara inte för högt i träden!” Sedan passar pappi Ma-ro på att visa upp minoloren för de församlade papporna, som också tycker om att gosa med den lille krabaten.

~ * ~ * ~

När lekkamraterna till sist gått hem, går Da-ro till sina pappor med minoloren i famnen. Lillebror Pe-lo-ro sitter i pappi Ma-ros knä.

”Pappa, pappi, var är jag född?”

Ma-ro tittar förvånat på sin son. ”Varför frågar du det?”

”Jo, för en av mina kompisar, Ti-wi, är född på Palo-Palo, och Ga-re-ma är född i ett rymdskepp. Men jag vet inte var jag är född.”

Ma-ro sätter sig på knä och säger: ”Vi vet inte heller. Men vi tror att du är född på Jorden.”

”Vad? På människornas planet? Varför det?”

”Men Da-ro, du vet ju att du är adopterad.”

”Jo, men jag är inte människa!” invänder pojken.

Da-bao-lo blandar nu in sig i dialogen: ”Vänta! Jag ska hämta förvaringslådan med minnessaker.” Han går ut i förrådet och hämtar lådan som de ställde undan när Da-ro var nyfödd. Han hämtar också fotografiet av Geir.

Familjen sätter sig vid matbordet. Papporna lägger fram lådans innehåll och Da-ro sätter sig med sin minolor i famnen. Da-bao-lo tar fram fotografiet först.

”Detta fotografi hittade vi i den här jackan. Vi tror att det är ett foto av en av dina pappor, och att den nyfödde pojken i fotot är du.”

”Han ser konstig ut!” säger pojken och grimaserar lite.

”Han är människa, Da-ro”, förklarar Ma-ro.

”Är två-noll-ett-sju ett årtal? Men jag är ju född i det jordiska året två-tre-tre-ett!”

”Förlåt, älskling, men vi vet inte exakt när du är född. Vi tror att du inte var mer än en vecka gammal när vi hittade dig, så det där är det datum vi räknar med”, förklarar Da-bao-lo.

”Konstigt.” Da-ro lägger undan fotoramen och tittar på jackan. ”Vems jacka är det här då?”

”Vi tror att den tillhört din minovaranske pappa”, svarar Ma-ro.

”Tror?” frågar pojken. Han klappar sitt husdjur, som gnider sitt huvud mot hans lår för att visa sin uppskattning.

”Ja, vi vet nästan ingenting. Detta är alla ledtrådar som vi har om varifrån du kommer”, försöker Ma-ro förklara.

”Vaddå? Ett foto, en jacka, en bok, en smutsig plåtbit och… vad är det här? *Handdukar?*” utbrister pojken.

”Ja, du låg inlindad i handdukarna och jackan när vi hittade dig”, säger Da-bao-lo.

”Men kom aldrig någon av mina pappor och letade efter mig?”

”Polisen gjorde eftersökningar, men det gav inga resultat. Inget minovaranskt barn hade rapporterats saknat, och polisen kunde inte hitta några anhöriga. Så därför lät de oss adoptera dig bara några veckor senare.”

”Det låter ju jätteknasigt!” protesterar pojken. ”Skulle jag vara född för länge sedan på Jorden?” Minoloren känner att pojkens känslor inte längre är så harmoniska, och den tittar lite förvånat på honom.

”Ja, älskling”, säger Ma-ro. ”Det är vad vi tror.”

”Pfh!” fräser Da-ro. ”Det låter som en saga. Får vuxna verkligen tro på sådana fantasier?” Minoloren slickar Da-ros ena hand för att locka honom till att gosa vidare. Da-ro tittar på sin pälsklädde vän och klappar honom igen.

”I det här fallet, ja”, bekräftar Da-bao-lo. ”Och vi tror just att det *inte* är någon saga.”

”Pappa?” Lillebror Pe-lo-ro drar i Da-bao-los ärm. ”Är det därför som jag inte ser ut som Da-ro?”

”Ja, hjärtat. Du är pappis, min och farbror Pe-yos biologiske son. Da-ro är adopterad”, svarar pappan.

”Jag förstår inte”, säger den lille pojken.

”Det gör inget, Pe-lo-ro”, säger Ma-ro. ”Det viktiga är att vi älskar er båda!”

Minoloren känner av omtanken runt sig, och kurrar förnöjt i födelsedagsbarnets famn.

Da-ro sitter tyst en stund och klappar sin Algernon. Sedan säger han plötsligt: När jag blir stor ska jag åka till Jorden för att se om det där knäppa fotot är på riktigt.”

Hans pappor skrattar och Da-bao-lo säger: ”Du kanske skulle kunna studera Jordens historia då?”

”Okej!” svarar Da-ro. ”Och Algernon ska hjälpa mig”, lägger han till, håller upp minoloren och pussar den på nosen.

~ * ~ * ~

En knapp vecka senare får Ma-ro ett oväntat meddelande från huvudstaden Minovar Citys sjukhus. En liten pojke har en allvarlig sjukdom och kan vara i behov av en partiell lever-transplantation. För att hitta en passande donator har läkarna sökt efter någon med samma ovanliga blodgrupp, vilket redan det var svårt. Därefter sökte de fram vilka tänkbara kandidater som hade mest matchande DNA. I samband med detta visade det sig att Da-ros DNA matchar den sjuke pojkens DNA bättre än vad någon annan kandidats DNA gör.

Da-bao-lo ryggar tillbaka en aning. ”Sade du att meddelandet var från sjukhuset?”

”Ja.”

”Inte från polisen, då?”

”Nej, varför undrar du det?” frågar Ma-ro.

”Om pojkarna nu har så lika DNA, kanske sjukhuset har hittat någon av vår sons biologiska släktingar!”

”Och du tycker vi ska kontakta dem?”

”Jag vet inte. Frågan är om det gör mer skada än nytta…”

”Men vad ska vi svara, Bao?”

”Kanske kan det vara bra om vi informerar oss närmare? Kanske Da-ro skulle kunna hamna i en liknande situation, och då kan det vara bra att veta mer.”

”Men Bao!” utbrister Ma-ro och tittar lite menande på sin man. ”Du tycker inte det kan vara bra att hjälpa medminovaraner av omtanke och medkänsla?”

”Förlåt, älskling! Du har alldeles rätt”, säger Da-bao-lo och smeker sin mans kind. ”Men vi kanske kan försöka luska lite försiktigt i vem den sjuke pojken är?”

”Pojken ligger sjuk i en allvarlig sjukdom som snart kommer att helt ha förstört hans lever, och du vill utnyttja tillfället för att ’luska’ lite i hans bakgrund? Har du ingen skam i kroppen?!” ryter Ma-ro till med arg röst.

”Förlåt, förlåt!” upprepar Da-bao-lo. ”Jag tänker bara på Da-ros trygghet.”

”Om du tänker luska, så vill jag inget veta. Nu ska jag svara på sjukhusets brev, och du kan gå och bädda soffan i vardagsrummet!”

Da-bao-lo tittar förvånat på sin man. ”Väntar vi gäster?”

”Nej. Det är du som kan sova på soffan i natt.” Ma-ro går in i sovrummet och smäller igen dörren bakom sig.

”Ojdå!” tänker Da-bao-lo. ”Det fanns visst en öm tå här. Jag får fråga Ma-ro lite diskret om det någon gång.”

Nästa morgon står Da-bao-lo i köket och lagar frukost. Det hör inte till hans vanliga sysslor, och Ma-ro känner mycket väl igen det som sin makes sätt att be om ursäkt. Da-bao-lo hälsar honom med ett glatt ”God morgon!” medan Ma-ro bara grymtar ett knappt hörbart svar.

Da-bao-lo bär fram några vackra smörgåsar och häller upp nypressad juice i glasen. Han sätter sig mitt emot sin man och försöker formulera en ursäkt: ”Förlåt att jag var så egoistisk igår!”

”Mhm”, svarar Ma-ro ganska buttert.

”Jag tycker att vi ska ställa upp för den sjuke pojken och hans fäder. De är säkert rysligt oroliga.”

”Utan några dolda avsikter?”

”Jag lovar! Garanterat!”

”Bra. För jag har redan sagt till sjukhuset att vi är överens om att vi vill hjälpa pojken. Förresten så har han tydligen kinesiskt påbrå, precis som du.”

”Men, älskling, kan jag få fråga en sak?”

Ma-ro svarar inte med ord, men gestikulerar åt Da-bao-lo att fortsätta.

”Har du någon personlig erfarenhet som gör dig lite extra berörd i denna fråga?”

”Jag blir alltid väldigt berörd av barn som är allvarligt sjuka. Jag hade ju själv en storebror som blev sjuk när jag bara var några få år gammal, och han hade kanske kunnat överleva om han fått...”

Just då kommer Pe-lo-ro ner i köket och ser att det finns fina smörgåsar serverade. Han utbrister: ”Oh! Får jag ta en smörgås?”

”Självklart, Pello!” svarar Ma-ro. Pappa Bao har lagat frukost.”

”Vad?! Har Bao lagat frukost? Kan han det?”

4. Alltid redo!

Da-ro är nu nio minovaranska år gammal. Han har gått på scoutmöten ända sedan han var fem. Scouterna på Minovar hittar på en massa spännande saker. De lär sig överlevnad och matlagning, klättrar i ravinens klippor och åker linbana över ravinen. De får lära sig om djur och natur, rymden och modern teknik, och olika sorters traditionella hantverk. Om det inte är kul, så är det inte scouting! Men det är förstås bra om man lär sig några nyttiga saker samtidigt som man har det kul.

Scouterna på Minovar har khakifärgade skjortor. För att alla ska veta att just dessa scouter kommer från Röda Ravinen, så har de halsdukar som är lika röda som sanden och stenarna i ravinen.

Förra veckan fick Da-ro och hans scoutvänner lära sig att bygga en bro över ån nere i ravinen utan att använda några verktyg. Da-ro tycker det är jättekul att få skapa och bygga saker med egna händer. Han fantiserar ofta om olika saker som han skulle vilja bygga, och målar detaljerade ritningar till ditt och datt – allt från enkla kojor i hans fäders fruktträd till enorma rymdstationer.

Just före skolans skördelov, som infaller på hösten, åker hela hans scoutavdelning på en helgresa till Minovar City, för att bland annat gå på tivoli tillsammans. De börjar dock sin utflykt med att besöka huvudstadens nyligen utbyggda historiska museum.

Museet är byggt för att likna ett gammalt italienskt palats med pelare, stuckaturer och alla krusiduller man kan önska. Som en naturlig effekt av museets design, ekar det om minsta lilla steg och av varje ord någon säger, och det är svårt att få ett drygt dussin unga scouter att inte tjattra glatt om alla spännande saker de får syn på. Scoutledarna har fullt sjå med att få dem att gå lugnt och stilla mellan de olika utställningarna och inte prata alltför högljutt.

I museet finns ett stort antal rum där man presenterar olika scener från svunna tider dels med bilder och videoinspelningar, men även med uppbyggda realistiska scener där det är tänkt att barn och skolungdom ska kunna få en handgriplig inblick i mänsklighetens och Minovars historia. Da-ro som har ett stort intresse för historia blir speciellt fascinerad av scener som illustrerar Jordens äldre epoker, människornas första rymdresor och deras utforskning av närliggande planeter.

Ett av rummen är en holografisk simulator som låter besökare göra tidsresor på låtsas, besöka fjärran platser från forntiden, och träffa olika historiskt intressanta personer. När Da-ro hittar det holografiska rummet, blir han så betagen att han fullkomligt glömmer tid och rum. Utan att ta ett enda steg besöker han den ena tredimensionella platsen efter den andra, och hoppar fram och tillbaka från århundrade till århundrade.

När de andra barnen samlas för att åka vidare till tivolit, står Da-ro kvar som fastspikad på golvet i den holografiska simulatorn. Just då tittar han på en presentation av en engelsk stad i det tidiga 2000-talet. I simuleringen åker han runt i ett pariserhjul, och är fullkomligt uppslukad av varje liten detalj av utsikten från det höga hjulet. Scoutledarna och hans kamrater får börja leta efter honom, och när de till sist hittar honom så måste de uttryckligen dra ut honom ur rummet. Men de lyckas inte dra med sig hans mentala närvaro.

Snart därefter är scouterna på tivolit och rider på ”Minovars Ringar”, kastas fram och tillbaka i den ”Vilda Forsen”, slungas hit och dit i ”Lian-Gungorna”, och tappar andan i Minovars häftigaste berg-och-dal-bana. Alla scouterna skrattar och njuter av de olika galna attraktionerna – alla utom Da-ro. Hans tankar är kvar i 2000-talet.

Da-ros kamrat Ga-re-ma börjar oroa sig för Da-ro. ”Mår du inte bra, Da-ro?” undrar han. ”Har du ätit något som du inte tålde? Eller åkte du för många varv på ’Minovars Ringar’?”

Da-ro tittar upp lite förvånat mot sin vän. ”Vad sade du?” frågar han.

”Hör du mig inte? Är du sjuk?”

”Nej. Jag bara tänkte på en sak.”

”På vad då?”

”Tidsmaskiner. Jag vill bygga en tidsmaskin!”

”Du menar en holo-simulator, som den på museet?”

”Nej. En riktig! Jag vill ta reda på om jag verkligen föddes för grossvis av år sedan på jorden.”

”Jag tror att det går lättare och snabbare att göra ett holo-program. Eller så kan du skriva en bok.”

”Nej, dumsnut! Jag ska studera och lära mig hur man kan böja rymd-tiden. Människor har i alla tider varit uppfinningsrika. Människor kan göra allt. Och minovaraner kan göra *ännu* mer!”

”Vet du, Da-ro, jag vill minnas att det där är vad som kallas ’övermod’ eller ’hybris’”, säger Ga-re-ma och stryker sitt mörka hår på ett lite divaaktigt sätt.

”Nej, din bokmal! Det kallas ’framåtanda’ och ’uppfinningsrikedom’!” invänder Da-ro med eftertryck.

~ * ~ * ~

På kvällen äter scouterna kvällsmat på den skola där de ska övernatta. Scoutledarna låter barnen leka och roa sig efter maten, i hopp om att de ska trötta ut sig så att alla kan få sova några timmar.

Da-ro är tystlåten och tänker på dagens upplevelser. En av scoutledarna kommer fram och frågar om han inte mår bra. Då undrar Da-ro om de inte kan gå tillbaka till museet nästa morgon.

”Varför vill du det, Da-ro? Glömde du någonting där?”

”Nej, men jag tyckte det var så intressant, och jag skulle vilja se mer!”

”Men vi har planerat att gå till den botaniska trädgården imorgon, och sedan ska vi åka hem. Vi hinner inte gå till museet två gånger.”

”Mina pappor är trädgårdsmästare. De har redan berättat en massa om blommor för mig!”

”Men du kanske kan be dina pappor om att få komma tillbaka och besöka museet en annan gång?”

”Det ska jag göra!” utbrister Da-ro glatt och bestämt.

~ * ~ * ~

När Da-ro kommer hem från utflykten lägger han sin packning i sitt rum och går för att ta hand om sin minolor.

”Algernon!” säger han. ”Vet du vad vi ska göra? Vi ska bygga en tidsmaskin.”

Ma-ro hör vad pojken säger och vänder sig hastigt och förvånat om.

”Vad sade du, Da-ro?”

”En tidsmaskin! Algernon och jag ska bygga en tidsmaskin.”

”Kan du inte börja med något enklare? Kanske prova på målning eller något liknande, som din lillebror? Ma-ro pekar mot Pe-lo-ro som sitter och målar av några blommor som han plockat ute på tomten. Hans akvarell är väldigt realistisk och estetiskt tilltalande.

”Jag kan inte måla så fint som Pello, men jag är duktig på teknik och astronomi. Och det är ju också viktigt!”

”Jo, det är ju förstås sant. Men jag tycker ändå att du ska försöka stå med båda fötterna kvar på Minovar.”

”Det gör jag. Men jag vill resa i tiden.”

”Varför det?”

”Jag besökte 2000-talet igår, och jag trivdes där.”

”Du gjorde *vad?*” frågar Ma-ro storögt.

”Vi var på museet i Minovar City, och jag fick besöka Jorden på 2000-talet.”

”Åh!” Ma-ro pustar lugnat ut. ”På så vis.”

”Det var jättespännande och fint. Och jag vill se mer! Kan vi åka dit någon gång snart?”

”Men du var ju där bara igår! Kanske vi skulle kunna titta på några historiska holo-filmer istället?” föreslår Ma-ro. ”Jag vet att de på Jorden nyligen spelat in en mycket uppskattad film om Alexander den Store…”

”Nej. Jag vill bygga en tidsmaskin, och det tänker jag börja göra nu på en gång!”

Ma-ro bara suckar. Han inser att det inte tjänar något till att bråka med pojken – men han tänker inte heller uppmuntra honom till att försöka bryta mot några naturlagar.

”Historia är jättespännande att studera, men jag vill lära mig mer fysik och bli en tidsforskare”, förtydligar Da-ro.

”Det låter väldigt komplicerat för någon som är så ung som du”, säger fadern med den vänligaste röst han kan uppbringa.

”Pappa Bao säger att jag är väldigt intelligent, och att jag är jätteduktig i skolan!”

”Ja, det är du.”

”Men då så!”

Ma-ro suckar uppgivet ännu en gång. ”Jag kan inte säga emot dig, älskling! Om du vill studera partikelfysik, nanoteknik eller transgalaktisk navigation, så ska du få göra det.”

”Tack, pappi!” säger Da-ro. Sedan funderar han lite. ”Men kan vi ändå åka till museet i Minovar City någon gång snart?”

”Vi får tala med Bao. Men jag kan inget lova.”

”Jag ska prata med pappa. Är han i trädgården?”

”Du kanske kan ta det lite lugnt, hjärtat? Jag ska ordna en kvällssmörgås åt dig, om du sätter dig ner.”

”Kan jag få en 1900-tals-smörgås då?”

”Men snälla du!” utbrister Ma-ro uppenbart förvirrat. ”Vad i hela friden är en 1900-tals-smörgås?”

”En som är delad i trekanter.”

”Okej. En gammaldags smörgås kommer på direkten till min lille historiker.”

”Du är Minovars bäste pappi!” utropar en leende Da-ro, och han drar fram en stol.

”Och en fin smörgås till min lille konstnär också”, lägger Ma-ro till med en blick mot sin andre son.

5. En tripp till Italien

På Jorden har man för några veckor sedan firat in år 2357. Jim Birch är tjugonio jordiska år gammal och har alldeles nyligen disputerat till doktor i arkeologi vid University of London. Han har firat sina avslutade studier med en liten skidsemester till italienska Bardonecchia, nära den franska gränsen.

Jim har mörkblont hår och gröna ögon som den strålande solen fått honom att gömma bakom polariserande glasögon. Vårsolen får de snöklädda alperna att gnistra som diamanter.

Jim känner sig glad och upprymd där han går mot nästa monorail till Turin. Stationen är nästan tom, sånär som på en reslig, ung man som står lutad mot en pelare och uppenbarligen njuter av att låta solens strålar värma sitt ansikte. Mannen är klädd i mossgröna friluftsbyxor med limegröna detaljer. Jim gillar byxornas snitt och mannens pose, så han tittar lite närmare. I Jims ögon ser mannen riktigt elegant ut.

Jim noterar att mannen har snygga sportskor, och att de ser ovanligt långsmala ut. Han vågar sig på att ta en till titt och tycker att mannen har en elegant profil och en fin näsa. ”Med hans sinne för mode bara måste han vara italienare!” tänker Jim. ”Jag skulle nästan kunna tänka mig att leka lite nakenlekar med honom!”

Precis då öppnar mannen ögonen och kisar mot Jim. ”Du tycker inte det är lite kallt för det?” säger han på standardengelska.

Jim rycker till lite förvånat. ”Ursäkta?”

”Förlåt, men jag kunde inte undvika att känna av dina trevliga känslor när vi står här alldeles ensamma.”

Den elegante mannen rättar till sitt hår. Då noterar Jim att han har en extra tumme på handen och leopardfläckar på tinningen.

”Ah! Du är minovaran?”

”Ja. Och du gillar killar?”

”Tss! Du får mig att rodna!”

”Det syns inte. Men du verkar trevlig. Vi kanske kan slå följe?”

Jim gapar. ”Du går rakt på sak, du. Men okej.” Han nickar jakande. ”Om du lovar att inte läsa alla mina tankar!”

”Jag kan bara läsa dina känslor. Men kanske du kan berätta exakt vad det var du tänkte att du ville göra med mig?” Efter en kort paus lägger han till ”Och, vet du, nu ser jag faktiskt din rodnad!”

Jim vänder bort blicken. Efter en kort stunds eftertanke frågar han, utan att titta mot mannens håll: ”Är alla minovaraner lika frispråkiga och direkta som du?”

”Kanske inte till vardags. Men vi är emofiler. Dessutom talar dina känslor och dofter ett väldigt tydligt språk, och det gör vissa diskussioner snabbare eller direkt onödiga för oss minovaraner. Jag behöver liksom inte fråga hur du mår, om jag kan känna din doft. Och beundrande tankar är som näring för oss.”

Jim vänder sig intresserat om. ”Menar du att du får energi av att någon spanar in dig?”

”Lite förenklat, men ja.”

”Så om du har en kärleksrelation med en man, så blir du aldrig trött?”

”Rent teoretiskt, ja – så länge min partner inte tröttnar på mig.”

Jim nickar. ”Fascinerande”, säger han lite tankfullt och ställer sitt bagage bredvid den främmande mannens väska.

Minovaranen står och tittar vidare rakt mot solen. Efter en stunds paus säger han, utan att vända bort blicken från solen: ”Men det var länge sedan jag hade fulladdade batterier...”

Jim stirrar storögt på mannen. ”Flirtar du med mig? Jag vet ju inte ens vad du heter!”

”Da-ro.” Han vänder blicken mot Jim och sträcker fram handen. ”Jag heter Da-ro”, säger han, ler och ger Jim ett fast handslag.

”Jim. Jim Birch.”

”Trevligt att träffas!”

Jim håller kvar Da-ros hand. Han känner det annorlunda greppet från de långa fingrarna och de dubbla tummarna. Han tittar intresserat på minovaranens hand. ”Förlåt om jag stirrar, men jag tycker dina händer ser så… annorlunda och… spännande ut.” Han vrider upp handen för en lite närmare titt innan han släpper greppet om den.

”Det stämmer rätt bra med de känslor du utstrålar. Men vänta då bara tills du får se mina fötter också!” De båda männen skrattar.

”Förresten, visste du att ’darò’ betyder ’jag ska ge’ på italienska?”

”Ge?” frågar Da-ro och håller fram sin hand i en gest som att han räcker över något.

”Ja, just det”, svarar Jim.

”Jag tror inte mina fäder hade det i åtanke när de gav mig mitt namn”, säger Da-ro och skrockar lite lätt.

Tåget kommer strax därefter, och en del människor stiger av. När Jim och Da-ro sedan stiger på tåget, blir de helt ensamma i sin vagn.

”Så, Jim…”, inleder Da-ro. ”Dina knallgröna ögon och ditt nästan röda hår får mig att tro att du är irländare, skotte eller något liknande.”

”Mestadels brittisk blandras, tror jag. Jag bor i London.”

”Så du är en storstads-kille?”

”Njae, egentligen inte. Jag har bott där medan jag studerat arkeologi.”

”Åhå? Exoplanetarisk arkeologi?”

”Delvis. Men min doktorsavhandling handlar om förhistoriska asiatiska kulturer.”

”Spännande!” säger Da-ro med en intresserad nickning.

”Och du då?”

”Nästan samma sak.”

”Verkligen? Kom igen! Det tror jag inte på.”

”Jag forskar kring tidsresor.”

”Den tekniken har väl inte uppfunnits än?!” invänder Jim.

”Nej, men jag håller på att göra det.”

”Allvarligt?”

”Jo, du! Jag var på en konferens om vetenskaplig forskning kring exotiska elementarpartiklar, som positroner och takyoner, i Turin i förra veckan. Det är temat för kapitel ett i alla böcker om tidsresor.”

”Temporalforskning? Kontakta mig när du har den första tidsmaskinen färdig!”

”Okej. Har du något emot att gå ut och äta med mig medan vi väntar?”

~ * ~ * ~

När de kommer fram till Turin, checkar de in på var sitt rum på ett hotell nära stationen. Jim föreslår: ”Jag känner till en trevlig restaurang uppe på kullarna utanför centrum, nära det stora observatoriet. Man har en härlig utsikt över Po-floden, och de serverar urgammal traditionell mat: pizza, pasta och min favorit, en speciell förrätt som heter ’farinata’!”

”Har de vegetariska alternativ?”

”Självfallet! Är du vegetarian?”

”Det är de flesta minovaraner. Och de flesta är dessutom nykterister, för vi har inte de enzymer som behövs för att förbränna alkohol. De flesta av oss reagerar mycket illa av att dricka det.”

”De har en underbar vegetarisk lasagne med pesto. Och de har en väldigt god mousserande juice också.”

”Det låter onekligen som att du har rätt bra koll på de lokala specialiteterna. Jag litar på dina förslag.”

När de åkt upp på den högsta kullen har solen redan gått ner. De går in på restaurangen och får ett bord med utsikt över den glittrande staden nedanför. Restaurangen är ganska liten, men flera bord står ändå tomma. Personalen säger att kvällen är rätt ung, och de flesta gästerna brukar komma lite senare. Dessutom är det lågsäsong just nu.

Bordet är dukat i riktigt gammaldags stil med en rödvit-rutig duk och ett levande ljus i en mässingsstake. Jim kallar på kyparen och beställer mat för dem båda. Drycken och förrätten serveras på en gång. De får två bitar vardera av en sorts brödkaka bakad på kikärtsmjöl, kryddad med svartpeppar. Da-ro skålar för sin nyfunne vän och tar en klunk av den bubblande drycken.

”Ah! Det här var verkligen uppfriskande!”

”Trevligt att du gillar det”, svarar Jim och utstöter en liten och nästan ohörbar hickning.

Da-ro skrattar till och utropar glatt: ”Det där var nog den gulligaste hickningen jag någonsin hört!”

”Jag vet, jag dricker för fort”, säger Jim lite generat.

Da-ro ställer ner sitt glas och börjar äta av sin farinata. ”Mmm! Det var överraskande gott!” kommenterar han. Sedan lägger han till: ”Och förresten så får du jättegärna hicka igen, för jag tycker det var väldigt charmigt.” Han tittar upp på Jim, som rodnar igen. ”Och dessutom är du så söt när du rodnar!”

Jim morrar lite skämtsamt mot Da-ro. ”Kan vi byta samtalsämne? Berätta lite om dig själv! Har du några syskon?”

”Jag har en lillebror, Pe-lo-ro. Mina pappor blev överförtjusta när de fick mig, och ville så gärna att jag skulle få en bror, så de bad en surrogat-pappa om assistans.”

Jim hinner inte tugga färdigt innan han måste fråga: ”Surrogatpappa? Vad är det?”

”De är visst inte genetiskt kompatibla med varandra, så de fick be en tredje man om hjälp att få ett ägg. Det är därför Pe-lo-ro har ett namn med tre stavelser.”

”Vad menar du?”

”Jag har två fäder, så mitt namn har två stavelser. Han har tre fäder, så hans namn har tre stavelser.”

”Hur många fäder kan minovaraner egentligen ha?”

”Jag har en gammal studiekamrat som har fem fäder. Det förekommer barn med dussintals fäder, men det brukar vara förknippat med speciella tempel-högtider.”

”Jag vet inte om jag vågar fråga mer om det”, säger Jim och håller handen lite diskret över munnen innan han äter vidare. Efter att ha funderat en liten stund lägger han dock ner besticken igen och undrar: ”Men om dina pappor inte är… Hur var det nu du sade? Genetiskt kompatibla? Hur kunde de då få dig?”

”Jag var ett hittebarn som de adopterade.”

”Hittebarn? Det ordet har jag bara hört i antika sagor!”

”De brukar berätta att något rymdskepp störtade och jag blev räddad ur skeppet bara några ögonblick innan det imploderade.”

”Imploderade? Det låter ju hemskt!”

”Jo, förvisso. Men deras berättelser är så osannolika att jag aldrig riktigt trott på dem.”

”Varför inte?”

”Vänta lite!” Da-ro lägger ner sina bestick och plockar fram en svart platta ur sin innerficka. Först är plattan helt blank, men när han knappar lite på den visas en digital bild. ”Se här!” säger han och lägger plattan på bordet framför Jim. ”Mina pappor säger att detta är jag i en av mina biologiska pappors famn. Ser du datumet?”

”25 oktober 2017?”

”Jag har aldrig trott på det. Jag är övertygad om att någon spexade med mig som nyfödd, eller att de var på maskerad. Jag menar, de där kläderna ser ju ut som att de är stulna från något museum!”

”Men *är* han din biologiska pappa?”

”Kanske. Jag vet inte.”

”Har du aldrig försökt leta upp någon av dina biologiska fäder?”

”Nej, jag har ju ingen aning om var jag ska leta. Men mina adoptivpappor är underbara. Och det var kanske deras sagor om tidsresor som inspirerade mig att bli temporalforskare.”

De har ätit upp förrätten och får snart huvudrätten serverad. Båda männen är rätt hungriga, så de hugger in på direkten. Efter en stund undrar Jim: ”Hur gammal är du, Da-ro?”

”Jag fyllde ett-dussin-fem ganska nyligen.”

”Förlåt? Är du bara sjutton år? Du ser snarare ut att vara närmare trettio.”

”Trettio? Du menar två-dussin-sex? Ah, du räknar förstås i jordiska år! I jordiska år är jag… låt se… Två-dussin-två! Men vi minovaraner kan mogna snabbare än människor – speciellt om våra fäder älskar oss.”

”Jag är tjugonio.” Jim funderar i några sekunder och lägger till: ”Två-dussin-fem jordiska år.”

Da-ro skrattar: ”Tack för översättningen, raring!”

”Jag tycker det är charmigt att du talar i dussin. Förresten så gillar jag din brytning också.”

Da-ro tittar Jim rakt i ögonen. ”Jag gillar dina gröna ögon skarpt!”

”Och jag tycker att dina sammanvuxna ögonbryn ser mycket spännande ut.”

”Det är ett typiskt minovaranskt särdrag. Det och de breda framtänderna”, informerar Da-ro och ler ett bländande leende.

Jim fortsätter äta och Da-ro vänder också sin koncentration till maten. Nästan direkt lägger Da-ro till med en halv viskning: ”Vi får se hur du gillar det när det ger dig huvudvärk med att räkna i gross och storgross…”

”Ursäkta?”

”Storgross? Det är ett gross gånger ett gross.”

”Precis som jag räknar med att tusen gånger tusen är en miljon?”

”Exakt.”

”Hm?” Jim funderar. ”Jag orkar inte räkna hundrafyrtiofyra gånger hundrafyrtiofyra!”

”Ajdå! Då vet jag inte om du är den rätte för mig…” skämtar Da-ro.

”Men vänta!” protesterar Jim ”Det är lite drygt tjugo tusen! Accepterar du det svaret?”

”Hmm?” svarar Da-ro med spelad tveksamhet. ”Vi får se.”

Jim spelar med i Da-ros lek och säger: ”Puh!”

Jim äter med god aptit sin lasagne. Aromen av färska grönsaker, béchamelsås och pesto är en njutning, och han tänker att det skulle kunna vara lätt att bli vegetarian om man kunde få såhär god mat varje dag. Han tar ett djupt andetag genom näsan för att känna den ljuva doften.

Då minns han en sak: ”Da-ro, har inte minovaraner extra känsliga näs-or?”

”Jo, det stämmer. Vi kan känna dofter som jordbor bara kan förnimma undermedvetet: feromoner, till exempel. Vi kan känna på doften om en man är förälskad, upphetsad, sjuk, och så vidare.”

”Ni måste vara fenomenala spioner!”

”Tja, det har sina avigsidor också.”

”Hur menar du?”

”Ju fler dofter man kan känna, desto fler otrevliga lukter stöter man på!”

”Ah. Jag förstår.”

När de ätit färdigt kommer kyparen och visar upp vagnen med efterrätter.

”Vet du, Jim, jag är proppmätt. Vad sägs om att gå till ett romantiskt café och prata vidare?”

”Vad sägs om en liten promenad och ett besök i mitt trevliga hotellrum istället?”

”Har de kaffe där?”

”Behöver du verkligen kaffe när du har mig?”

Da-ro skrattar. ”Du är intelligent, Jim. Och du lär dig fort.”

”Ja, jag har förstått att kaffe inte är det enda som kan ladda dina batterier...” viskar Jim och blinkar förföriskt antydande med ena ögat.

~ * ~ * ~

Nästa morgon sitter de båda turturduvorna i hotellets frukostsal och intar en klassisk italiensk frukost bestående av cappuccino och croissant. Jim sitter och beundrar Da-ros klarblå ögon. Da-ro, som känner behaget av de beundrande blickarna, tar varsamt Jims ena hand och kysser den. Han säger: ”Jag tycker verkligen om när du ser på mig sådär.”

”Jag kan gärna sitta och se på dig ända tills jag måste åka tillbaka till London.”

”Måste du?”

”Jag måste börja leta efter ett jobb.”

”Menar du att du inte redan fått anställning på någon intressant utgrävning?”

”Jag har väl en del erbjudanden, men...” Jim hickar samma lilla diskreta hickning som kvällen innan.

Da-ro hoppar till av förtjusning: ”Åh! Du gjorde det igen! Så gulligt!” Han ler kärleksfullt.

”Snälla! Det var bara en hickning”, invänder Jim aningen besvärat.

”Och den var urgullig!”

Jim känner sig lite generad, men samtidigt uppskattar han komplimangen. Han spelar förnärmad och grymtar ett litet otydligt ljud till svars.

Da-ro känner av Jims äkta känslor och ler bara vidare. Han äter upp den sista biten av sin croissant och säger, som om det inte vore något märkvärdigt: ”De har just inlett spännande arkeologiska utgrävningar på Minovar.”

”På *Minovar?*” utbrister Jim. ”Men det har väl aldrig funnits några inhemska intelligenta livsformer där?”

”Nej, inte vad man vet. Men det verkar ha funnits besökare innan jordlingar koloniserade planeten!” Da-ro håller upp sina tomma händer i en gest av ärlighet.

”Skämtar du?!” utbrister Jim.

”Nejdå, nejdå. Jag är gravallvarlig!”

Jim plirar på minovaranen med spelad misstänksamhet. ”Det säger du säkert bara för att du vill att jag ska komma med dig till Minovar!”

”Och om jag ljuger?” Han korsar sina armar. ”Skulle du hata mig för det?”

Jim ställer ner sin kaffekopp med högerhanden, sätter vänstra armbågen på bordet och stadgar sitt huvud med handen. Han tittar ingående och fundersamt på Da-ro.

”Skulle du våga ljuga om något så oemotståndligt frestande?”

”Så du är intresserad, då?”

”På en skala härifrån och till månen? Hela vägen dit och tillbaka!”

Da-ro imiterar Jims pose med hakan i handen och frågar: ”Och om jag berättar att jag dessutom är personligen bekant med Ga-re-ma, som är ledaren för utgrävningarna?”

”Kan jag få flytta in hos dig?”

Eftersom Jim känner Turin någorlunda väl sedan han en gång studerade italienska stenåldersfynd just här, tar han efter frukost med Da-ro på en guidad tur i staden. De tittar på olika historiska byggnader, som Mole Antonelliana och den lilla återskapade medeltida borgen. De promenerar i parker, åker spårvagn och tar till och med en båttur på floden Po.

Da-ro ligger med huvudet i Jims famn i den lilla robotstyrda båten på floden och njuter av livet. Båten har en kraftkupol som håller den uppvärmda luften inne och den kalla luften ute. Da-ro säger drömskt: ”Allt det här påminner mig om urgamla berättelser från Jorden. Jag trodde inte att denna värld fanns längre!”

”Vet du, Da-ro, jag tror att ju längre människan söker sig ut i galaxens vindlingar och vrår, desto mer sätter vi värde på vår egna hemvärld och gamla traditioner – som att hålla urgamla spårvagnar gående fastän vi har bättre och effektivare moderna alternativ.”

”Är det därför du studerat arkeologi? För att få uppleva äkta hemplanets-retro?”

”Delvis därför. Och delvis för att kunna förföra dig!” Han flirtar övertydligt med båda ögonbrynen.

”Det har du så sannerligen lyckats med, Jim! Jag har älskat historia och svunna tider så länge jag kan minnas.”

”Menar du det verkligen? Är det inte något som du säger bara för att få mig att falla för dig?”

”Nej, jag lovar!” bedyrar Da-ro. Det är helt enkelt ett otroligt trevligt sammanträffande att vi träffat varandra.”

Jim stryker Da-ros hår kärleksfullt. ”Jag hade aldrig trott att jag skulle träffa en man som kunde uppskatta den här raggningsrepliken, men kan jag få locka dig med en privat guidning på något av stadens museer imorgon? Kanske rent av det arkeologiska?"

"Åh, Jim! Du kan verkligen säga de alldeles rätta sakerna!"

~ * ~ * ~

Efter bara två till nätter i Turin måste Da-ro bege sig till det rymdskepp som ska ta honom hem till Minovar. Jim följer med honom till rymdterminalen.

"Det har varit underbart att lära känna dig, Da-ro!" viskar Jim ömt i sin älskares öra när de omfamnar varandra vid säkerhetskontrollen.

"Du behöver inte säga det, älskling. Jag hör dina känslor hur tydligt som helst."

"Men det känns skönt att säga det med ord."

"Jag älskar dig också", viskar Da-ro i Jims öra. Med starkare röst frågar han: "Åker du till London idag?"

"Jag har tänkt åka med hyperloopen. Det finns en direktförbindelse till London om en timme."

"Och när ska du posta din ansökan till arkeologerna på Minovar?"

"Tärningen är kastad! Jag postade brevet redan i morse."

"När hann du skriva det?" utbrister Da-ro förvånat.

"Jag kunde inte sova i natt, och det kändes viktigt att få iväg det där brevet."

"För min skull?"

"För vår skull, Da-ro!"

Da-ro ser Jims blick och känner hans känslor. Han stannar till, tittar på en väggklocka och utbrister: "Kom! Vi har ännu tid att ordna souvenirer!"

"Vad?" Jim förstår inte vad Da-ro talar om, när han drar iväg med Jim i raskt tempo.

Några minuter senare har de var sin uppsättning holografiska foton av varandra. Da-ro ger Jim en sista kyss och säger: "Vi ses snart igen! Jag håller alla fyra tummar för dig!" Han håller upp båda knytnävarna med tummarna instuckna under de andra fingrarna. Kort därefter vänder han sig om och går genom säkerhetskontrollen.

Jim vinkar och tänker de ömmaste tankar han kan om hur mycket han tycker om minovaranen – han vet ju att Da-ro kan känna dessa tankar lika tydligt som människor hör ord.

6. Trevliga nyheter

Det är sensommar på norra Minovar. Da-ros pappi Ma-ros födelsedag var för ett par veckor sedan, så på morgonen efter att Da-ro kommit hem utnyttjar han det som en förevändning för att bjuda ut sina pappor till en trevlig lokal bar.

Baren har en hemtrevlig atmosfär med rustika bord och gammaldags dekorationer som får lokalen att se lite ut som svunna tiders bondgårdskök på Jorden. Hemplanets-retro har på senare tiden blivit rätt populärt bland jordiska kolonier runt omkring i Vintergatan, så för vissa känns det hemskt kitschigt. Historikern i Da-ro tycker däremot om inredningen.

Här spelas lugn instrumentalmusik. Det finns män i alla åldrar i vardagskläder eller arbetskläder, en del sitter och pratar med varandra över en fika, några slappnar av med att läsa något, andra sitter och spelar schack, och ett medelålders par dansar till musiken.

Da-ro och hans fäder slår sig ner vid ett bord med utsikt över ett fält av honungsdoftande blommor i purpurröda och rödorange färger. Blommorna har långa, väldigt smala och sylvassa kronblad, som liknar sugrör som delats på längden. Stora trollsländeliknande insekter svävar över blommorna för att samla nektar.

När kyparen tagit emot deras beställning räcker Da-ro över ett paket till Ma-ro. Samtidigt säger han: ”Dessutom har jag trevliga nyheter.”

”Framgång i forskningen?” frågar Da-bao-lo.

Ma-ro skakar på huvudet. ”Du använder inte näsan, älskling.” Han ler kärleksfullt. ”Känner du inte doften av förälskelse?”

Da-bao-lo tittar på sin man. ”Kan han inte vara förälskad i framgångar på jobbet?”

”Nej, jag har en tydlig känsla av att han hittat något helt annat på Jorden”, säger Ma-ro med en menande ton. ”Berätta, Da-ro! Vem är han?”

Da-ro tar fram ett holo-foto och visar det. ”Han heter Jim och har alldeles nyss blivit doktor i arkeologi. Han kommer från England.”

Ma-ro pekar med öppen handflata mot sin son och tittar mot Da-bao-lo. ”Vad var det jag sade?” låtsas han reta den andre fadern.

”Lyckogissning!” snäser Da-bao-lo med spelad surmulenhet, men han kan inte hålla tillbaka ett leende.

Da-ro vet att hans fäder bara skämtar med varandra, och känner doften av omtanke i luften, så han spelar med i spexet: ”Ma-ro har alltid varit mer romantiskt känslig än du, pappa!”

”Och det var just därför jag gifte mig med honom, Da-ro!” säger Da-bao-lo med en mycket varmare ton och ett kärt uttryck i sina ögon.

Ma-ro kysser sin man. ”Du har också en romantisk sida, Bao!”

”Men öppna nu din present, pappi! Försiktigt!”

Ma-ro packar upp en liten terrakotta-vas i etruskisk stil. ”Är den antik?” frågar han.

”Inte direkt. Det är en replika från jordiskt 1900-tal. Jag köpte den i Turin.”

”Nästan antik, då”, konstaterar Ma-ro. ”Tack, Da-ro!”

”Du får tacka Jim när du ser honom. Det var hans idé”, säger Da-ro med ett brett leende.

Kyparen kommer tillbaka med tre glas som han ställer framför männen. Da-ro höjer sitt glas för att utbringa en skål för Ma-ro: ”För god hälsa och lycka i många år än, pappi!”

Da-bao-lo höjer också sitt glas i en hälsning till sin man.

”Tack, Da-ro! Tack, Bao!” Han tar en klunk från sitt glas, och säger sedan raskt: ”Men berätta *mer*, Da-ro! När kommer han hit?”

”Han har ansökt om ett jobb på de arkeologiska utgrävningarna utanför Archimedes City.”

”Vad har han för chanser att få det?” undrar Da-bao-lo.

”Jag fick ett meddelande från Jim dagen innan jag landade. Det lät som att Ga-re-ma är väldigt intresserad av Jims avhandling om tidig asiatisk historia.”

”Din gamle klasskamrat Ga-re-ma? Har du kontaktat honom?” frågar Ma-ro.

”Det verkar inte som jag behöver göra det, pappi!”

”Asiatisk historia? Vad i hela Minovar kan hans utgrävningar ha att göra med Asien på Jorden?” undrar Da-bao-lo.

Da-ro rycker på axlarna. ”Inte vet *jag*. Men om det hjälper Jim att komma hit, så tänker jag inte ifrågasätta det.”

De ståtliga blommorna utanför fönstret lockar till sig Da-ros fäders botaniska intresse, så de går ut för att ta en närmare titt. Deras son sitter kvar, slappnar av och lyssnar till den behagliga musiken.

Nästa dag beger Da-ro sig till Minovar City och institutionen för temporalforskning där han jobbar. På laboratoriet finns enstaka kollegor från Jorden och även en del icke-mänskliga raser. Sedan upptäckare från Jorden började utforska planeter inom sin galaktiska närhet, har man träffat ett antal intelligenta och vänligt sinnade livsformer. Tidsresor är ett tema som intresserar flera av dessa raser, och samarbetet mellan dem har gett alla parter flera vetenskapliga framgångar inom både detta och andra områden.

Många av de främmande raserna tenderar att ha så pass annorlunda feromoner att de faktiskt inte stör minovaranernas annars så känsliga näsor så mycket, vilket är till fördel vid samarbete med dem. Centaurierna har dessutom alltid rymddräkter på sig, så deras naturliga kroppsdofter kan inte störa någon.

Det surrar och fräser från utrustning på laboratoriegolvet, och det finns upptagna kollegor i varje vrå. Vissa arbetar vid de olika maskinerna, och andra sitter och sysslar med skrivbordsarbete.

När Da-ro kommer till institutionen får han höra att kollegorna under hans frånvaro haft framgångar med att i laboratorium bevisa viktiga teorier som han personligen varit med att hypotisera fram. Medan han var på konferensen i Turin har hans kollegor lyckats att förflytta knappt synliga partiklar kortare avstånd fram i tiden, så nu koncentrerar man sig på att utveckla en mer potent partikelaccelerator och att förfina beräkningarna av hur mycket energi som behövs för att förflytta olika stora massor olika avstånd fram eller tillbaka i tiden.

Samtidigt jobbar man på att försöka förminska partikelacceleratorernas storlek för att de ska kunna få plats i mindre rymdskepp än fregatter i galaxklass. Än så länge har man inte alls kommit långt med det sistnämnda steget i forskningen, men nebulosierna jobbar på en miniatyriseringsprocess som Da-ro och många kollegor ser som en mycket lovande strategi.

Da-ro går till sin gode minovaranske kollega Ko-bi och frågar lite om de senaste framstegen: ”Hur stora och hur stabila takyon-fält har ni lyckats skapa?”

”Senast i förra veckan lyckades vi hålla ett fält med en styrka på en megatalbot och ett par centimeters radie i tre hela sekunder!”

”Det är en bra början!” säger Da-ro och nickar. ”Och hur långt in i framtiden förflyttades de partiklar som befann sig i fältet?”

”Ungefär en minut. Men de disintegrerade alldeles strax därefter.”

”Ajdå!” kommenterar Da-ro och gör en grimas. ”Det känns som att vi ännu har en hel del forskning framför oss.”

”Jo, jag är rädd för det”, svarar Ko-bi.

”Och hur fortlöper samarbetet med våra interstellära besökare?” frågar Da-ro.

Ko-bi låtsas slita sitt nästan helt svarta hår, men sedan skrattar han lite. ”Bara fint. Nebulosierna jobbar vidare med sin miniatyriseringsprocess. De har tydligen en hel del problem, och det är tyvärr alltid någonting som går snett i deras tester. Men de håller sig fortfarande helt avskärmade i sitt torus-formade skepp, och jobbar bara för sig själva”, säger han och håller upp vänsterhandens pekfinger för att symbolisera den första rasen.

Sedan håller Ko-bi upp långfingret vid sidan av pekfingret för att räkna ras nummer två när han säger: ”Centaurierna hjälper till med ditt och datt. De har ju trots allt fyra starka ben och fyra starka armar vardera.

”Och fyra långa och väldigt flinka fingrar på varje hand!” lägger Da-ro till.

Ko-bi tittar lite lurigt på Da-ro. ”Var det där en intim referens?”

Da-ro knuffar sin kollega i axeln och säger: ”Du har alltid en så vild fantasi, du!”

”Det var du som pratade om flinka fingrar!” säger Ko-bi. Sedan harklar han sig och lägger till ringfingret för att symbolisera den tredje utomjordiska rasen som hjälper till i projektet: ”Eridianerna är lika intelligenta som alltid, men minovaraner och jordbor upplever det fortfarande som svårt att jobba tillsammans med dem.” Han syftar på att de svävande, semitransparenta och geléaktiga kollegorna med sina långa tentakler som hänger ner från kroppen tenderar att ge humanoiderna mardrömmar.”

”Det låter lite som att det egentligen inte hänt så väldigt mycket medan jag var borta.”

”Tja, du vet, det blir ofta två steg fram och ett steg bak.”

Da-ro nickar instämmande. ”Eller ibland ett steg fram och två steg bak?” frågar han rent retoriskt.

”Ja, du vet hur det är. Men på det stora hela känner vi att vi är på rätt spår.”

”Skönt att höra!”

”Men, Da-ro, hur var din resa till Jorden?”

”Mycket givande”, svarar Da-ro och ler. ”*Mycket* givande.” Han höjer lite menande på ögonbrynen.

Hans kollega kan lukta sig till mer än vad bara orden säger. Da-ros feromoner doftar plötsligt starkt av förälskelse! ”Menar du att du fick med dig en souvenir hem?” frågar Ko-bi insinuerande och blinkar med ena ögat.

”Vi får se”, svarar Da-ro blygsamt undvikande. ”Vi får se.”

”Hm? Det här låter allvarligt!” säger Da-ros kollega och skakar sakta på huvudet. ”Du verkar ha hakat upp dig, och säger allt två gånger.”

”Inte alls!” protesterar Da-ro. ”Inte alls!” Han försöker hålla ett allvarligt ansikte, men det spricker och de båda vännerna skrattar.

Ett par dagar senare får Da-ro ett videosamtal från London. Ga-re-ma har erbjudit Jim en tjänst vid utgrävningarna i Archimedes City. Även om projektledaren var rätt hemlighetsfull om detaljerna kring utgrävningarna, har Jim tackat ja. Nu ska han packa sina väskor för att ta nästa reguljära rymdfärja i riktning mot Gliese 667 och planeten Minovar.

”Så nu kan du släppa dina tummar och återgå till ditt arbete”, skämtar Jim.

”Har du bokat någon logi?” undrar Da-ro.

”Ga-re-ma har erbjudit mig att bo i en personallägenhet i Archimedes City.”

”När kommer du hit till Minovar?”

”Planen är att jag ska börja jobbet den första september enligt den minovaranska kalendern, så jag tar färjan som går om ett par veckor.”

”Det var snabba ryck!” säger Da-ro glatt. ”Tycker du jag ska ta ledigt för att visa dig runt lite?”

”Det skulle jag uppskatta!”

”Är du hemskt stressad över packning och annat?”

”Det är inte så farligt. Jag försöker att inte samla på mig för mycket saker, för jag har ju studerat på flera olika platser. Jag hade inte räknat med att jag skulle bli kvar för alltid i London. Men jag hade förvisso inte heller räknat med att flytta till en annan planet så snart efter examinationen!”

”Du kan trygg räkna med att jag ska ta väl hand om dig!”

”Det vet jag att du kommer att göra.”

Da-ro vill planera en liten middag för att presentera några av sina bästa vänner för Jim. Han börjar med att bjuda sin kollega Ko-bi och hans sambo.

Ko-bi utbrister genast: ”Grattis! Flyttar han in hos dig på direkten?”

”Jag har inte hunnit föra det på tal ännu. Vi får se tiden an!”

”Du är inte helt säker på om fisken har bitit sig fast i din krok”, Ko-bi målar övertydliga citationstecken i luften för att antyda att han egentligen tänker på något annat, ”och vill inte hala in honom för snabbt?”

”Var snäll nu, Ko-bi! Våra pojkvänner tycker kanske inte om så grova skämt.”

”Ni ungdomar kan vara så känsliga ibland! Det är ju bara ditt goda humör som smittar av sig på mig.”

”Men bortsett från vad du insinuerar…” erkänner Da-ro. ”Bortsett från det så har du någorlunda rätt. Men han har sin egen karriär att tänka på, och jag vill att han ska få möjlighet att göra sig hemmastadd och bekanta sig med omgivningarna först.”

”Menar du att han redan har ett jobb här på Minovar?” utbrister Ko-bi uppriktigt förvånad.

”Ja. Han ska jobba på de arkeologiska utgrävningarna borta vid Arch City.”

”Minsann! Det här låter ju spännande på mer än ett sätt! Så du kanske vill flytta till Archimedes City, då?”

”En sak i sänder, Ko-bi! En sak i sänder.”

Efter sitt samtal med Ko-bi kontaktar Da-ro sin barndomsvän Ti-wi via videolänk.

”Så trevligt!” utbrister Ti-wi. ”Så? När kommer din stora kärlek till Minovar?”

”Vid månadsskiftet. Så jag tänkte bjuda över dig och Ko-bi en vecka senare eller så.”

”Så det blir du och din nye pojkvän, Ko-bi och hans pojkvän, och jag som ensam singel?”

”Jo, jag ville bara bjuda in några nära vänner. Jag vill ju inte slänga ut honom i för djupt vatten på en gång!”

”Men kan du inte bjuda in en trevlig singel som jag skulle kunna lära känna?”

”Behöver du verkligen hjälp med det, Ti-wi? Du med ditt fina röd-bruna hår och dina charmiga fräknar?”

”Jag tycker inte att fräknarna matchar leopardfläckarna så bra.”

”Vem har sagt att leoparder inte kan ha fräknar? Är det inte bara exotiskt och spännande?”

”Njae. Dessutom är jag så hemskt upptagen med jobb hela tiden. Jag träffar inga nya människor i min vardag. En ’blind date’ någon gång emellanåt skulle kunna hjälpa mig en hel del!”

”Träffar du inga människor? Du jobbar väl på universitetet?”

”Jo, men det finns regler om att flirta med studenterna, och mina kollegor är lite dammiga.”

”Mmm. Jag ska tänka på saken. Men du vet, du är stilig och intelligent. Du kan inte förvänta dig att du dessutom ska ha ren och skär tur i kärlek.”

”Du menar att du tycker att jag ska undervisa mindre, och vara mer social?”

”Ja. Om du inte vill sluta dina dagar som en alldeles ensam professor med planetens största privata referensbibliotek.”

7. Resan till Minovar

Jim ställer in sin lätta resväska i hytten och lägger sig för att pusta ut på britsen. De större väskorna har han polletterat. Han hör ett svagt surrande ljud från skeppets motorer, och känner en lätt vibration genom madrassen, men Jim upplever detta som mer sövande än störande.

På nattduksbordet ligger en broschyr med turistinformation om Minovar och dess befolkning. Han plockar upp den och börjar läsa de första sidorna:

> *Notis till läsaren: Av artighet mot våra läsare från Jorden anges alla siffror i denna folder både enligt duodecimalt (med de tio decimala siffrorna plus Ɛ och Ꜫ) och decimalt system (med enbart tio siffersymboler). Decimala siffror inleds med tecknet d. Jordbor kan även uppmärksamma att den minovaranska motsvarigheten till procent (%) är progross (°/g), och att 1 °/g är detsamma som 1 per gross. Årtal enligt minovaransk tideräkning inleds med tecknet m. Årtal enligt jordisk tideräkning inleds med tecknet j.*

”Hm?!” tänker Jim. ”Det verkar kunna bli stökigare än jag trodde att räkna i dussin och gross… Jag får se till att träna!” Han läser vidare:

> *Planeten Minovar har lite drygt Ꜫ0 °/g (d92 %) av Jordens gravitation. Dygnen är nästan en dussindel längre än på Jorden, och åren är 371 (d517) sådana dagar långa. Det innebär att ett Minovar-år är ungefär 3Ɛ4 (d556) Jord-dagar långt.*

”92 %?” tänker Jim. ”De måste ha ställt in gravitationen här på skeppet efter det, för jag känner mig lite lättare än vanligt!” Han bläddrar förbi resten av de geologiska och geografiska detaljerna, och tittar istället på de historiska punkterna:

När Jord-människor under slutet av j2090-talet började kolonisera andra planeter, var Minovar en av de planeter som man sökte sig till i den första migrationsvågen. Planeten var bebodd av många olika sorters djur som genetiskt sett var oväntat lika Jordens djur. Bland annat fann man de enkönade trädlevande primaterna, som blev kända som Minovar-primater. Doktor David Wang var en biolog som år j2096 började forska kring dessa fridfulla varelser och fann att han utan större problem kunde befrukta dem med sin egen och andra mäns säd.

När andra forskare fick höra talas om doktor Wangs experiment, protesterade de och hävdade att experimenten var oetiska, och att man begått våldtäkt på primaterna. Doktorn försvarade sig med att primaterna inte är lika intelligenta som schimpanser eller gorillor, och att de dessutom inte led någon skada av att bära på människors ägg i några få dagar. Han hävdade även att man kunde säga att mänskligheten begått en mycket värre våldtäkt av hela planeten redan den dag de koloniserade den.

Minovar-primaterna är enkönade, och deras yttre könsorgan är av tydligt manlig karaktär. Korsningen mellan Minovar-primater och människor leder även den till en enkönad avkomma med tydligt manliga karaktärsdrag i både fysisk och psykisk bemärkelse, men med vissa anatomiska särdrag. De har samma könsorgan som jordiska män. Deras bröst är små, men kan producera en mindre mängd mjölk. De mest synliga särdragen är att de har ganska stora händer med två tummar och fyra fingrar vardera, långa fötter med två stortår och fyra mindre tår på vardera foten, leopardaktiga fläckar på främst huvud och rygg, och de har äggblåsor istället för navlar. Alla de nämnda kännetecknande dragen har sina naturliga förklaringar i det faktum att Minovar-primaterna har stora händer och fötter som kommer väl till pass när de klättrar i träd, de är svanslösa, har leopard-fläckig päls och de har äggblåsor.

Trots att man inte kommit till något avgörande beslut i de etiska diskussionerna om att utnyttja primaterna för att skapa hybrider, såg samkönade manliga par och ensamstående män på Jorden och dess kolonier tidigt en möjlighet att bli fäder genom att besöka Minovar och helt enkelt utnyttja primaterna. Snart uppstod en ren turistmarknad inriktad på att tillmötesgå dessa män. Kritikerna var allt annat än nöjda med situationen, men insåg att det var för sent att stoppa utvecklingen. På bara några enstaka år föddes hundratals hybrid-pojkar på Minovar, och de reste med sina fäder tillbaka till deras respektive hemplaneter.

Med tiden uppdagades det att Minovar-pojkarna hade svårt att hantera situationer där flickor var närvarande, och de sökte sig uteslutande till manliga lekkamrater. När pojkarna blev tonåringar och könsmogna blev dessa problem ännu tydligare, och alla pojkarna visade sig vara attraherade endast av män. Man upptäckte att alla Minovar-pojkarna hade ett starkare utvecklat luktsinne än Jord-människor, och även ett väl utvecklat empatiskt sinne. Uppenbarligen reagerade dessa sinnen negativt på kvinnors annorlunda psyken och dofter, vilket orsakade deras starkt negativa reaktion mot i stort sett alla kvinnor.

I samband med att Minovar-ynglingarna inledde sina första kärleksrelationer, uppdagades det även att de själva kunde föda fram avkomma precis som Minovar-primaterna, och allmänheten insåg att Minovar-pojkarna uppenbarligen var första generationen av en ny, enkönad, mänsklig ras, som fick namnet minovaraner.

Minovaranerna drog sig mer och mer undan från de jordiska samhällena i allmänhet och kvinnor i synnerhet. De bildade politiska grupperingar, med sina fäders stöd startade de skolor där minovaranska pojkar enkom hade manliga lärare och manliga klasskamrater, och de lade grunderna till en egen kultur. Med tiden blev det mer och mer uppenbart att minovaranerna inte kände sig hemma i jordiska samhällen, och började söka sig tillbaka till Minovar, som de såg som sin hemplanet.

Allt eftersom andelen homosexuella män och minovaraner på Minovar ökade, kände jordiska kvinnor och heterosexuella män sig allt mer obekväma med att stanna på planeten, och de började flytta därifrån.

År j2196, på årsdagen 84 (d100) jordiska år efter det att den första av Dr Wangs pojkar föddes, blev Minovar förklarad vara en självständig planet. Samtidigt gjordes det duodecimala räknesystemet och den minovaranska kalendern med 37 (d43) dagar långa månader, som sedan lång tid används parallellt med de jordiska varianterna, till standard. Detta år räknas som år m1 enligt minovaransk tideräkning.

Vid folkräkningen år m89 (j2356) hade Minovar över 27 500 (d651 400) innevånare, varav drygt 3Ɛ00 (d6800) var människor.

Jim drar sig till minnes historieböckernas politiska och etiska utläggningar om huruvida människorna hade gjort ett oönskat övertramp mot genetikens spelregler när man blandade sina gener med Minovar-primaternas – eller om övertrampet hade varit redan det att kolonisera

Minovar. Men om nu Minovar-primaterna var så genetiskt lika människor att man kunde korsa arterna utan att utsätta någondera part för lidande eller obehag, varför skulle det vara så fel? Det handlade ju inte på något sätt om genmanipulation eller obehagliga laboratorie-experiment. Kanske är detta inte så ovanligt ur ett galaktiskt perspektiv? Folk började även hypotisera kring ett möjligt gemensamt avlägset ursprung från en främmande ras av kolonisatörer.

Till slut hade man dock kommit fram till att man behövde sätta upp tydligare regler för framtida kolonialiseringar, men att det som var gjort nu var gjort. Det accepterades att minovaranerna bodde kvar på sin planet, och att de hade fortsatt kontakt med primaterna, som ju faktiskt var deras anfäder.

Dr Wang stöttes ut från Jordens vetenskapskretsar, men bland minovaranerna firas hans födelsedag årligen. Det kändes lite politiskt inkorrekt att tänka tanken, men i sitt inre log Jim åt att Dr Wang skapat en paradis-planet för män som han, män som uppskattar att umgås med likasinnade män i en helt homosocial kultur.

Jim tycker att det är synd att så många jordbor tolkade det hela som att de blev utslängda, när det i själva verket handlade om en ett nytt folks frigörelse. "För första gången i världshistorien kunde ju män nu få en ärlig chans att kunna förstå kvinnor bättre", tänker han. "Minovaraner kan ju uppleva både sina egna och andras hormonsvängningar, och känslan av att föda fram barn! Dessutom är inte kvinnor förbjudna från att besöka Minovar – de avråds bara från det."

Jim bläddrar vidare i häftet, och hittar ett avsitt som beskriver minovaranernas fysionomi närmare:

> *Minovaranerna har ett starkare luktsinne än Jord-människor. Detta gör att de kan känna igen personer bara på lukten, men de kan även känna lukten av feromoner som signalerar om en person är förälskad, havande, sjuk, och så vidare. När Jord-människor tycker att svett luktar illa, känner minovaranerna*

oändligt många fler nyanser, och kan uppleva doften fullkomligt annorlunda. Däremot är minovaranerna generellt sett besvärade av kvinnors feromoner.

Minovaranernas empatiska sinne gör att de känner av både minovaraners och människors känslor, speciellt om känslorna är riktade mot dem själva. En minovaran inte bara känner om en man tycker om honom, utan han kan omvandla sådana positiva känslor till endorfiner. Om en minovaran utsätts för negativa känslor kan det belasta honom, och därför lär sig minovaraner redan vid tidig ålder att blockera andras negativa känslor. De lär sig också att hålla sina känslor för sig själva, för att inte blotta sig för mycket inför andra minovaraner.

Det välutvecklade empatiska sinnet har gjort minovaraner artiga och vänliga över lag. En minovaran kan mer eller mindre livnära sig på positiva känslor från andra intelligenta varelser, och gör därför gärna sitt allra bästa för att locka fram positiva känslor från sina medminovaraner, från andra intelligenta livsformer eller till och med från sina husdjur. Om det någon enstaka gång föds fullkomligt oartiga minovaraner, tenderar de att tyna bort redan vid ung ålder.

Jim ler för sig själv. ”Tänk att de är så lika människor på alla möjliga sätt, och ändå så totalt olika!” Han läser vidare:

Det allra mest unika med minovaraner är antagligen fortplantningen, för både en, två eller fler minovaraner kan få barn för sig själva eller med varandra.

Att minovaranerna kunde ha mer än två fäder hade Jim ju hört talas om, men att ett barn kunde ha endast en fader kände han inte till. Vilka andra detaljer hade han missat? Han fortsätter läsa:

Alla minovaranerna har anfäder från Jorden, och vissa ser ut att ha tydligt europeiskt, asiatiskt, afrikanskt eller annat påbrå. Det mest synliga gemensamma särdraget hos minovaraner är att de har mer eller mindre tydliga leopardfläckar. De flesta har fläckar ända från midjan, över hela ryggen och upp till huvudet, många har fläckar ner längs överarmarnas utsidor, och vissa kan vara nästan helt täckta i leopardfläckar. Vanligtvis är dock fläckarna mycket blekare på torsons sidor och helt osynliga på magen. Att en individ har tydliga leopardfläckar ses som ett tecken på att han fötts i en kärleksfull miljö.

Över lag är alla minovaraners romantiska och erotiska intresse inriktat på män. De skulle anatomiskt sett kunna få avkomma med jordiska kvinnor, men det är mycket ovanligt att någon av dem har något intresse åt det hållet, och det anses rent ut opassande att ens föra denna möjlighet på tal.

Därefter följer ett avsnitt som talar om att Minovars befolkning är en brokig blandning av män från många kulturer. Kulturer och språk har med tiden blandats, vilket bland annat syns i det kreolspråk som uppstått på Minovar.

Jim lägger ner broschyren och tänker: ”För att vara en mänsklig koloni, har den här planeten verkligen skapat sin egna kultur. Det här kan leda till en rejäl kulturkrock!” Han sträcker på sig och stiger upp. ”Jag kanske borde leta upp matsalen för att få i mig lite kvällsmat?”

I korridoren utanför Jims hytt går en steward förbi. Stewarden är en handsbredd längre än Jim och smal som en planka. När Jim kallar på mannen, svänger han på benen på ett lite humoristiskt sätt och hälsar på Jim med ett brett solvargsleende.

”Vad kan jag stå till tjänst med?”

”Jag tänkte gå och få mig något att äta. Kan du säga var matsalen är?”

”Javisst!” utropar mannen glatt och svänger ut med högerarmen bortåt korridoren. ”Om du går till korridorens slut och går in i korridoren till vänster, så hittar du den.”

Jim låter blicken vandra till mannens namnskylt: ”O-la-fu? Är det ett minovaranskt namn?”

”Ja. All personal på detta skepp är minovaraner.”

”Förlåt en fråga från en något obildad man, men betyder det att du har tre fäder?”

O-la-fu skrattar till och säger: ”Det låter som att du i alla fall hört talas en del om vår kultur! Vad heter du själv?”

”Jim.”

”Får jag fråga om du är uppkallad efter någon släkting?”

”Jo, det var även min farfars namn.”

”Du ser! Även ni jordbor kan ofta se en del av er bakgrund i era egna namn.”

”Jo, på sätt och vis.” Jim tackar för hjälpen och går vidare. Han dröjer dock kvar med blicken tillräckligt länge för att se stewarden svänga runt med samma lustiga rörelser som innan, och Jim kan inte låta bli att tänka på att mannen påminner lite om en spindel – samtidigt som han tycker det är charmigt. Jim ler och fnissar lite diskret.

Jim inser att han inte är på någon lyxkryssning, och det verkar heller inte finnas så många passagerare. Matsalen är spartanskt inredd med golvfasta bord och bänkar, men han tycker ändå att den känns både trevlig och välkomnande. Dessutom har han sällan njutit så mycket av servicen redan innan han fått se menyn. Han blir välkomnad och ledd till sitt bord av en mycket artig och vänligt leende servitör klädd i en kilt i ett granit-spräckligt material med stålnitar, en silkig vit skjorta uppknäppt ända ner till midjan, och glänsande svarta skor. ”Jag hade inte förväntat mig så elegant personal i en så enkelt inredd restaurang”, tänker Jim i sitt stilla sinne.

Matsalen är inte ens halvfull; det finns inte mer än ett par dussin middagsgäster runt borden, så det är ganska lugnt och stilla.

Jim väntar inte många ögonblick innan servitören kommer tillbaka med en meny. Han ler mot Jim och säger: ”Jag känner och ser att du inte är minovaran. Om du önskar en kötträtt, kan jag hämta en specialmeny för jordbor.”

”Kötträtt? Nej, jag provar gärna på någon minovaransk specialitet”, säger Jim muntert och tar en titt på menyn. Den innehåller bara vegetarisk mat, och en del saker som han inte har någon aning om vad det är. Han kan någorlunda gissa vad ”Kryddoftande Pastaknyten”, ”Rotsakslimpa” och ”Trädgårdsmästarsoppa” är, men där finns även ”Soyadröm”, ”Myror Klättrar i Träd” och helt obegripliga begrepp som ”Burungudock”. ”Det måste vara ett begrepp på det minovaranska kreolspråket”, gissar han.

Kyparen måste ha känt av Jims förvirring, för han kommer strax tillbaka: ”Behöver du lite assistans?”

”Ja, tack!” erkänner Jim. ”Här finns en del saker som jag inte alls förstår.”

”Tillåt mig”, säger kyparen, och slår upp baksidan. ”Vi har en färdig meny med en populär förrätt, varmrätt och efterrätt. Kanske det kan locka herrn?”

Jim nickar lättat: ”Ja, tack! Det blir alldeles perfekt. Och ett glas vatten att dricka.”

Kyparen ler vänligt och säger att han genast ska hämta förrätten och en karaff med vatten.

Medan Jim väntar på maten, slår det honom att de andra matgästerna är i stort sett lika lättklädda som kyparen, med kortbyxor och tunna skjortor. Det är faktiskt behagligt varmt i matsalen, och han gissar att minovaraner måste tycka om att ha det lite varmare. Två uppenbart förälskade män i matchande klädsel kommer in; båda har silkiga skjortor med samma rutmönster i pastellfärger, båda har vita kortbyxor, och båda har samma sorts sandaler på fötterna. En servitör bjuder dem att sitta vid ett bord rakt framför Jim. Männen pussas och smeker varandra ogenerat. Jim bara myser och ler. När servitören kommer med förrätten, passar Jim på att fråga om temperaturen.

”De flesta minovaraner är bosatta i subtropiska eller tropiska regioner, så här på skeppet brukar vi hålla en temperatur närmare den de är vana vid hemifrån.” Sedan lägger kyparen till: ”Jag hoppas att den kryddiga soppan ska smaka!”

Soppan som serverats som förrätt smakar lite som curry. Den innehåller makaroner och grönsaker som Jim känner igen, och han tycker mycket om smaken.

In kommer en tredje man i samma klädsel som det förälskade paret. Mannen går fram till de båda männen som kysser honom och bjuder honom att sitta mellan dem. Jims leende blir ännu bredare. Detta är en alternativ familjebild som han inte sett så ofta. Han försöker koncentrera sig på sin mat för att inte titta för mycket på männen, men männen är ändå fullt upptagna med varandra.

Kort efter att Jim ätit upp sin soppa kommer huvudrätten in: Burungudock. Det är en gryträtt som serveras med sallad och vildris. ”Det här ser ju alldeles ut som vegetarisk mat hemma i London”, tänker han, men när han smakar på maten inser han att han inte kunde ha tagit mer fel. Huvudingrediensen verkar vara en rot som har ungefär samma konsistens som kinesisk lotusrot, men smaken är mycket fruktigare och mer kryddstark.

När Jim ätit upp sin mat och kyparen kommer för att hämta tallriken, tackar han innerligt för den spännande maten. ”Kan du berätta vad rotfrukten i grytan kallas för?”

”Det är burungudock”, svarar kyparen med ett leende. ”Burungu är en minovarisk rotfrukt, och ’dock’ är ett minovaranskt ord som ungefär kan översättas som ’gratäng’.”

”Ah! Jag förstår”, säger Jim.

Den efterrätt han sedan får är en söt och frisk fruktsallad som verkar innehålla minst tre sorters frukt som Jim aldrig tidigare sett. Han njuter av varje sked, och tackar sedan kyparen så mycket för den trevliga matupplevelsen.

~ * ~ * ~

När Jim nästa morgon vaknar i sin hytt, tvättar han sig, klär på sig lättare kläder än dagen innan, och visar lite mer bar hud. På väg till matsalen möter han en robust man i petroleumfärgad overall. Mannen är till synes ungefär jämngammal med Jim, han har ett rödblont tredagarsskägg och lite ljusare och riktigt kortsnaggat hår. ”Det var ett klädsamt skägg”, tänker Jim. Då ler mannen vänligt och nickar mot Jim. Jim funderar lite: ”Känner jag honom? Han verkade lite bekant.” När de passerat varandra vänder Jim sig om för att ta en extra titt, och noterar att den andre mannen också vänder sig om. ”Ajdå!” tänker han oroat. ”Råkade jag oavsiktligt flirta lite med honom?”

Medan Jim äter sin frukost tänker han på vilken skön upplevelse att verkligen kunna få vara sig själv på en planet där det enbart finns män som är intresserade av relationer med män. Bara två nätter till, och sedan är han framme!

”Det ska verkligen bli spännande att börja jobba för en utomjordisk utgrävning”, tänker han upprymt. ”Jag vet ju inte ens vad de hittat hittills! Rester av en främmande civilisation? Kulturföremål som vi inte ens kan gissa hur de använts? Ny kunskap? Gudarna vete vad jag kommer att få gräva fram!”

När han lämnar matsalen, ser Jim en ung man komma mot honom. Mannen är klädd i en halvt genomskinlig svart T-skjorta och glansiga blåskimrande byxor som är så minimalt korta och trånga att de ser mer ut som sportkalsonger – kalsonger som dessutom inte lämnar särdeles mycket åt fantasin, utan tydligt visar både mannens vältränade lårmuskler och en oförtäckt siluett av hans privata delar. Dessutom har han en glittrig knallblå slips runt halsen. Jim förvånar sig över mannens vågade klädsel och vänder sig om för att stjäla en glimt av baksidan av hans lockande muskler. För andra gången denna morgon märker han att främlingen också vänder sig mot honom, och denne man lyfter han dessutom på handen och säger: ”Hejsan!”

”Fy på mig!” tänker Jim och vänder sig hastigt om. ”Det verkar som om alla direkt känner av att jag tittar på dem. Jag får börja se upp för det minovaranska empatiska sinnet!” Han bestämmer sig för att gå tillbaka till sin hytt och läsa något, för att inte riskera att utsätta sina medpassagerare för alltför många oavsiktliga flirtar.

När han suttit och läst i sin ensamhet i ett par timmar, känner Jim att det är dumt att sitta inlåst i sin hytt under hela resan. ”Jag borde kanske ta mig till panorama-däcket för att se på stjärnorna?” säger han till sig själv.

För att undvika att titta för ingående på sina medpassagerare, bestämmer han sig för att ta med sig sin läsplatta. Han läser en nypublicerad avhandling om egyptologi medan han söker sig två däck upp, och koncentrerar sig på texten. Som väl är möter han bara två män på vägen.

När Jim kommer fram till panoramadäcket, finns det bara en handfull män där. Belysningen är dämpad för att man bättre ska kunna njuta av utsikten genom de stora fönstren mot den oändliga becksvarta rymden utanför. Han ser nästan inte alls de andra passagerarna i salen.

Jim sätter sig i en bekväm fåtölj som står lite ensligt, och tittar rakt ut mot den magnifika vyn över galaxens otaliga stjärnor. Den majestätiska, tysta tomheten är slående. Hemma på Jorden finns det inte någon fläck där man kan se en så svart och stjärnbeströdd himmel. Vintergatans glittrande skiva är dessutom slående tydlig. Jim lutar sig tillbaka och njuter. Han tänker: ”De ödsliga vidderna är så harmoniska! Men antagligen kryllar det av liv runt många av alla dessa stjärnor, och dessvärre betyder väl det att det inte alltid är så harmoniskt…”

Det slår Jim att motorerna inte hörs lika väl här uppe på panoramadäcket. Han utgår från att detta måste vara den del av skeppet som ligger längst bort från motorerna. ”Så passligt”, tänker han och slappnar av i sin stol.

Ett par minuter senare inser Jim att hans hjärna tagit en paus, som i en djup meditation. ”Det här var definitivt det rätta draget. Här ska jag tillbringa många stunder under resan!”

8. Ny i staden

Da-ro möter upp vid rymdterminalen i huvudstaden Minovar City. ”Välkommen, min käre!” utbrister han med öppna armar när han får syn på Jim i folkmassan.

Jim släpper genast sina väskor och kastar sig i Da-ros famn, utan att tänka en sekund på de hundratals människor som stressar fram omkring dem. De kramar och kysser varandra en lång stund innan Jim tar ett steg tillbaka och tittar på sin älskade.

Da-ro har bytt om till en klädsam svart kilt med flat front, klargröna strumpor, flätade svarta läderskor och en luftig vit skjorta.

”Vad stilig du är! Men du tror inte att det blir varmt med de där strumporna?” undrar Jim, som själv tagit på sig kortbyxor och en Hawaiiskjorta.

”Hösten är på väg, så det var lite svalt i morse. Dessutom behöver jag ibland ha lite mer vårdad klädsel i tjänsten. Men det går snabbt att ta av både strumporna och skorna om vi vill ta en romantisk promenad på en strand eller så.”

”Tack, det låter trevligt”, svarar Jim och kysser ännu en gång sin pojkvän på munnen.

De båda tar tillsammans en skyttel vidare till Archimedes City. När skytteln landat, skickar de väskorna i förväg till Jims tjänstebostad, och strosar ut på gatorna.

Jim går med ett glatt studsande i sina ben. ”Det är så härligt att ni har lite mindre gravitation här på Minovar!” säger han förtjust.

”Jo, jag vet. Jag känner mig alltid lite tung och klumpig på Jorden. Det är alltid skönt att komma hem till Minovar igen!”

Snart noterar Jim den vuxna befolkningens exotiska klädsel. Generellt sett är männen stiliga med välvårdat yttre och smakfull klädsel. Vissa är väldigt lättklädda eller klädda i plagg som på olika sätt är rätt avslöjande. Speciellt verkar det finnas ett intrikat mode för kortbyxor och badbyxor med slitsar, strategiskt placerade revor, avsiktligt öppna gylfar och transparenta delar. En man kommer gående i enbart en öppen pärlemorskimrande väst och matchande kortbyxor som båda är halvtransparenta, så att han nästan kan anses vara naken. En annan man har löst sittande kortbyxor i så tunt material att Jim från sidan tydligt kan se konturerna av vad som finns innanför. En man går förbi med ett kort höftskynke som är helt öppet på baksidan. Jim antar att de valt sin i hans ögon vågade klädsel för att skydda sina kroppar, men inte nödvändigtvis skyla dem från andras blickar. Yngre män och småpojkar är däremot klädda i en stil som Jim är mer van vid från Jorden.

Lite generat noterar Jim att flera av männen verkligen lägger märke till att han betraktar dem; de ler rakt emot honom, hälsar artigt och vissa tar ganska ingående blickar på honom och hans lite mer skylande klädsel. "Det där omtalade empati-sinnet kan bli lite svårt att hantera!" tänker han för sig själv.

Värmen får Jims blod att pumpa snabbare, och det gör inte saken bättre att se de lokala männen så lättklädda och tjusiga. Han känner sig mer och mer besvärad av detta. Da-ro märker av Jims obehag och säger: "Jag förstår att det kan kännas främmande och lite obekvämt för dig som inte är van vid minovaranskt stadsmode." Han lägger armen runt Jims axlar. "Jag lovar att de inte klär sig lika avslappnat på din arbetsplats."

"Det får vi hoppas", säger Jim. "Annars riskerar jag få en whiplashskada!" Han försöker skratta, och Da-ro skrattar med honom.

De går in i en frodig park. Här flanerar förälskade par, men även en del grupper med tre eller fyra män som går hand-i-hand. Vissa av dem har småpojkar med sig i barnvagnar eller vid sin sida. En del av männen sitter på marken eller ligger och solar, en del spelar spel eller sportar.

Jim får syn på en ung man som sitter på en parkbänk och ammar sin bebis. Han ler förtjust och utbrister: "Ja, just det! Ni har ju bröstmjölk. Tror du att minovaraner är avlägsna släktingar till näbbdjur?" Han småskrattar.

”Näbbdjur? Vad menar du nu?”

”Ja, ni lägger ägg och ni ammar era söner. Det är väl bara minovaraner och näbbdjur som gör det?”

”Förlåt mig, men jag förstår inte vad du pratar om.”

”Jag får visa dig en bild någon gång. Men de är lika gulliga som du, så nu har jag ett smeknamn för dig”, säger Jim lekfullt och ger Da-ro en puss.

På ett öppet fält står en grupp helt nakna män och tränar taijiquan. Jim kan inte låta bli att titta på de nakna männen, och han känner en viss upphetsning byggas upp. Han vänder sig mot Da-ro och säger: ”Det här börjar kännas riktigt jobbigt! Jag har svårt att inte titta på alla lättklädda män.”

”Det är precis det som de här taiji-killarna tränar: att koncentrera sig på träningen och låta bli att titta på varandra, att ignorera andras blickar och känslor. Minovaranska pojkar brukar få lära sig att inte titta för mycket på varandra när de når puberteten.”

”Och det är en lektion som jag inte fått.”

”Det går att ordna. Tro mig!”

Mitt i parken hittar männen en konstutställning, och vid sidan av den finns ett utomhuscafé i en paviljong på en brygga vid en liten sjö. Da-ro föreslår att de ska gå in i caféet för att ge Jim lite andrum. De finner ett ledigt bord med fin utsikt över sjön. Caféets fönster saknar glas, så en lätt bris blåser in. Jim slår sig ner för att pusta ut och smälta sina intryck.

Efter en liten stund kommer tre män in. Männen drar uppenbarligt till sig en del uppmärksamhet, och Jim vänder sig om. Den mellersta mannen är längre än de andra, ståtlig och iklädd enbart ett sidenliknande höftskynke som nätt och jämnt når omlott på framsidan, ett par konstnärligt utformade epåletter i brons, och remmade lädersandaler. Den stilige mannens axlar är helt täckta av tydliga leopardfläckar i beigebruna färgtoner. Hans sällskap är klädda i mycket enkla kappor i ett ljusgrått material, med mindre epåletter i samma grå färg som kapporna.

En kypare visar den speciella trion till ett bord rakt framför Jim, som kan inte kan hålla ögonen ifrån den långe mannens trimmade mage, och klä av honom med blicken – och det är ju rätt enkelt, med tanke på hur lättklädd han faktiskt är. När en vindpust plötsligt blåser den elegante mannens höftskynke åt sidan så att det fastnar i en stol, får Jim tydligt se att mannen är helt naken under skynket, och han blir lite generad. Då vänder mannen sin blick rakt mot Jim och ler. Det är tydligt att mannen är mycket väl medveten om hur väl Jim kan se allt han äger, och han låter uppenbarligen Jim ta en ordentlig titt medan han bara ler ett varmt leende. Mannens sällskap slår sig ner, men själv står han still utan att rätta till sitt höftskynke. Jim känner sig generad och vrider huvudet åt sidan för att betrakta en mer oskuldsfull och mindre upphetsande vy utanför fönstret.

”Da-ro, det här med minovaranernas avslöjande klädsel och empatiska sinne gör mig tokig!”

”Jag förstår. Det kan ta lite tid att vänja sig, och inte titta på alla ’sevärdheter’. Men borgmästaren verkar ju gilla dig!”

”Borgmästaren?” utbrister Jim. Han mumlar några upprörda ord för sig själv.

”Ursäkta?” Da-ro tittar förvirrat på Jim. ”Svor du just på något obegripligt språk?”

”På mandarin. Jag brukar svära på något språk som jag inte tror att folk ska förstå, så att jag inte upprör någon.”

”Så omtänksamt av dig!” säger Da-ro ömt, och ger honom en puss på kinden. ”Ingick det i dina studier av tidiga asiatiska kulturer?”

Jim ignorerar Da-ros fråga, håller sina händer för ögonen och suckar. ”Jag börjar inse varför heterosexuella män och de flesta kvinnor känner sig ordentligt malplacerade här på Minovar. Och jag som trodde min stora svårighet skulle bli att lära mig räkna i dussin och gross!”

”Ska vi försöka koppla av en stund här? Om det blir för jobbigt, så kan vi kanske gå och titta på din tjänstebostad.”

”Ja, vi kan försöka stanna här”, svarar Jim och nickar lite tveksamt.

Da-ro lutar sig fram och säger i en halv viskning: ”Om jag bara kan låta bli att slita av dig dina kläder så länge.”

Nästa morgon hämtar Ga-re-ma Jim från bostaden och flyger honom till utgrävningarna just utanför staden med en privat svävskyttel. Jim tycker att den unge projektledaren ser mycket trevlig ut med sitt mörka hår, sin ungdomligt välproportionerade kropp och eleganta linnekavaj. Han försöker att hela tiden koncentrera sig på att se mannen i ögonen eller titta på utsikten utanför fönstret, för han vet ju med sig att han tenderar att skicka fel signaler om han tittar för mycket på minovaran-er.

Under den korta resan presenterar projektledaren utgrävningarna i största allmänhet: ”Den plats jag ska visa dig upptäcktes först i våras. Man startade ett byggprojekt i en ny förort, och då upptäckte man ett instörtat underjordiskt rum. Rummet ledde till en korridor, som i sin tur ledde till fler rum. Utgrävningarna är ännu bara i ett inledningsskede, och vi har hittills inte hittat alla sorters specialister som vi skulle behöva. Själv är jag historiker i botten, och de andra som jobbar med dessa utgrävningar är specialister i olika vetenskaper. Vi har än så länge bara två utexaminerade arkeologer ombord, och därför blev jag verkligen glad när du kontaktade oss.”

”Åh? Då får du tacka min vän Da-ro!” säger Jim och ler. ”Ni är tydligen bekanta.”

”Da-ro?” säger mannen lite fundersamt. ”Menar du Da-ro från Röda Ravinen?”

”Ursäkta?”

”Da-bao-los och Ma-ros son?”

”Jag minns inte vad hans fäder heter, men han har en lillebror som heter… Pelo-någonting.”

”Pe-lo-ro? Jo, det stämmer. Jag har inte träffat honom på länge. Vad sysslar han med nuförtiden?”

”Temporalforskning.”

”Ha! Jag kommer ihåg att han drömde om det när vi gick i skolan tillsammans. Så det är Da-ro som lockat hit dig? Den rackaren!”

När de kommit fram visar Ga-re-ma runt Jim i ett underjordiskt system av tunnlar som till synes är insprängda i berggrunden. Tunnlarna är förstärkta med valv som är gjutna i en gråmatt metall. Valven är helt raka i sidorna, men mittensektionerna ser ut att bestå av vinklade segment som följer takets välvning. Valven tycks vara gjutna på plats, för deras utsidor smälter mjukt in i de ojämna väggarna, och det syns inga skarvar mellan segmenten. Med några meters mellanrum finns enstaka skjutdörrar i nischer i tunnelväggarna.

Ga-re-ma drar för hand upp en dörr som leder till ett rum där man ställt in moderna bord, stolar och hyllor av tydligt mänsklig design. På borden finns datorskärmar och annat kontorsmaterial. Han förklarar: ”Det här är den första salen som vi grävde ut. Taket hade delvis störtat in, och de trasiga möbler som fanns här undergår just nu konservering och restaurering. Vi använder detta som vårt forskningscenter på plats. Men vi har även ett kontor inne i staden.”

Ga-re-ma noterar Jims intresse för de metallföremål som står i hyllorna, så han går fram till en hylla och säger: ”Jag misstänker att inskriptionen på det här kärlet kan intressera dig personligen.”

Jim tittar närmare på urnan och ser att inskription är skriven med något som han skulle vilja kalla spretiga ideogram. Skriften påminner kusligt mycket om kinesisk drakskrift, som han känner igen från orakelben från Shang-dynastin, den skrift som man funnit ristad i sköldpaddsskal och på oxars skulderblad från Kinas bronsålder – tusen år före den europeiska tideräkningen. Just dessa tecken har dock lite mer rundade former. Där finns även något slags emblem inristat.

”Har ni försökt få fram en översättning av texten?” frågar Jim.

”Vi jobbar på det. Vi har varit i kontakt med till exempel nebulosier, centaurier, eridianer, trappianer och cancrianer, eftersom deras hemplaneter ligger någorlunda nära Minovar. Vi har hört oss för med dem om de kände igen skriften, men alla säger att de aldrig sett något liknande.”

”Och ni tänker att det kan finnas en koppling till kinesisk drakskrift?”

”Exakt!” svarar historikern.

”Ah!” tänker Jim. ”Det var därför han var så intresserad av min forskning kring tidiga asiatiska kulturer!” Han tittar närmare på urnan.

Ga-re-ma fortsätter: ”Och just därför skulle jag vilja be dig börja titta närmare på denna lilla skönhet och några andra saker som vi hittat. Du kanske känner någon som skulle kunna hjälpa till med en översättning?” Han ser hur Jim vrider på huvudet för att se urnan bättre. ”Ta upp den, för all del!” uppmuntrar han Jim, och ler lite finurligt.

Jim lyfter upp urnan och märker att den väger långt mycket mindre än han trodde, men ytan känns som stål. Hans förvåning är klart synlig i hans ansikte. ”Vad är detta för material?” frågar han.

”Våra metallurger håller på att undersöka den saken. Bjälkarna ute i korridoren verkar vara gjorda i samma legering.” Han tar urnan från Jim. ”En sak vet vi iallafall: Enligt de båda sinologer som vi varit i kontakt med, ingår tydligen siffrorna 20-någonting och 30-någonting skrivna som decimala tal i just denna inskription”, säger han och pekar.

”Men hur gamla är de här föremålen?” undrar Jim.

”Än så länge har vi bara gissningar. Vi har ännu inte hittat några organiska spår eller något annat som vi skulle basera en datering på. Men med tanke på hur tät vegetationen vuxit sig över det instörtade rummet som vi utforskade först, så utgår vi från att de måste vara från en tid innan de första bosättarna kom till Minovar.” Han ställer tillbaka urnan i hyllan och går bort till ett bord som inte är lika belamrat som de andra. ”Vi har förberett den här arbetsplatsen åt dig”, säger han.

Jim går fram till bordet. Hans tankar snurrar av fascination kring det han sett. ”Så vi talar alltså om föremål äldre än från det jordiska året 2090?”

Ga-re-ma nickar.

”Det låter mycket spännande!” konstaterar Jim.

Minovaranen plirar mot Jim och ler. ”Jag kan känna av inspirationen i din hjärna. Det är en bra början.” Han drar ut stolen och visar Jim att han kan sätta sig. ”Arbetsspråket är standardengelska, men eftersom dina minovaranska kollegor och andra omkring dig ibland kommer att tala minokreol eller andra språk med varandra, så ska du få en mikroöversättare som du kan stoppa in i örat.”

”Men jag har en till fråga som pockar på ett svar!”

”Vad då?” undrar Ga-re-ma.

”Har ni inte hittat några tekniska föremål eller dokument?”

”Nej, bara föremål i metall, som dessa, och en del möbler i icke-organiska material. Vi tror att de som använde denna anläggning hann ta med sig sina viktigaste ägodelar och dokument innan de gav sig av och någon sprängde hela bygget. Om de lämnat saker gjorda i organiska material, så tror vi att de kan ha vittrat sönder. Vi vet ännu inte så mycket, men vi har inte grävt ut hela denna underjordiska anläggning än, så det kan fortfarande dyka upp många spännande föremål!”

”Sade du ’sprängde’?” undrar Jim.

”Ja, det ser så ut.”

”Det låter både dramatiskt och intressant!”

~ * ~ * ~

Vid arbetsdagens slut kommer Da-ro för att hämta Jim. Han passar på att hälsa på sin barndomsvän. Så fort Ga-re-ma får syn på Da-ro, hälsar han med att glatt tjoa ”Vi flaxar och vi flyger!”

”Vi krälar och vi smyger”, svarar Da-ro i vanlig samtalsröst.

”Så du minns vårt scout-rop?!”

”Hur kan jag glömma? Jag var scoutledare ända tills jag började mina studier vid Rymdakademin.”

”En gång scout?”

”Alltid scout, Ga-re-ma!” svarar Da-ro och gör den minovaranska scouthälsningen, genom att hålla upp högerhanden med högertummen mot vänstertummen och de andra fingrarna utsträckta.

”Jag antar att det är därför du är klädd helt i khaki idag?”

”Det är bara en slump. Jag lovar!”

”Mmm. Det är väl därför som du glömt den sandröda halsduken.”

Jim ler och skrockar åt de andra. ”Det märks att ni är gamla vänner.”

Da-ro sträcker ut en hand mot Jim, som tar den i sin. De går mot utgången när Ga-re-ma hojtar: ”Vänta! Det här är adressen till en riktigt trevlig och romantisk restaurang nere vid hamnen.” Han räcker över ett visitkort till Da-ro.

~ * ~ * ~

Efter en romantisk måltid tar det unga paret en promenad mot hamnen i Archimedes City. Strandpromenaden går längs en bukt på södra sidan av en halvö. Enstaka segelbåtar ligger förankrade med nerhalade segel några hundra meter från stranden, och fler liknande båtar syns i den lilla hamnen. De glittrande planetariska ringarna går som en båge bort mot Minovars nedgående primära sol. De båda mindre solarna befinner sig ännu högt på himlen, och skiner starkare än Jordens måne. Redan detta är en drömsk vy i sig, men denna kväll dubbleras dess glans genom att hela skönheten speglas i det stilla och blanka havet. Det sitter flera förälskade par på bänkar längs vägen, och på stranden finns större och mindre grupper av män som sitter och pratar eller umgås på olika sätt.

”Det här är makalöst vackert”, säger Jim med en halv viskning.

”Minovar har många vackra sidor, ska du veta!”

”Dessutom är planeten till större delen orörd av människor och teknik. Här finns säkert oändliga, outforskade områden och obefläckad natur.”

”Kom!” säger Da-ro. ”Vi kan sätta oss på den där lediga bänken.”

De sätter sig på en gammaldags parkbänk i trä. Da-ro lägger armen runt Jims axlar och kysser honom på kinden.

Med sin fria hand pekar Da-ro mot solarna: ”Om några minuter har ’Kungen’ gått ner, men ’Prinsen’ och ’Älskaren’ kommer att dansa vidare och ge oss sitt ljus genom halva natten.”

”Är det de officiella namnen på era solar?”

”Nej, men folk i alla tider har tyckt om att hitta på sagor.”

”Berätta en liten saga för mig!” ber Jim.

”Hm?” hummar Da-ro fundersamt. ”Jag kanske inte minns alla detaljer, men…” Han tar en liten paus, håller upp sin lediga hand mot munnen och harklar sig.

”Vi har en sägen som berättar att Himmelns Kung blev änkling när hans ende son fortfarande var väldigt ung. Kungen var hemskt nedstämd efter sin förlust, och hade inte hjärta att söka sig en ny gemål. Så den lille prinsen fick växa upp med en enda fader. Tyvärr var kungen nästan alltid upptagen med statliga göromål, så prinsen träffade i stort sett bara tjänstefolk och sina privatlärare.”

Da-ro ser hela tiden ut över havet medan han berättar vidare: ”En dag kom en av lärarna till prinsen och sade att det började bli dags att förbereda sig för firandet av hans dussinde födelsedag, hans myndighetsdag, och det innebar bland annat att han behövde lära sig att dansa. Eftersom prinsen var den ende arvtagaren till tronen, så kände kungen att detta var ett viktigt tillfälle där prinsen skulle kunna hitta en framtida äkta hälft, och därför bjöd han in fina herrar med söner i passande ålder från när och fjärran. Dansläraren såg sig om på slottet efter en lämplig ung man som prinsen kunde träna sig att dansa med, och hittade en kökspojke som var artig och skötsam. Prinsen hade väldigt sällan umgåtts med pojkar i sin egen ålder, och när han nu fick dansa med den charmige kökspojken bar det sig inte bättre än att prinsen förälskade sig i honom. Prinsen vågade inte ge efter för sin förbjudna kärlek eller tala om saken med sin fader kungen, utan han försökte gömma sina känslor djupt inom sig."

Efter en kort paus fortsätter Da-ro: "När det några dagar senare blev dags för den stora festen och balen, ville prinsen inte dansa med någon av de inbjudna gästerna. Kungen blev arg på sin son, och krävde att prinsen skulle bjuda upp minst en av gästerna. Den finurlige prinsen frågade om han fick bjuda upp vem som helst av de närvarande ogifta männen, och kungen sade att det var exakt vad han ville. Då gick prinsen raka vägen fram till kökspojken, som höll på att servera mat åt de fina gästerna, och bjöd upp honom till en virvlande dans."

Da-ro vänder sig nu och tittar Jim i ögonen. "Som du säkert kan räkna ut så blev prinsen och kökspojken ett vackert par på dansgolvet, och prinsens förälskelse var besvarad. Kungen blev förstås rosenrasande och vände ryggen åt sin son, precis som den nedgående primära solen, men prinsen och hans älskare dansade vidare genom natten."

Jim sitter tyst och tittar mot de två mindre tvillingsolarna Gliese 667 a och Gliese 667 b med glittrande ögon. Da-ro känner av sin älskares känslor och säger inget mer. Jim vänder sig mot honom och ger honom en lång och kärleksfull kyss. "Tack, Da-ro", säger han sedan.

De båda männen sitter tysta en stund. Jim fortsätter titta drömskt mot Prinsen och Älskaren, medan Da-ro låter blicken vandra över vågorna. Utan att sänka sin blick frågar Jim: "Känner du den här staden väl, Da-ro?"

"Tja, jag har varit här några gånger, men är mer hemma i Minovar City."

"Där vi landade?"

"Ja. Mina fäder bor i en mindre ort som ligger nära huvudstaden."

"Röda Ravinen?"

"Just det. Hur visste du det?"

"Ga-re-ma nämnde ortnamnet."

"Ah."

”Jag skulle vilja träffa dem någon gång.”

”Är du säker?” undrar Da-ro och tittar på Jim med en granskande min. ”De kan vara lite… speciella.”

Jim sänker sin blick till Da-ros ögon och frågar: ”Hurdå ’speciella’? Menar du ’konstiga’, ’genanta’ eller rent av ’skurrila’?”

”De kan hänga upp sig på ovidkommande detaljer.”

”Som vad då? Att du gillar killar?” skojar Jim.

”Nej, dummer! Det är bara lite svårt att förklara.”

”Jag kan presentera dig för mina föräldrar!”

”Jag tror inte om jag orkar åka till Jorden två gånger så nära inpå varandra…”

”Tror du att de kommer att bete sig som ’Kungen’ och vända dig ryggen när du virvlar bort med din enkle jordiske älskare?”

Da-ro snörper lite på munnen och säger: ”Det är inte uteslutet.”

”Varför det?”

”De kan vara rysligt beskyddande.”

”Och jag kan vara rysligt charmig!”

”Jag vet, Jim. Jag vet!” säger Da-ro och ler kärleksfullt.

”Förr eller senare måste jag få träffa dem.”

”Varför det?”

”Om inte annat, så för att be om lov att få gifta mig med deras son.”

Da-ro drar förvånat tillbaka huvudet. ”Menar du allvar?”

”Vill du inte det?”

”Jag…” Da-ro drar tillbaka sin arm från Jims axel och tittar honom djupt i ögonen. ”Jag hade bara inte vågat ta upp ämnet ännu.”

”Betyder det att du är intresserad?”

”Det betyder att jag nog måste ta ett snack med mina fäder ganska snart”, svarar Da-ro och ger honom en lång och het kyss.

De båda turturduvorna reser sig upp och börjar strosa tillbaka till centrum. Då säger Da-ro: ”Förresten, apropå presentationer: Jag tänkte bjuda några nära vänner på middag nu i helgen, och du är hedersgäst!”

”Du menar att du vill visa upp mig för dem?”

”Tja, kanske till viss del. Men främst tänkte jag att du ju inte känner så många här på Minovar.”

”Det är snällt tänkt av dig, Da-ro. Och jag ser fram emot att få prova på lite hemlagad minovaransk mat.”

”Hemlagad? Ajdå! Du menar att jag inte får ta några genvägar?”

Jim skrattar. ”Det är okej. Du behöver inte laga maten själv.” Han pussar Da-ro på kinden innan han lägger till: ”I alla fall inte den första gången” och blinkar övertydligt med ena ögat.

~ * ~ * ~

Da-ro tar Jims önskan på allvar och gör en väldigt färgrik sallad med något slags minovaransk, syrad ost och hembakat bröd. Dessutom anstränger han sig att duka ett vackert och inbjudande bord.

”Da-ro! Jag blir riktigt imponerad! Har du lärt dig att laga mat för min skull?” utbrister Jim.

”Ja, annars vore jag väl inte mycket till fästmans-material? Men jag ska villigt erkänna att jag bad pappi om lite hjälp, och de flesta ingredienserna kommer också från honom.”

Jim ger Da-ro en kritiskt granskande blick med huvudet på sned och högerhanden runt hakan. Han gör en tveksam min.

Da-ro skrattar bara. ”Åh, Jim, jag är ledsen, men det är alldeles för lätt att läsa dina känslor. Jag vet att du är väldigt nöjd med vad jag gjort, för du utstrålar ovanligt mycket kärlek just nu.”

”Asch, då! Nåja, ärlighet ska ju vara längst, och du var ärlig mot mig. Två gånger på raken, tror jag.”

Just då ringer det på dörrklockan.

”Okej, Mr Birch. Nu hoppas jag att mina vänner sköter sig. Annars får du nypa mig i armen, för att jag ska veta när det börjar bli dags att slänga ut dem.”

Den första gästen som anländer är Da-ros barndomsvän Ti-wi. Han är klädd i gräsgröna kläder från topp till tå. Jim tycker att hans kombination av kavaj och kortbyxor påminner om hur affärsmännen klär sig på Bermuda, men att färgvalet också får honom att se lite ut som en irländsk leprechaun.

Ko-bi och hans pojkvän Adnan kommer kort därefter. De är båda mörkhåriga och brunögda – den enda skillnaden är att Adnan kammat sitt hår i en stor lock som står upp i pannan, och Ko-bi har slätkammat hår. De är båda klädda i turkosa haremsbyxor med ett blomstrande svart mönster och löst sittande benvita skjortor dekorerade med ett mer diskret mönster i guldtråd.

”Men Ko-bi!” utbrister Da-ro. ”Jag har minsann aldrig sett dig så flärdfullt klädd!”

”Det är Adnan som inspirerar mig. Han har en hel garderob full med arabiska kläder, och jag gillar dem nästan lika mycket som jag älskar honom. Och turkos är hans favoritfärg.”

”Trevligt att äntligen få träffa din fästman, Ko-bi!”

Adnan ser lite undrande ut och frågar sin pojkvän: ”Är vi fästmän?”

”Ja, det är vi väl?” svarar Ko-bi lite överraskad.

”Varför har jag då ingen ring på mitt finger?”

”Åh, jag trodde bara att det inte behövdes i detta århundrade.”

”Trodde? Men snälla du, det vet du väl att…”

Jim har noterat att Adnan inte är minovaran, och passar på att avbryta den lilla diskussionen med att hälsa på honom och säga: ”Så trevligt att träffa en jordling här på Minovar!”

Adnan stannar upp, ler och svarar: ”Tack! Men du vet väl att vi utgör lite drygt en procent av befolkningen?”

”Så pass? Då måste jag ha hamnat på platser som människor undviker, för du är den förste jag träffat.”

Da-ro lägger armen om Jim och säger: ”Dessutom försöker jag ta med Jim till lite mindre välbesökta platser, för han har svårt att skärma av sina känslor.”

”Da-ro är väldigt omtänksam”, säger Jim med en ton av tacksamhet och ler mot honom.

I en full hörbar teaterviskning lägger Da-ro till: ”Vad han inte vet är att jag gillar hans oskärmade känslor, och att jag tar honom till dessa folktomma platser för att bara *jag* ska få känna hans beundrande blickar."

Ti-wi klappar sin gode vän på ryggen. "Din gamle rackare!"

"Men hör ni!" säger Jim. "Jag vill smaka Da-ros hemlagade mat. Ska vi inte slå oss ner på en gång?"

"Har Da-ro lagat mat?" utbrister Ti-wi. "Det måste jag få se!"

Adnan puffar sin pojkvän i sidan och säger: "Se och lär!"

Mellan huvudrätten och efterrätten går Ko-bi på toaletten. När han kommer tillbaka går han fram till sin pojkvän med en hemlighetsfull blick i ögonen. Han går ner på knä framför Adnan, som nu ser helt förvirrad ut. De andra tre middagsgästerna tystnar och ger Ko-bi sin fulla uppmärksamhet.

"Adnan, min käre", inleder Ko-bi och öppnar sin högerhand för att visa en ring som han tydligen flätat av en stjälk från en av de blommor som dekorerar middagsbordet. Han tittar djupt i sin pojkväns varmt bruna ögon och frågar: "Vill du bli min äkta make?"

Adnan får först inte fram ett enda ord, men han nickar och lyckas viska fram ett knappt hörbart "Ja". Då tar Ko-bi hans hand och sätter ringen på ringfingret.

Adnan ställer sig upp och håller ut sina armar för att visa Ko-bi att han vill få en kram. Ko-bi reser på sig och omfamnar sin fästman. Adnan är kortare än Ko-bi, och ser nästan ut som en liten pojke vid den starkare och mognare Ko-bis sida. Han försvinner i stort sett i Ko-bis famn.

Da-ro känner att han måste fråga: "Vad svarade han?"

"Han svarade 'Ja'", bekräftar Ko-bi. "Men han är så blyg." Han ger sin nyblivne fästman en öm kyss och tillfogar: "Självfallet ska vi byta ringen till något ädlare material vid första bästa tillfälle."

Adnan tar ett djupt andetag. Hans blyga förvåning går över till ett kärleksfullt leende. "Men den måste se exakt såhär vacker ut!" säger han med en svag röst medan han beundrar sin bräckliga ring.

Utan att säga ett ord plockar Da-ro upp en av blommorna från bordet och börjar böja skaftet till en liten ring. Jim ser detta på en gång, och de andra vänder nu sin uppmärksamhet mot Da-ro.

”Förlåt min billiga kopia av Ko-bis vackra konsthantverk, men...” Han stiger upp från sin stol och hukar på knä framför Jim, som börjar rodna. Da-ro fortsätter: ”Vill du bli min äkta make?”

Jim känner sig generad inför de obekanta männen. Da-ro höjer ögonbrynen och tittar ömsint på Jim. Jim koncentrerar sig på Da-ros klarblå och bedjande ögon. Han svarar: ”Ja, Da-ro. Självfallet!”

Da-ro fortsätter sitt plagierade frieri med att hålla ut sina armar för att visa att han vill ge Jim en kram.

Ti-wi känner sig lite utanför all den vackra romantiken, och blir aningen nedstämd. Ko-bi märker det och säger: ”Jag lovar Ti-wi, du kommer också snart hitta den rätte. Det är jag säker på!”

9. En nyttig lektion

Ett par dagar senare tar Jim en promenad ner till stranden för att träna på ett gym. Från stranden hörs skratt och glam från lekande barn. En del män ligger och solar på sanden, pojkar och unga män roar sig med bollspel och andra lekar både på stranden och i vattnet, och en del pappor leker lite lugnare lekar med sina mindre barn. Jim tycker det känns som rena rama paradiset.

Jim tänker att en stunds träning kanske kan hjälpa honom att tänka lite mindre på alla lättklädda män. Träningssalen har luftkonditionering, så att man ska slippa bli alltför varm i det subtropiska klimatet. Han joggar några kilometer, lyfter vikter minst lika länge, och svettas rejält. Det är inte så många andra på gymmet, och de som tränar har faktiskt inte riktigt lika avslöjande kläder som han hade befarat, utan de verkar mest vilja använda bekvämare kläder som passar för träning.

Enligt Jims tycke går experimentet riktigt bra, och han känner att han lyckats hålla både sina tankar och sina ögon för sig själv. Dessutom känner han sig lugnare och mer balanserad inombords.

Jim går till omklädningsrummet för att duscha. När han står och ska klä av sig, ser han en halvnaken mans rygg. Mannen är smal och ganska tränad, men absolut inte någon muskelbiff. Jim försöker att inte titta för mycket. När mannen böjer sig fram för att plocka upp något ur sin väska, syns dock hans lårmusklers form tydligt och hans svarta kalsonger stramar tätt runt hans muskulösa bakdel. De breda vita sömmarna på kalsongerna betonar lårens och rumpans runda och fasta former. Jim tappar den lilla självbehärskning han hade och beundrar synen.

När mannen vänder sig om med ett brett leende stammar Jim fram ett ”U-u-ursäkta, jag... jag beundrade bara dina fina byxor”. Plötsligt inser Jim att mannen är bekant – det är ju stewarden från rymdskeppet! ”Åh, är det du? Ursäkta, vad var det du hette?”

”O-la-fu. Och du heter Jim, om jag minns rätt?”

”Det stämmer. Jag är jordlingen som hela tiden gör bort sig.”

”För att du inte kan hålla koll på dina känslor? Jo, jag kan tänka mig!”

”Mhm! Jag kan inte titta på en karl, utan att han tolkar det som en invit!”

”Mmm.” O-la-fu nickar. ”Du borde kanske hälsa på min vän Mäster Za-ma-ge-nu-se, som undervisar självbehärskning”, säger han och blinkar med ena ögat.

”Självbehärskning? Ja, tack! Kan du ge mig hans kontaktuppgifter?”

”Vi kan väl duscha först, så ska jag ge dig hans adress borta i Urskogen.”

”I urskogen?”

”Ja, det är en stadsdel.”

Så de båda männen går ut till duscharna. Där ser Jim ett par unga och vältränade minovaranska män. Han noterar att de är helt solbrända utan minsta bleka fläck, och har inte ett hårstrå på sina kroppar förutom deras kortsnaggade svarta kalufser. De ser uppenbarligen ut att vara tvillingar. Jim tvålar in sig, men kan inte låta bli att snegla lite på de båda killarnas släta och tränade kroppar och deras rakade lemmar genom duschens strilande vattenstrålar. Killarna märker förstås av Jims blickar och tolkar dem som en invit. De börjar smeka sig själva i duschen. Jim vänder sig bort och tar av sig sina badbyxor för att kunna tvätta sig bättre.

När Jim råkar stjäla en till titt på killarna, har de börjat smeka varandra. Jim hickar till, vänder ryggen mot dem och försöker att blunda för att inte tänka på dem, men männen kommer fram till Jim och börjar oblygt smeka även honom. Jim känner sig klart besvärad och försöker att dra sig undan. Han säger: ”Nej, jag är inte intresserad!”

De båda killarna bara skrattar. ”Din mun säger ’nej’, men dina tankar säger ’ja’”, säger den ene killen.

”Och vi säger ’ja’!” bekräftar den andre.

O-la-fu ser vad som håller på att hända, och gör en lite beklämd min. Han skulle kanske inte ha något emot att titta på en liten, erotisk lek, men han inser samtidigt att det inte alls är något som Jim vill ta del i. Han går till undsättning. ”Förlåt grabbar, men min vän har inte lärt sig att lägga band på privata tankar. Jag tror definitivt inte att han vill ha sex varken här eller nu.”

De båda killarna tittar förvånat, än på O-la-fu och än på Jim.

Jim själv drar på sig sina badbyxor, stammar fram ett ”Nej, eh... Just det!” och går ut ur duschrummet.

O-la-fu kommer efter Jim, och säger ”Vi kanske borde gå och besöka min vän nu på direkten? Jag har inget annat planerat för idag. Visserligen hade jag tänkt bada, men...”

Den så kallade Urskogen börjar några mil norr om den halvö som stranden och hamnen ligger på. De båda männen åker den korta sträckan dit med den lokala underjordiska hyperloopen. Transportkapseln i vakuumröret är designad för hastigheter över tusen kilometer per timme, så det tar längre tid att gå till och från transportcentralerna än vad själva resan tar. Jim noterar dock till sin förtjusning att det finns förbindelser som när som helst kan ta honom härifrån till Minovar City, och han får en idé om att göra ett överraskningsbesök hos sin fästman.

När de kommit upp över mark igen, vandrar de på en stenlagd gångväg kantad av enstaka privata hus och odlingar. Det finns en och annan svävskyttel parkerad vid vissa hus, men utöver det verkar folk ta sig fram till fots i detta område. O-la-fu förklarar att i denna stadsdel bor de som vill leva ett lite gammaldags och enklare liv.

Medan de vandrar berättar O-la-fu att när minovaraners söner utvecklas kroppsligt och mentalt, får de en utbildning vid sidan av den ordinarie skolan för att bli färdiga för vuxenvärlden. Denna utbildning omfattar etik, moral, kärlek, erotik, uppfostran och även olika tekniker för att lägga band på sina erotiska tankar. Både lärare och elever går klädda i enkla och torftiga mantlar under undervisningen, för att de ska locka till sig så lite beundran och erotiska tankar som möjligt. Utbildningen avslutas med en stor fest, och därefter räknas pojkarna som vuxna, och de får bestämma mer över sig själva.

Ibland ordnar papporna även privatlärare av antik grekisk typ för myndighetsutbildningen. O-la-fu säger att Mäster Za-ma-ge-nu-se varit just en sådan privatlärare för honom i hans ungdom. ”Jag minns tryggheten att krypa in under mästarens mantel och somna i hans famn. Jag litar helt och fullt på honom”, säger O-la-fu.

”Du menar att du som barn hade sex med en vuxen man?”

”Nej, nej! Absolut inte. Han var som en extra far för mig. Om han skulle ha tagit sig minsta lilla frihet, hade mina fäder dessutom genast märkt det och sagt upp honom.”

Skogen visar sig bestå av träd som mäter över en meter i diameter. Det säregna med dessa jätteträd är lika gröna som de flesta träden på Jorden, men istället för löv eller barr har de ett slags gräsliknande hängen.

Vägen delar upp sig i lite snirkliga stigar mellan träden. Det står enstaka små hus mellan träden, och det verkar som att de används för att parkera barnvagnar och någon typ av cyklar. ”Här har naturvänner byggt hus så nära naturen som det bara är möjligt”, förklarar O-la-fu och pekar upp i träden. ”De flesta av dem försöker att leva med så få ägodelar som möjligt.”

När Jim höjer blicken, får han se vackra små hus och terrasser runt träden, hängbroar mellan terrasserna, och trappor som slingrar sig runt vissa av träden. Det finns definitivt långt många fler färgglada blommor uppe bland kojorna än i resten av skogen. Allt ser i en första anblick ut att vara byggt i trä, men kojorna är målade i färger som flyter samman väldigt väl med växtligheten, så det är svårt att veta helt säkert utan en närmare inspektion. Han ser även personer som sitter eller går där uppe, och en liten pojke som står och blåser såpbubblor. Dessutom kan han tydligt höra att någon spelar flöjt någonstans där uppe. Han kan inte dra sig till minnes att någonsin ha sett något så harmoniskt och inbjudande. Det hela kan beskrivas som en veritabel drömvärld för lekglada pojkar, och Jim kan knappt tro sina ögon. ”Det här är ju helt otroligt!” utbrister han.

O-la-fu ler glatt. Som den minovaran han är, känner han självfallet av Jims känslor, men säger inget om det. Han går bara fram till ett av träden och drar i ett klocksnöre. Då tystnar den drömska musiken.

Snart kommer en äldre man nerför den trappa som slingrar sig runt trädet. O-la-fu lägger ena handen på hjärtat och böjer sitt huvud djupt i en hälsning, varefter han ger mannen en kram och säger: ”Det här är min vän Mäster Za-ma-ge-nu-se. Men jag brukar kalla honom för ’Mäster’.”

Mannen ser ut att vara runt sextio jordiska år gammal, han har tydliga leopardfläckar och smaragdgröna ögon. Mannen är endast klädd i ett höftskynke, men lyckas ändå se elegant och världsvan ut. Jim kan inte undgå att notera mannens sunda och tränade kropp. Det enda som tydligt avslöjar att han är lite äldre, är hans gråsprängda hår och rynkorna på hans händer.

Jim försöker se mannen i ögonen, sträcker fram handen och säger ”God dag!” När han tar mannens hand, känns den mycket varm och mjuk, och han uppskattar det. Han tittar på handen, noterar att mannen har smala, långa och eleganta fingrar, och utbrister: ”Du har en musikers händer!”

Mannen tittar på Jim och säger artigt: ”Trevligt att träffas! Du har inte varit så länge här på Minovar, gissar jag?”

”Nej, bara några dagar.”

Mannen nickar och ler. ”Jag förstår”, säger han. ”Du kan också kalla mig ’Mäster’.” Han nämner inte att han känner av Jims vidöppna sinne och öppet intresserade tankar.

O-la-fu berättar om Jims problem med att oavsiktligt flirta med främmande män, och den äldre minovaranen nickar förstående. ”Följ med mig upp, så kan vi ta en kopp te och prata lite mer!”

Mäster går före, och O-la-fu låter Jim gå upp innan han själv följer efter.

När de kommit upp i kojan, visar Mäster dem en soffgrupp bestående av en liten soffa och ett par enkla men bekväma stolar med polstrade dynor.

”Varsågoda!” säger han.

Möblerna är gjorda i ett material som ser ut som trä eller bambu, och där står ett bord i samma lätta material. Från sin stol har Jim en vacker utsikt ut bland trädkronorna, och han kan höra ett obekant kuttrande läte från något okänt djur där ute. Jim inser nu att Za-ma-ge-nu-se har en bostad bestående av tre sammankopplade kojor uppe i träden.

Mäster går in i ett annat rum. När han kort därefter kommer med en bricka med tre koppar, har han tagit på sig en tunn kimono-liknande dräkt i ett grönt och silkigt material.

”Jag uppskattar beundrande blickar lika mycket som de flesta andra minovaraner”, bekänner Mäster. ”Men jag tänkte att du kunde slappna av lättare om jag skyler mig lite.”

Sedan serverar Mäster te och några små sötsaker med stark mintsmak. Han sätter sig bredvid O-la-fu i soffan på andra sidan bordet från Jim.

”Jag antar att du är van vid att beundra skönhet, och rent av fantiserar ganska friskt?” säger den äldre minovaranen.

”Jo, jag uppskattar skönhet, precis som de flesta. Men jag tror inte att mina fantasier är livligare än andras.”

”Det kan vara lite olyckligt i ett samhälle med empater som kan känna av dina känslor. Men jag kan lära dig ett par trick. Kan du några ramsor?”

Jim ryggar till. ”Ramsor? Nu förstår jag inte…”

Za-ma-ge-nu-se tar ner en broderad bonad från väggen. Motivet är små fåglar som ser ut att hoppa hage, och där står en text mellan figurerna. Det är definitivt en tavla som någon gjort för att sätta upp i ett litet barns sängkammare.

Mäster räcker över bonaden till Jim och förklarar: ”Min ene farfars fäder kom från Sverige. En av dem broderade den här bonaden.”

”Så jag gissar att den här texten är skriven på svenska?”

”Jo, de tyckte det var viktigt för farfar att lära sig svenska. Jag utgår från att du har en mikroöversättare som kan översätta talad svenska till standardengelska?”

”Ja”, svarar Jim och nickar.

Den äldre mannen harklar sig och läser från bonaden: ”Det står ’Äppel, päppel, pirum, parum. Fågeln satt på trädets gren. Han sa’ ett, han sa’ tu, ute ska du vara nu.”

Jim sitter och ser ut som ett stort frågetecken.

”Förstod du inte?” undrar Mäster.

”Jo, jag förstod alla orden, men…” Han ser förbryllad ut.

”Det viktiga är inte betydelsen. Det kan vara till stor hjälp att koncentrera sig på sådana enkla ramsor för att inte tänka alltför vågade eller ofiltrerade fantasier.”

Jim rynkar oförstående på ögonbrynen. ”Det låter överdrivet enkelt. Som magi, rent av!”

”Det är ett första steg. Ett annat steg är att räkna multiplikation av tvåsiffriga nummer i huvudet. Sedan kan jag även lära dig en meditationsform. Men först kan du väl berätta lite mer om dig själv?”

Jim berättar först lite om sitt arbete, och sedan om sin resa och sina upplevelser under de senaste dagarna. När han berättat klart, ställer Mäster sig upp.

”Bra. Nu känner jag dig lite bättre. Men nu ska vi träna, så vrid din stol så att du kan se rakt på mig!” Jim gör som Mäster önskar. ”Börja med den decimala multiplikationstabellen. Hur mycket är tretton gånger elva?”

Jim tänker en kort stund och svarar: ”Hundrafyrtiotre.”

”Okej. Fortsätt med tretton gånger tolv, tretton gånger tretton och så vidare!”

Jim fortsätter räkna. När han kommer till tretton gånger femton, knyter Mäster sakta upp bältet i sin klädnad. Allteftersom Jim rabblar beräkningar, lättar han steg för steg på sin klädsel.

Jim tänker att Mäster inte alls är tokig att se på, utan är i god form utan att vara någon muskelknutte. Hans hud är slät och ganska solbränd. Hans vader och lår är fasta, hans mage är ganska ribbad. Jim känner sig lite stressad av att försöka att inte titta för mycket, men rummet är inte så stort och det finns inte många saker att fästa blicken på. Då faller även Mästers höftskynke till golvet.

Generad låter Jim sin blick falla mot Mästers fötter. Utan att yppa ett ord vänder den nu nakne mannen sig mot O-la-fu, som sitter och fnissar, och tittar stint på honom. O-la-fu biter sig i läpparna och blir tyst.

Mäster vänder sig mot Jim och manar honom: ”Se på mig och fortsätt räkna!”

Jim försöker koncentrera sig på Mästers ögon och fortsätter att räkna tretton gånger arton, tretton gånger nitton… men han är medveten om Mästers fulla nakenhet.

Då går Mäster bort till ett skåp, vilket leder till att Jim får se hans baksida, som även den ser tränad ut. ”Fortsätt räkna!” repeterar han, och kommer tillbaka med en tub i sina händer. ”Jag behöver smörja in mig med solkräm”, förklarar han och klämmer ut lite kräm i ena handen.

Jim fortsätter att räkna fjorton gånger elva och fjorton gånger tolv, medan Mäster böjer sig fram med rumpan mot Jim och masserar in kräm på sina vader. Jim ser Mästers välformade ben, en riktigt välformad rumpa, händerna som masserar vaderna… Han känner en lätt upphetsning smyga sig på. Han tystnar, vänder sig skamset bort och blundar hårt.

Då börjar O-la-fu skratta rakt ut.

”O-la-fu!” säger Mäster med en plötsligt barsk röst. Han harklar sig och fortsätter i en lite vänligare stämma: ”Var nu snäll mot vår gäst! Han rår inte för att han känner upphetsning, och jag utmanade honom avsiktligen. Men detta var bara första försöket. Man kan inte bemästra tekniken på så kort tid."

"Förlåt, Mäster!" säger O-la-fu. "Och förlåt, Jim!"

"Men nu har jag klätt på mig igen", säger Mäster, "så du kan öppna dina ögon."

Jim öppnar sina ögon. Han rodnar – som så ofta förr.

Mäster sätter sig ner igen. "Det är inte utan att det gläder mig att mitt utseende tilltalar dig, och jag tar inte illa upp. Vad du känner är helt naturligt, och absolut inget att skämmas för. Upphetsning handlar om enkel och naturlig biologi, och är bara ett tecken på hälsa. Du är en ung man, och dina hormoner kan spela små spratt med dig. Att du blir upphetsad behöver inte betyda att du vill gå till sängs med vem som helst som du nyss träffat."

"Nej", svarar Jim, "Men det generar mig att ni minovaraner kan läsa min minsta lilla erotiska tanke."

"Vi kan läsa av arga, ledsna och glada känslor också. Har du tänkt på det?"

"Nej. Inte alls, faktiskt."

"Nej, för det orsakar inga besvär för dig själv. Men det kan däremot besvära oss."

"Det hade jag inte tänkt på", svarar Jim med en lätt skuldmedveten röst.

"Det är inget att skämmas för. Men det är något som vi minovaraner måst lära oss leva med."

Jim vänder sig om efter sin tekopp. Han lyfter den mot Za-ma-genu-se och säger: "Tack för en viktig lektion!"

"Det var en heder, unge man. Och du får gärna komma tillbaka för fler lektioner."

"Tack, Mäster! Jag befarar att jag kan behöva störa dig en hel del…" Jim tar en klunk av sitt te, och fortsätter sedan: "Förlåt mig, Mäster, men kan jag få fråga en personlig fråga?"

"För all del", svarar Mäster. "Vad funderar du på?"

”Ditt namn har fem stavelser. Betyder det att du har fem fäder?”

”Ja, det stämmer. Jag är ett tempel-barn. Det betyder att det var en munk som bar mitt ägg, och därför är första stavelsen i mitt namn ’Za’, som är lite av en heders-stavelse. Utöver denne munk har fyra andra män varit stöttande fäder och tagit hand om min uppfostran.”

”Ah! Nu förstår jag!” säger Jim. ”Min fästman sade att barn med långa namn kunde härröra från någon sorts tempel-högtider.”

”Det stämmer alldeles!” instämmer mäster.

När Jim och O-la-fu lämnat Mäster i hans hemtrevliga trädkojor, och vandrar nerför spiraltrappan, hör de åter de svävande flöjttonerna. Jim talar mest till sig själv när han säger ”Här skulle jag definitivt kunna tänka mig att bo!”

”Har du tänkt att bosätta dig här på Minovar?” undrar O-la-fu.

”Jag har redan börjat jobba här, och jag har en minovaransk fästman.”

”Åhå. Då förstår jag vad du menade med att du ville komma tillbaka på fler lektioner hos Mäster. Men får jag fråga vad du jobbar med?”

”Jag är arkeolog.”

”Aah! Jamen då vet jag på en gång exakt var du jobbar! Har du grävt upp något spännande?”

”Tja, än så länge sitter jag mest och analyserar metallföremål som andra grävt fram. Men jag gillar jobbet.”

”Mhm! Jag har sett bilder på några av de där föremålen du talar om. Det låter väldigt spännande.”

”Du kan gärna komma på besök till utgrävningarna någon gång.”

”Tack! Jag tror definitivt att jag ska utnyttja din inbjudan.”

”Kul! Det gläder mig att lära känna en minovaran som inte är en kollega eller en av min fästmans vänner.”

”I så fall hoppas jag att du snart kommer att hitta fler vänner här omkring, för jag jobbar ju på rymdfärjan varannan vecka – och det handlar om minovaranska veckor!”

”Men det passar ju perfekt! Då är det knappast någon risk att Daro ska bli svartsjuk!” utbrister Jim och skrattar kamratligt. Sedan lägger han till: ”Dessutom är jag ganska avundsjuk på dig som varannan vecka kan njuta av rymdens avkopplande vyer.”

”Tja, efter ett tag vänjer vi alla oss vid det som vi får se hela tiden, och blir kanske lite avtrubbade. Men jag kan erkänna att jag personligen tycker att det här är ett mycket trevligt bostadsområde. Om du flyttar hit, så kan du räkna med att jag kommer på besök ganska ofta!”

”Du är hjärtligt välkommen, O-la-fu!” säger Jim glatt. En kort stund därefter lägger han till, lite som en fråga till sig själv: ”Jag undrar bara om man skulle våga måla ett av träden så de ser mer ut som ett par ankfötter, så att folk tror att det bor en häxa i ett av träden?”

10. Välkommen till familjen?

Eftersom Da-ro är mycket medveten om hur Jim kämpar med att lägga band på sina spontana känslor och vänja sig vid andra kulturella skillnader, så har han skjutit upp det oundvikliga besöket hos sina fäder. Men de senaste två veckorna har bara gjort honom än mer övertygad om att han definitivt vill knyta trohetsband med Jim.

En dag sitter han på sitt kontor och sliter med kalkyler för energidynamiken i en komponent till en ny gravitationsspole, när Ko-bi kommer förbi och säger att han har fått ett besök: Jim har helt oväntat tittat förbi.

”Jim? Vilken överraskning!”

”Stör jag?”

”Stör? Du inte bara stör, utan du vänder alldeles upp-och-ner på hela min dag. Välkommen!” Han ger Jim en puss på läpparna. ”Jag behöver verkligen ta en paus. Kom! Vi kan hämta något att dricka och sätta oss på terrassen.”

”Jag hade hoppats få ta en liten titt på vad du jobbar med.”

”Jag kan ta dig på en guidad tur efteråt. Just nu behöver jag en paus.”

Jim kan inte undgå att notera det torusformade skepp som står parkerat på fältet bakom institutionen för temporalforskning.

”Ett flottyrkringel-format rymdskepp? Jag hade glömt att ni har nebulosiska medarbetare. Jag utgår från att ni inte ser mycket av dem?”

”Du känner nebulosier. De sätter stort värde på sin integritet.”

”Jo tack! Jag har haft en del professionella samband med dem.”

Da-ro dricker lite av sitt te och byter samtalsämne: ”Vet du, Jibbi, jag var hos mina pappor häromkvällen. De vet att jag sedan min tripp till Italien har en pojkvän från Jorden, och de vill gärna träffa dig.”

”Ajdå!” Jim grimaserar. ”Är du hemskt orolig nu?” skämtar han.

”Nej, det är ingen fara. Pappi Ma-ro är en riktig romantiker. Han gläds verkligen med oss. Och pappa Da-bao-lo har sagt att han är väldigt intresserad av att höra dig berätta om ditt jobb.”

”Du, jag har undrat över en sak. Jag hör att minovaraner använder orden ’pappa’ och ’pappi’. Vad är skillnaden?”

”Vi brukar säga ’pappa’ om den fader som burit ägget, och ’pappi’ om den eller de som stöttat honom”, förklarar Da-ro.

”Ah. Okej. Så det är lite som ’primär’ och ’sekundär’ pappa?”

”Jo, lite så. Men det låter inte direkt snällt att kalla någon för ’sekundär’.”

”Men du är ju adopterad. Hur har du valt vem du ska kalla för det ena eller det andra?”

”Första stavelsen i minovaranska namn brukar vara en stavelse från den äggbärande faderns namn.”

”Ah! ’Da’ som i ’Da-bao-lo’, med andra ord.”

”Just det”, bekräftar Da-ro. Han dricker upp de sista dropparna ur sin kopp. ”Är du redo för rundturen nu, Jim?”

När Jim lämnat Da-ro till sitt arbete, passar Da-ro på att kontakta sina fäder, för att fråga när det skulle fungera för dem att få ett besök. Samtidigt passar han på att be dem om att inte prata om hur de hittade honom. Han tycker inte om deras osannolika sagor, och gillar inte att höra deras prat om att han skulle komma från forntidens Jorden.

Da-ro skjutsar Jim hela vägen från Archimedes City till Röda Ravinen i en svävskyttel. De hade utan problem kunnat göra samma resa med hyperloopen på väldigt kort tid, men Da-ro ville passa på att bjuda Jim på en lugn sightseeing-tur, och de fick den romantiska färden att ta en hel timme.

När de landat på gårdsplanen framför Da-ros fäders hus, slås Jim av den enormt frodiga grönskan. Det är första höstmånaden på Minovar, och många av familjens träd bär frukt. Det finns tusentals blommor i långt många fler färger än vad regnbågen har.

Da-ro går och ringer på dörren, men stiger genast in utan att vänta på svar. ”Välkommen, min käre”, säger han och gestikulerar storstilat åt Jim att gå in.

Jim tvekar och lägger in en diskret protest: ”Da-ro, älskling, jag skulle verkligen vilja ta en närmare titt på trädgården!”

”Då ska jag be mina fäder om att ge dig en vandring efter maten!”

Da-ros husdjur Algernon låg och sov i sin korg, men vaknade när han hörde dörrklockan och skuttar nu fram till sin husse. ”Titta! Det här är min bäste barndomsvän”, förklarar han och lyfter upp den lille pälsbollen. ”Han tycker om att lyssna till Mozart, men det är väl mest för att jag gör det. Han känner ju av vad jag gillar.” Han kliar sin minolor bakom öronen. ”Jag har haft honom sedan jag fyllde ett halvdussin.”

Da-ros fäder kommer ut ur köket och hälsar på sin son, som presenterar Jim för dem. Han nämner först bara Jims förnamn, och fäderna verkar bara glada. Men sedan sträcker Jim fram handen och presenterar sig som ”Jim Birch”, och då rycker Da-bao-lo till en aning av förvåning.

”Jim Birch”? Hur stavar du det? Frågar han.

”J-I-M i förnamn, B-I-R-C-H i efternamn”, bokstaverar Jim.

”Åh”, är allt vad Da-bao-lo säger.

”Vad är det, Bao?” undrar hans make.

”Nej, det var inget. Jag kom bara att tänka på en sak”, svarar Dabao-lo, och blir ovanligt tystlåten.

Jim tittar lite smått förvirrat mot Da-ro, som bara rycker på axlarna och gör en min för att visa att han inte vet vad hans pappa menar.

Ma-ro avbryter den lite egendomliga tystnaden med att säga ”Vi har förberett lite mat!” Han ler hjärtligt och visar Jim till ett väldigt elegant dukat bord med stora blomsterarrangemang.

”Nu ser jag att färdigheten i att dekorera middagsbord är något som du fått lära dig här hemma”, viskar Jim till Da-ro.

”Det underlättar att vara trädgårdsmästare och ha sina egna växthus och rabatter”, svarar han sin fästman och ler.

Da-ros fäder bjuder Jim att sätta sig först. Ma-ro serverar honom en fruktdryck med orden ”Detta är fruktmust från våra egna odlingar.”

”Åh? Har ni något slags minovariska äpplen?”

”Musten kommer från en frukt som har ungefär samma fasthet som äpplen, men smaken kommer att överraska dig. Da-bao-lo har studerat till trädgårdsmästare på Jorden, och han har roat sig med korsbefruktningar och ympningar sedan många år här på Minovar.”

Jim håller upp glaset och frågar: ”Får jag tjuvstarta med en provsmakning?” Ma-ro nickar ett jakande svar, så Jim läppjar av musten. Smaken påminner lite vagt om kiwi. ”Mmm! Spännande!” säger Jim glatt, och ställer ner glaset.

”Vänta tills du får smaka Ma-ros matlagning! Han kan göra kulinariska mästerverk med de grönsaker som vi odlar!” säger Da-bao-lo som just har burit in en ugnsform från köket och nu ställer den mitt framför Jim.

Den ljuvliga doften från den ångande grönsaks-docken stiger upp i Jims näsa, och han utbrister: ”Åh! Jag tror jag förstår vad du menar!”

”Varsågod att ta för dig!” uppmanar Da-bao-lo och sätter sig bredvid sin man.

Jim förser sig av docken och skickar den vidare till Da-ro. Sedan lägger Jim även lite sallad på sin tallrik och säger: ”Så ni odlar alla sorters frukt och grönsaker? Om jag dömer av storleken på era odlingar, så förser ni säkert många hushåll med mat. Och jag vet ju att alla minovaraner tydligen är vegetarianer.”

Da-bao-lo svarar: ”Jo, allt vad du säger stämmer. Jag skulle vilja tro att varje hushåll i Röda Ravinen äter något från våra odlingar minst ett par gånger i veckan. Dessutom skickar vi mer än hälften av vår produktion till Minovar City och andra orter, så det finns säkert många storstadsbor som också lärt sig uppskatta våra grödor!"

"Pappa är stolt över sina framgångar, ska du veta!" inflikar Da-ro. "Kan du skicka salladen, Jibbi?"

Ma-ro hoppar till så hastigt att han sätter den fruktmust han smuttat på i halsen. Han hostar och harklar för att återhämta sig.

"Vad är det, pappi?" undrar Da-ro.

"Ingen fara!" svarar Ma-ro.

"Men varför hoppade du till sådär?"

"Åh, det var inget", svarar han och hostar lite mer.

"Pappi!" förebrår Da-ro. "Tror du att jag tappat näsan, och inte vittrar så tydliga lögner?"

Ma-ro håller ena handflatan lite diskret vid sidan av munnen, som om det skulle förhindra Jim från att höra vad han säger. "Vi hade ju lovat att inte prata om det", säger han med låg röst.

Jim förstår inte vad de andra talar om, men tycker det börjar kännas lite genant. Han försöker hålla fram salladsskålen till sin fästman och säger: "Da-ro, ville du ha sallad?"

Da-ro hoppar till lite överraskat och inser att han nästan glömt bort att han lovat sig själv att undvika onödigt gnabb med sina fäder. "Förlåt, Jim!" Han ler ömt och tar emot skålen. "Låt oss tala om något annat!"

Da-bao-lo är snabb att plocka upp tråden: "Ja, just det! Berätta för all del lite mer om dig själv, och vad du grävt upp för något spännande!"

När de ätit varmrätten tar de en liten bensträckare. Da-ro går och plockar upp Algernon. Jim passar på att titta närmare på det lustiga lilla djuret. Då lägger Da-ro märke till att hans fäder börjat tissla och tassla om något, och hans luktsinne säger honom att de börjar bli lite nervösa. De har inte ens börjat plocka undan porslinet, så Da-ro räcker över Algernon till Jim och säger: "Kan du hålla honom en liten stund?"

Da-ro går fram till sina fäder och frågar: ”Vad är det för hemligheter ni står och pratar om?”

”Oh, inget. Vi bara oroar oss lite om det inte blir för mycket av en kulturchock för Jim att flytta hit från Jorden”, svarar Ma-ro.

”Ja, att ni kanske går lite snabbt fram? Ni kanske borde vänta ett par år innan ni tar nästa steg?” förtydligar Da-bao-lo.

”Ska ni inte lära känna varandra lite bättre innan ni knyter ihop era påsar?” lägger Ma-ro till.

”Vad är det *med* er?!” utbrister Da-ro uppenbart upprört. Sedan sänker han sin röst och frågar: ”Vad är det ni står och insinuerar?”

Ma-ro fortsätter tala med sin låga röst: ”Dina biologiska farfäder…”

”Vad i hela Minovar har *de* med något att göra just nu?”

”Namnen på den loggbok som vi fann i ditt bylte var just ’Da-ro’ och ’Ji-bi’!”

Nu börjar Da-ro bli irriterad, och får svårt att inte höja rösten när han utbrister: ”Och vad har *det* med något som helst att göra?”

”Vi tänker bara att…” börjar Ma-ro säga, men tvekar sedan. ”Du kallade honom ’Jibbi’, och det låter hemskt mycket som ’Ji-bi’, och oddsen för att…”

”Oddsen?!” fräser Da-ro. ”Mitt smeknamn för Jim är en ren slump!” väser han med en ilsken viskning.

Da-bao-lo försöker förtydliga: ”Vad Ma-ro menar, är att vi tror att dina farfäder hette Da-ro och Ji-bi, och det tycker vi är ett väldigt osannolikt sammanträffande.”

”Ma-ro kallar dig för ’Bao’, och jag kallar Jim för ’Jibbi’. Det är samma sak!”

”Inte direkt. Du vet mycket väl att ’Bao’ betyder ’älskling’ på minokreol”, säger Ma-ro.

”Och ’Jibbi’ låter som ’jippi’, som är ett uttryck för glädje!”

”Men…” fortsätter Ma-ro lite tvekande. ”Du håller nu faktiskt på att bygga en tidsmaskin, och era namn stämmer överens med namnen på den där loggboken som vi…”

”Tror ni att Jim är min farfar? Och att jag är min andre farfar?” avbryter Da-ro. ”Struntprat!” snäser han. ”Jag sade ju åt er att jag inte vill höra sådana dumheter! Dessutom är ’Jibbi’ fortfarande bara ett smeknamn som jag själv hittat på. Eller, vem vet, det var kanske bara ett minne av den där loggboken som dök upp i mitt undermedvetna!”

”Förlåt oss, Da-ro!” säger Da-bao-lo och håller ut sina öppna händer i en fredlig gest. ”Vi tänker bara på ditt bästa!”

I en kvävd viskning väser Da-ro: ”Jim är det bästa som hänt mig, och vi vill varandras bästa. Jag tänker gifta mig med honom oavsett vad ni pladdrar om. Dessutom är vi faktiskt redan förlovade!” Han håller upp sin vänsterhand för att visa sin guldring som bevis.

Ma-ro slänger ut sin arm och greppar Da-bao-los överarm hårt. ”Bao!” viskar han.

”Ja, Ma-ro, Jag hörde vad han sade”, säger Da-bao-lo stilla.

”Jim kom faktiskt hit idag för att uttryckligen be om er välsignelse.”

Ma-ro får något drömskt i ögonen. ”Men… Det är ju…”

Da-bao-lo avslutar sin makes mening: ”Alldeles fantastiskt!”

”*Vänta här nu*!” protesterar Da-ro. ”Sakta i backarna! *Först* håller ni på med ert eviga tjat om att ni inte vet vilka mina fäder är, och dillar något om att ni tror att jag skulle vara min egen farfar. Och *nu* tycker ni att det är ’alldeles fantastiskt’?”

Da-bao-lo tar sin son om axlarna och säger: ”Det är klart att vi oroar oss lite, men samtidigt kan vi glädjas över att du träffat någon som betyder så mycket för dig.” Han böjer sig fram och ger Da-ro en puss på kinden.

”Ni är ju komplett vimsiga!” säger Da-ro uppgivet och skakar på huvudet medan hans fäder plötsligt sätter igång att duka av bordet.

Da-ro går tillbaka till sin fästman och minoloren.

”Vad var det där om?” undrar Jim.

”Bara en massa tomt struntprat. Inget att bry sig om”, säger Da-ro lite surt och blänger mot sina fäder.

”Så det handlar inte om att de känt doften av våra feromoner, och vet att vi varit intima med varandra?”

”Nejdå. Det märkte de så fort vi steg innanför dörren, men de är för finkänsliga för att tala om det.”

Jim motstår reflexen att tappa hakan inför det prekära avslöjandet, och säger istället: ”Jag vet att jag inte är en minovaran, men just nu tror jag faktiskt att jag börjat lära mig läsa dina känslor väldigt tydligt. Jag och Algernon tror att du behöver en kram.” Han räcker tillbaka Algernon till Da-ro.

”Jo, förvisso. Men samtidigt kan jag berätta att när allt kommer omkring så tror jag att mina pappor är redo att svara på den där frågan du ville ställa till dem.”

”Ursäkta? Vilken fråga?”

”Har du glömt varför vi kom hit? Du ville fråga om min hand.”

”Om din…” Jim hickar till och slänger upp handen över sin mun. Han står där storögd och tyst för en stund. ”Herre Jösses! Har du berättat det för dem?”

”För att få tyst på dem, ja. Och det verkade fungera som rena magin.”

”Tycker du att jag ska fråga dem om det här och nu?”

”Absolut!”

Jim vänder blicken mot Da-ros fäder som står med alla tallrikar och glas i sina händer och tisslar och tasslar hemlighetsfullt. När de ser Jims blick, blir de plötsligt väldigt måna om att raskt gå ut i köket.

”Jag tror jag ska vänta tills efter efterrätten”, konstaterar Jim.

Da-ro släpper ner sin minolor och följer Jim tillbaka till bordet. De sitter tysta, håller varandras händer och tittar i varandras ögon medan de väntar på att efterrätten ska serveras. De märker inte ens att det drar ut egendomligt länge på tiden.

Till sist kommer Ma-ro ut ur köket med en kaka i händerna. Han placerar kakan mitt framför de unga tu med ett stort leende. Da-bao-lo ställer fram desserttallrikar och bestick, och lyckas att få något så enkelt att se ut som en märkvärdigt stor prestation. Da-ro anar ugglor i mossen, släpper Jims händer, vänder sig mot Ma-ro och frågar: ”Vad har ni nu hittat på?”

Jim drar i Da-ros skjortärm. ”Da-ro...” säger han försiktigt och pekar mot kakan.

Da-ro ser kakan och tappar hakan. Hans fäder har letat upp glasyr och skrivit ”Da-ro” och ”Jim” på kakan. Dessutom har de målat ett litet hjärta mellan namnen. ”Ja, Jibbi. Jag tror att du fått svaret på din fråga innan du ställt den”, säger Da-ro och nickar stilla.

Jim tar Da-ros ena hand i båda sina och harklar sig. ”Ma-ro, Da-bao-lo, jag har något som jag skulle vilja fråga er.” Båda männen ler vänligt mot honom. ”Kan jag få den äran att gifta mig med er son?”

”Självfallet!” säger Ma-ro på direkten.

Da-bao-lo nickar också instämmande och frågar sedan: ”Har ni diskuterat något datum?”

Ma-ro lägger sina händer på Da-ros axlar och säger ”Grattis!” Sedan vänder han sig mot Da-bao-lo och säger: ”Nu är det bara en tidsfråga innan vi blir farfäder!”

”Pappa!” säger Da-ro till Da-bao-lo. Han vänder sig mot Ma-ro och säger ”Pappi! Ni är alldeles underbara. Men...” Han vänder sig tillbaka till Da-bao-lo för att avsluta med: ”Jag är rädd att ni skrämmer Jim en aning. Dessutom kan faktiskt min lillebror också få barn, även om han ännu inte är gift med sin pojkvän.”

Jim skrattar. ”Det är okej, älskling. Jag tycker om barn – så länge jag inte behöver transplantera in en äggblåsa på magen för att få dem.”

”Åh! Så bra. Då kan jag ju ta en dubbel bit av kakan, så att jag får energi för både mig och ett ägg!”

”Äsch, han skämtar bara. Det tar ett par veckor innan hans nästa cykel, och innan dess kan han inte få något ägg”, informerar Ma-ro artigt.

”Pappi!” protesterar Da-ro. ”För mycket information!”

Jim bara skrattar.

Da-bao-lo höjer sitt glas med orden: ”Men låt oss nu skåla för er välgång, pojkar!”

11. Vintern kommer

Jim jobbar vidare på utgrävningarna, och har haft ett antal framgångar. Två ytterligare rum har grävts ut, och man har hittat enstaka nya metallföremål i dem. Bland dessa föremål finns en tallrik med ett motiv som verkar föreställa en humanoid i någon sorts rymddräkt. Bilden är inte överdrivet detaljrik, så det är till exempel omöjligt att med säkerhet se hur många fingrar figuren har på vardera handen. Däremot är det ganska tydligt att figuren har två ben och två armar, och den verkar ha två armleder och två knäleder per lem. Figuren verkar dessutom ha längre hals än människor och minovaraner. Tallriken har även en inskription med samma sorts ideogram som på flertalet av de andra metallföremålen man funnit.

Metallurger har kommit fram till att den ovanligt lätta legeringen i valven och de andra metallföremålen till större delen består av magnesium och keramiska nano-partiklar, vilket delvis matchar kinesiska material från tidigt 2000-tal. Molekylstrukturen är uppenbarligen extraordinärt stark, men man har ännu inte funnit hela förklaringen till exakt hur denna ovanligt hårda och lätta metall har skapats, eller hur man kunnat forma den så elegant och dessutom gravera den så som man gjort. Det finns ju inte minsta tillstymmelse till bucklor eller repor i något av de föremål som Jim har analyserat.

Fler sinologer och andra lingvister både på Minovar och på Jorden har tittat på den lista med inskriptioner som Jim sammanställt, men de har bara kunnat tolka brottstycken av de korta texterna. Man har hittat fler symboler för siffror bland ideogrammen, så man är ganska säkra på att den urna som Jim tittade på under sin första arbetsdag talar om en plats med numren ”27” och ”39”, och en ”isig ö”. Resten av de flesta andra texttolkningarna är dessvärre lika bristfälliga och till stor del gissningar.

Ga-re-ma kommer och sätter sig vid Jims skrivbord. Han sitter tyst en kort stund och säger sedan: ”Jim, jag vill att du ska veta att jag är väldigt nöjd med allt arbete som du lagt ner i det här projektet. Problemet är bara det att projektet i helhet går väldigt sakta, och det skulle vara bra om vi finge några nya trådar att spinna vidare på.”

”Jag vet. Och jag håller fullkomligt med dig.”

”Vi har ett rum kvar att gräva ut, men om det inte ger oss oväntat glädjande överraskningar, så måste vi hitta andra vägar att följa.”

”Jag tror att jag har exakt vad du efterfrågar...” avslöjar Jim och drar ut lite på orden.

”Berätta, Jim! Jag är idel öra.”

”Jag har varit i kontakt med en grupp eridianska xenolingvister som jobbar på ett nytt översättningsprogram för skriftspråk.”

”Aah! Det låter ju precis som vad vi behöver! Tror du att de kan övertalas till att dela med sig av programmet?”

”Jodå. Jag har fått ett preliminärt löfte.”

”Jag gillar det här, och jag ser fram emot att snart få höra om fortsättningen om detta spår!”

”Jag hade det på känn, Ga-re-ma”, säger Jim med ett glatt leende.

”Hur lång tid tror du det kan ta innan vi får möjlighet att testa den nya programvaran?”

”Jag skulle tro att det tar en vecka eller två.”

”Härligt! Håll mig informerad, Jim!”

~ * ~ * ~

På det privata planet har Jim också haft en trevlig utveckling: Sedan några veckor har han bytt sin tjänstebostad mot en bekväm liten lägenhet med ”tre kojor och kök” i den urskog där Mäster Za-ma-ge-nu-se bor. Än så länge är lägenheten väldigt spartanskt inredd, men han tycker det är ett bra sätt att uppleva det äkta Minovar och komma närmare folket. Dessutom känns det väldigt trevligt att han lätt kan göra spontana besök hos Mäster för att få fortsatt hjälp med sin kulturanpassning.

Da-ro tycker om att besöka Jim i hans privata lya, och uppskattar att kunna pusta ut där mellan intensiva arbetspass. Han tycker också om att kunna uppleva Archimedes City tillsammans med sin fästman, besöka intressanta utflyktsmål, och utforska vackra platser i staden och där omkring.

Det är helg och både Da-ro och Jim är lediga, så de tar en välbehövd sovmorgon. De ligger och tittar ut genom fönstret i sovrummet. Det växer färgglada blommor i lådan framför fönstret och tjattrande ljud hörs från trädlevande smådjur.

”Da-ro, har ni ingen vinter alls här på Minovar?”

”Detta *är* vinter, Jibbi! Men Minovars axel lutar inte lika mycket som Jordens axel, så vi har inte så stora skillnader mellan sommar och vinter. Här i de subtropiska regionerna blir det sällan under tio grader Celsius. Tio grader över fryspunkten.”

”Men det snöar väl lite runt polerna?”

”Absolut! Eftersom planetens medeltemperatur är ungefär fem grader lägre än Jordens, så är polarregionerna dessutom proportionellt sett större än de på Jorden. Men det finns nästan ingen bofast befolkning i de områdena. Du vet, det är mindre än en tiondel av hela planeten som är bebodd. Det finns några små orter i de områden som får frostgrader på vintern, men bara några enstaka forskningsstationer i polarregionerna.”

”Det skulle vara intressant att åka dit för att ta en titt!”

”Vi kanske kan åka dit på vår smekmånad?”

”Njaej”, säger Jim och gör en liten grimas. ”Det var inte så jag menade. Jag hade kanske en lite varmare och mer romantisk resa i tankarna.” Han blinkar med ena ögat mot Da-ro och lägger till: ”Till någon spännande och exotisk plats, du vet.”

”Vi kanske kan besöka Palo-Palo?”

”Vad är det?”

”Det är en tropisk ögrupp. Där finns en enda liten stad, som också heter Palo-Palo, och den ser nästan ut som en riktigt gammaldags stad på Jorden. Det bor mest konstnärer och musiker där. Och min lillebror.”

”Ja, det låter ju trevligt!”

”Då tycker jag att vi planerar in det. Jag tycker om lite mer värme!” säger Da-ro med ett förföriskt tonfall och kryper närmare Jim för att skeda honom.

”Men du har kanske varit där tidigare? Du kanske vill besöka någon ny plats, eller någon annan planet?”

”Nej, jag har faktiskt aldrig varit där förr. Uppriktigt sagt så tycker jag att det låter som ett riktigt lockande resmål.”

”Men då så. Då behöver vi bara välja ett datum.”

”Vad sägs om just i skarven mellan Minovars vår och sommar?”

”Det tycker jag låter alldeles förträffligt bra!”

Da-ro kramar Jim hårdare och kör in sin näsa i hans hår. ”Vet du om att du luktar väldigt erotiskt, Jim?”

”Jag vet att du tycker det, och jag kan känna att du tycker det också.”

”Kan du? Har du implanterat ett minovaranskt doftsinne?”

”Nej, men jag kan känna att du masserar min rygg med din femte tumme!” svarar Jim. Han sträcker ena handen bakåt kring Da-ros nakna kropp och trycker honom närmare sig. ”Fortsätt gärna med det, mitt lilla näbbdjur!”

Da-ro har gjort en del framsteg i sitt arbete med temporalforskning. Efter utdragna överläggningar om samarbete har nyligen ett par trappianer anslutit sig till projektet. De är ganska tystlåtna, men människor och minovaraner tycker allmänt att de ser väldigt gulliga ut – de är klotformade, har lång päls och går på sex ben som även fungerar som armar. Minovaranerna och jordborna tycker det är klart mycket trevligare att samarbeta med trappianer än med de manet-liknande eridianerna.

Diskussioner om framtida samarbete har även inletts med de väldigt högutvecklade cancrianerna, men de vill generellt sett hålla sig för sig själva, och är mycket mer svårflirtade. I detta fall krävs det en hel del diplomati och multilateralt stöd från alla övriga samarbetspartner, så det är ett heltidsarbete att dra i alla trådar. Det är ett arbete som Da-ro helst skulle vilja slippa, så att han istället kan jobba med det han brinner för: kreativt arbete och konstruktion. Men om man nu är ansvarig utvecklingsledare, har man inte mycket val, utan får tålmodigt ta cancrianerna i klorna.

Just idag diskuterar Da-ro en ny teori med några av sina kollegor: Hypotesen är att man kan motverka sönderfallet efter en tidsförflyttning om man samtidigt förflyttar sig i hastigheter snabbare än ljuset. Det är främst Ko-bi, som han numera räknar som en personlig vän, som har invändningar.

”Hur skulle hyperhastighet kunna påverka detta?” frågar Ko-bi.

”Det har med kvantsammanflätning att göra”, förklarar Da-ro. ”Tanken är att två eller fler subatomiska partiklar som genereras i samma process blir sammanflätade, och påverkan av den ena av partiklarna kommer omedelbart att medföra att egenskaperna för den eller de andra partiklarna också ändras.”

”Ja”, säger Ko-bi. ”Det är grundläggande kvantmekanik för småskolan. Vart vill du komma med det?”

”Den partikelaccelerator som vi använder för att skapa takyoner, skapar även en hel del andra partiklar som till viss del hamnar i samma tidsbubbla som det föremål vi transporterar.”

”Ah, jag fattar!” utbrister Ko-bi. ”En del av partiklarna förflyttas i tid och andra blir kvar, och eftersom de sammanflätade partiklarna som förblir i nutiden inte längre har sina makar här i nutiden, så bryts de ner, och samma sak händer för de sammanflätade partiklarna i framtiden!"

"Exakt!" bekräftar Da-ro.

"Men det motsäger ju alla teorier", invänder Ko-bi. "Det är ju allmänt känt att sammanflätade partiklar fortsätter att vara sammanflätade, oavsett hur långt det är mellan dem!"

"Ja, det är det som grundteorin hävdar: Avståndet påverkar inte sammanflätningen", bekräftar Da-ro, men sedan säger han "Men!" och håller upp sitt högra pekfinger för att signalera att det kommer en intressant fortsättning: "Vad händer i hastigheter snabbare än ljuset?"

"Hm? Du menar att vi kan motverka kvantmekanisk nedbrytning genom att utsätta partiklarna för överljushastigheter?"

"Exakt!" bekräftar Da-ro med tydligt eftertryck. Sedan lägger han till: "Om partiklarna färdas i hastigheter snabbare än ljuset, så kan vi kanske upphäva sammanflätningen innan några partiklar bryts ner."

"Men hur kan vi gå till väga för att testa den hypotesen?" invänder Ko-bi.

"Vi är hoppfulla vad det gäller nebulosiernas jobb med den där miniatyriseringsprocessen. Alternativet är om vi kan få installera en partikelaccelerator och vår senaste prototyp av fältgeneratorn i en militär fregatt."

"Tror du att militären skulle kunna gå med på det? Eller har du planerat att personligen försöka hårdflirta med Minovars Rymdflottas Överste Befälhavare?"

"Tror ni inte att de är intresserade av ett forskningsbidrag från oss?"

"Da-ro, Da-ro, Da-ro! Har vi inte diskuterat detta tillräckligt? Vi vill inte beblanda oss med militären! Då förlorar vi direkt våra interplanetära samarbetsavtal."

"Jag menade inte att vi skulle dela med oss av vår forskning till militära tillämpningar, utan att vi kanske kan få *hyra in oss* på ett av deras skepp under en dag eller två och *bekosta* det med vårt senaste forskningsbidrag."

"Det låter sanslöst kostsamt..."

”Har du några andra förslag, Ko-bi?”

”Jag röstar för att vi stöttar våra vänner nebulosierna.”

”Vad tycker ni andra?” frågar Da-ro de övriga församlade, och de pekar samfällt med sina fingrar och tentakler mot Ko-bi.

”Okej, Ko-bi. Du vinner”, säger Da-ro, håller ut sina öppna händer och bugar sig lite lätt mot sin vän.

~ * ~ * ~

Da-ro hälsar på hos sina fäder för att berätta att han och Jim har för avsikt att gifta sig nästa vår. När de får höra dessa planer, försöker de återigen avråda sonen från att gifta sig med Jim:

”Vi är inte helt säkra på om det är så klokt...” inleder Da-bao-lo.

”Vi vet ju inte vilka dina biologiska fäder var”, lägger Ma-ro till.

”Vet du helt säkert att ni inte är släkt med varandra? Borde ni inte göra en genetisk kontroll för att se att ni inte är det?”

”Ja, ni vill väl inte höja risken för att era framtida söner ska få någon ärftlig sjukdom?”

”Men vad är det med er?! Måste ni börja dilla om det där igen? Jag vill minnas att ni var positivt inställda när vi först talade om våra äktenskapsplaner. Vad är det nu som fått er att byta åsikt?” fräser Da-ro.

Ma-ro byter totalt sitt tonfall och ansiktsuttryck från barsk och kritiserande till kärleksfull och omtänksam. ”Hur är det med dig, Da-ro? Börjar du bli lite förkyld?”

Da-ro skrockar busigt. ”Nejdå, nejdå! Jag bara narras med er. Det är inget fel på min näsa. Jag känner på era känslor och feromoner att ni bara försöker vara lustiga.” Han puffar Ma-ro kärleksfullt på axeln med sin ena knytnäve. ”Jag lurade dig, va?”

Ma-ro småskrattar. ”Du har då alltid varit pappis pojke, och genomskådar mig med sådan bravur.”

”Men... Det kanske inte skulle skada att göra ett litet genetiskt test ändå?” föreslår Da-bao-lo försiktigt.

”Nej!” protesterar Da-ro bestämt. ”Jag har talat med stadskontoret i Arch City om ett äktenskapstillstånd, och försåg dem med Jims stamtavla. De accepterade den som tillräckligt bevis för att vi inte är släkt. Du kan också få en kopia. Men jag garanterar: Det finns ingen ’Ji-bi’, ’Da-ro’, ’Ro-bi’ eller ’Geir’ där, och hans far, farfar, morfar och farbror har inte ens någon av deras stavelser i sina namn! Så det är lika bra att knipa igen för gott, och äntligen förstå att han är exakt vad jag önskat mig sedan väldigt länge, och acceptera att jag är stor nog att ta hand om honom!”

”Men det bevisar ju inget!” försöker Da-bao-lo att invända.

”Sch!” viskar hans make. ”Försök att inte bråka mer nu!”

12. Bröllop

Da-ro ignorerar sina fäders önskemål, och gör inget genetiskt prov. Fäderna försöker att inte ställa till med något mer bråk, men de kan inte slappna av helt. De tycker fortfarande att det är lite kusligt med den gamla boken som bär namnen ”Da-ro” och ”Ji-bi”, när nu Jim har ett så snarlikt namn.

Det unga paret har planerat sitt äktenskap så som de själva vill ha det, och Da-ros fäder och vänner har hjälpt till med förberedelserna på olika sätt.

Att vara en stads borgmästare är mest en hederstitel och administrativ roll på Minovar. Ar-ni-fre har haft titeln som Röda Ravinens borgmästare i fem minovaranska år. Han leder stadsrådets möten, inviger en del nya byggnader och får den äran att viga samman medborgare. I dag håller han bröllopsceremonin för Da-ro och Jim i rådhuset.

Beroende på de svårigheter som minovaraner har med att umgås med kvinnor, har Jims mamma, kvinnliga släktingar och väninnor kommit fram till att det nog är bäst att följa de interplanetariska diplomaternas råd och stanna på Jorden. Jim tycker det är tråkigt, men samtidigt vet han att ett bröllop på Jorden skulle ha inneburit att en jämförelsevis större del av gästerna hade lämnat återbud – de flesta av de minovaranska släktingarna och gästerna hade antagligen inte haft tid eller lust att göra den långa resan till Jorden och alla kvinnor som bor där.

Da-ro och Jim har bjudit in Da-ros alla fem farfäder, övrig släkt, vänner och kollegor. Da-ros fäder har också bjudit in en del goda vänner och grannar. Totalt är det närapå ett helt gross gäster närvarande på ceremonin.

En del av Da-ros riktigt långväga kollegor närvarar i rådhuset men inte på bjudningen: en centaurier, en eridian och de båda trappianerna. Dessa gäster ser tillställningen som ett ypperligt tillfälle att studera den minovaranska kulturen. Flera av de gäster som Jim bjudit in från Jorden tycker att den exotiska blandningen av raser är ett väldigt spännande inslag, och ser det nästan som en del av underhållningen.

Eftersom båda brudgummarna har en fascination för svunna tider, har de dagen till ära klätt sig i riktigt gammaldags, svarta kostymer och vita skjortor, med svarta kontinentala slipsar – sidenband som lagts i kors under hakan, och knäppts med manschettknappar. Övriga bröllopsgäster är klädda i modern och väldigt varierad klädsel.

Bröllopsfesten hålls i Da-ros fädernehem. Papperslyktor i olika färger lyser upp mellan träden. På tomten bakom huset står ett stort festtält med tillfälliga trägolv, och i ett av tältets hörn finns en upphöjd del där stolar och notställ för en orkester ställts fram. Tältet är dekorerat med vita blomstergirlanger, och samma sorts blommor står även i vaser på varje bord. I tältets tak hänger dekorativa lampserier, och runt omkring i trädgården står flammande facklor. Tidpunkten för bröllopsbanketten är ett par timmar före primärsolens nedgång, så att stämningen ska bli lite extra romantisk sådär lagom till dansen.

Efter det att gästerna låtit sig väl smaka av den eleganta måltiden och den enorma bröllopstårtan, flyttar man undan borden närmast orkesterhörnet och dämpar belysningen en aning innan dansen börjar.

Först susar det nygifta paret ut över golvet i en gammaldags vals. Därefter följer en minovaransk tradition: ”fädernas dans”. Da-bao-lo bjuder upp Jim och Jims pappa Michael bjuder upp Da-ro. Efter en varm applåd bjuder de båda brudgummarna alla gästerna att roa sig på dansgolvet.

Efter sitt lilla dansuppträdande går Da-ro och Jim runt och pratar med gästerna.

Ett litet problem med den väldigt blandade publiken är att gästerna talar många olika språk med varandra. Detta orsakar ett förvirrande surr i många mikroöversättare, och flera av gästerna väljer att stänga av dem. Jim och Da-ro vill dock inte vara så oartiga att göra detta, utan försöker hålla god min när de går runt och pratar med gäster från vitt skilda kulturer.

Da-ros lillebror har självfallet kommit på festen, men Jim behöver fråga sin nyblivne make för att försäkra sig om att han förstått rätt: ”Är den där mannen verkligen din bror? Han är smal som en sticka, har inga höfter, ingen rumpa, och dessutom är han rågblond och har bruna ögon. Jag skulle aldrig gissat att ni vore bröder!”

”Fosterbröder. Vi har ingen gemensam far.”

”Ja, just det, ja. Men han har en stor reva i byxorna så att han visar halva rumpan. Är det inte opassligt att ha så trasiga kläder på ett bröllop?”

”Det är på modet. Flirta bara inte för mycket med honom! Hans pojkvän, Dan-ka, är den där bredaxlade killen som står och pratar med pappi Ma-ro ute på terrassen; han med små svarta knappar i öronen.”

”Den mörkhårige killen med det välansade skägget?”

”Ja, just det.”

”För övrigt så är din lillebror lite avundsjuk på Pello.”

”Hur menar du?”

”Han är romantiskt intresserad av Dan-ka.”

”Försöker du påstå att Justin är bög? Det är han inte!”

”Jaså? Berätta det för honom!”

”Men han har aldrig ens antytt det!”

”Och du har aldrig känt av att han var det?”

”Eh… Nej. Jag har inte träffat honom så ofta sedan jag började mina arkeologistudier, och jag kan inte läsa tankar.”

”Något säger mig att du förr eller senare skulle lagt märke till det.”

”Jaså?”

”Ja, det är säkert flera som känt att de blivit beundrade av honom.”

”Det är ett problem som jag känner igen…” säger Jim och nickar med en lite uppgiven min.

Jim har bjudit in sin projektledare Ga-re-ma, och han kommer nu fram för att prata lite med de nygifta.

”Kul att se dig, gamle vän!” säger Da-ro.

”Detsamma! Och grattis till er båda!” utbrister Ga-re-ma glatt. ”Vet du, jag kände att jag inte tackat dig tillräckligt för att du lockat Jim hit till Minovar. Han har gjort sig oumbärlig för våra utgrävningar.”

”Trevligt att höra! Och tack för den fina tavlan du gav oss!”

”Jag tänkte att speciellt *du* skulle uppskatta den, Da-ro.”

”En tavla med Röda Ravinen i solnedgång? Mina pappor kommer att bli hemskt avundsjuka!”

”Om du gillar tavlan, skulle du kanske vilja vara en vänlig och hjälpsam scout, och göra mig en god gärning endera dagen? Jag tänkte du kunde komma förbi och titta på utgrävningarna, för att diskutera en liten sak som jag funderar över.”

”Är det här möjligen en antydan om att ni skulle vilja få lite hjälp från temporal-forskare, för att göra er egen forskning lite enklare?”

”Kan man inte bara få bjuda in en gammal vän på besök, utan att bli misstänkliggjord för industrispionage?”

”Nå, jag skulle aldrig anklaga dig för något sådant. Faktum är att det kunde vara trevligt med lite professionellt utbyte!” svarar Da-ro och ler kamratligt.

”Har du inte redan professionellt utbyte med din stilige make?”

”Intellektuellt utbyte, ja”, svarar Da-ro.

”Och lite mer än det, hoppas jag?” insinuerar Ga-re-ma och stöter honom skämtsamt i sidan med sin armbåge.

Jim ler lite ansträngt över sin projektledares anspelande, men säger inget.

I samma stund kommer en gäst med asiatiskt utseende och bjuder upp Ga-re-ma till dans, Ga-re-ma tackar ja och susar ut på dansgolvet.

Då kommer Da-ros barndomsvän Ti-wi fram och frågar: ”Du, Da-ro: Vem var den där tjusige mannen?”

”Vem?” undrar Da-ro. ”Ga-re-ma eller den andre?”

”Han som såg lite asiatisk ut”, förtydligar Ti-wi. Men sedan stannar han upp och stirrar storögt. ”Men vänta nu! Var det där Ga-re-ma? Han har verkligen blivit stilig sedan sist jag såg honom!”

”Jag har ingen aning vem den andre är. Det är mina fäder som bjudit in honom.”

Ti-wi går raskt mot dansgolvet och spanar efter Ga-re-ma och den obekante mannen.

Da-ro utnyttjar tillfället att prata med Jims pappa och lillebror. De båda jordlingarna har talat med Da-ros fäder och bror tidigare i veckan, men Jims pappa känner sig tydligen lite ovan att vara på en tillställning med enbart män. Han brottas med den olustiga känslan av att vara i tydlig minoritet på den homonormativa planeten. Lillebror Justin försöker stötta sin pappa, men Jim ser ganska tydligt att hans lillebror är till synes tilltalad av bjudningen. Justin ler behagligt och nästan förföriskt medan han låter sina ögon vandra från den ene gästen till den andre.

”Du Justin, skulle jag kunna få växla några ord med dig mellan fyra ögon?” frågar Jim.

Bröderna går lite åt sidan medan Da-ro pratar vidare med sin svärfar.

Justin är någon annanstans i sina tankar, skrattar till och säger: ”Vet du, jag har inte vant mig vid er gravitation ännu. Jag skulle nyss ta en genväg genom trädgården, och hoppade över en buske, men missbedömde mitt hopp och flög rakt in i en okänd karl!”

Jim tar sin lillebror i axeln och säger: ”Justin! Jag har något allvarligare att prata med dig om. Jag har en känsla av att jag missat en viktig del av din uppväxt.”

”Vad menar du?”

”Min private spion, som du numera även kan kalla din svåger, säger att du går runt och spanar in andra gäster.”

Justin skrattar. ”Dessa minovaraner! Man kan inte hålla något hemligt för dem.”

”Nej, jag vet. Jag får själv träning i att hålla mina ögon och tankar för mig själv, för att folk inte ska tro att jag har några amorösa intentioner.”

”Jag vet inte riktigt vad jag har för intentioner.”

”Men snälla du, vi lever inte på 1900-talet. Ingen människa skulle ha åsikter om dina personliga val i livet. Varför går du runt och hymlar istället för att tala klarspråk?”

”Jag har koncentrerat mig så intensivt på min karriär och hållit tillbaka mina känslor. Jag har helt enkelt inte riktigt låtit mig känna efter vart jag verkligen vill nå i livet.”

”Bygger du fortfarande hypermotorer?”

”Ja, bland annat.”

”Om du vill så kan jag ta ett snack med Da-ro. Han kanske har en plats för dig i sitt projekt.”

”Står du här och försöker övertala mig till att flytta tjugofyra ljusår från Jorden?”

”Nej, förlåt. Det var bara en vild tanke. Jag tänkte att om du nu gillar mina vänner och den minovaranska atmosfären, så kan en chans till ett spännande jobb på Minovar ge dig många möjligheter att växa som människa.” Efter en liten paus lägger han till: ”Och då menar jag inte på längden. Jag har redan lite problem med att du är längre än jag!”

”Vi kanske kan tala om det imorgon? Något säger mig att den där killen med svart läderkilt och matchande väst håller på att spana in mig, och jag skulle vilja dansa lite.”

”Okej. Dansa så mycket du vill, men du borde kanske hålla fingrarna borta från min svågers pojkvän!”

”Vem är det?”

”Den där killen i svart läderkilt.”

Da-ro har bjudit in Ko-bi och Adnan. För att de som inte känner dem ska veta att de är ett par, har de båda valt att komma klädda i samma sorts vita skjortor och svarta byxor med väldigt låg gren. Ko-bi hävdar att han behöver dessa byxor ”för att få plats med all utrustning”, men Adnan säger att det mest handlar om att han än en gång tagit inspiration ur Adnans något arabiska klädskåp. Dagen till ära har Ko-bi dessutom kammat sitt hår till en stor lock i pannan, precis som Adnan brukar göra. De båda letar upp Jim och Da-ro i folkvimlet.

”Tack för senast!” säger Jim.

”Tack själva! Och grattis!” svarar Ko-bi. ”Vi uppskattade verkligen den fina pläden ni gav oss i lysningspresent, och det var ett nöje att kunna återgälda er idag.”

”Kul att höra! Men vi kanske skulle ha köpt något till den lille istället?” säger Da-ro.

”Vad menar du?” frågar Jim.

”De har snart en son på väg”, svarar Da-ro medan Ko-bi och Adnan ler tillgivet mot varandra.

”Ah! Feromoner. Du känner förstås doften av ett ägg under Ko-bis skjorta”, konstaterar Jim. ”Jag har ännu inte riktigt vant mig vid hur mycket information ni minovaraner kan snappa upp utan att jag har någon aning om det. Jag känner det nästan som att jag har ett funktionshinder!”

”Men nej, min käre!” säger Da-ro och skrattar. Den här gången är det Ko-bi som har talat om för mig att de har planer på att skaffa en son.” Han smeker Jims kind.

”Men även utan minovaranska spionsinnen kan jag definitivt se vem som är din bror, Jim”, säger Adnan. ”Och jag ser att han inte bara liknar dig ganska mycket till sitt utseende, utan att han även har samma romantiska preferenser som vi andra.”

”Jo, jag har just insett det”, svarar Jim. ”Jag får nog hålla ögonen på honom…”

Da-ro inflikar glatt: ”Om han vill flytta hit till Minovar, kan han kanske ta över kojlägenheten i Urskogen när vi bygger ett nytt hus i Röda Ravinen?”

”Åhå!” utbrister Ko-bi. ”Ni planerar visst att starta er egna familj.”

”Är du överraskad?” frågar Da-ro.

Jim knackar sin nyblivne man på axeln och säger: ”Om du vill hjälpa mig att hålla ögonen på Justin, så kanske du kan erbjuda honom ett jobb.”

”Jaså? Och vad är han bra på?”

”Hypermotorer.”

”Du behagar skämta?”

”Nej, han är hemskt insyltad i branschen.”

”Men det är ju underbart passande! Är han din morgongåva till mig?”

”Håll dina fingrar för dig själv, Da-ro! Vi är gifta nu!” varnar Jim och hötter med sitt pekfinger. En tanke slår honom, så han vänder sig mot Adnan och säger: ”Förresten, vad jobbar *du* med?”

”Jag är AI-analytiker.”

”Ko-bi brukar säga att du är datorpsykolog”, kommenterar Da-ro.

”Jo, det kan man kanske kalla det. Jag hjälper till att få ordning på androider och andra artificiella intelligenser som inte fungerar rätt.”

”Du menar inte att du letar efter datorvirus, då?” frågar Jim.

”Det kan hända att virus orsakat de skador som jag får åtgärda, men det finns många andra saker som kan orsaka galet beteende i moderna AI-system.”

”Och då kommer du, hötter med fingret och säger ’Fy dig! Dålig dator!’?” kommenterar Da-ro och ler brett. Medan Jim och Da-ro skrattar, gör Adnan en lite missnöjd grimas och skakar sakta på huvudet.

”Men killar! Nu är vi på ett bröllop. Låt oss festa!” säger Ko-bi glatt, och drar iväg med sin Adnan.

Jim har bjudit in O-la-fu och Mäster Za-ma-ge-nu-se. O-la-fu har broderat en liten bonad som han tycker kan passa till en framtida barnkammare för de nygifta. Bonaden bär texten ”Hem, ljuva hem” och är dekorerad med en bild av planeten Minovar med sina planetariska ringar och de tre solarna. Mäster överräcker en nytäljd träflöjt som gåva till Jim.

”Förlåt en okunnig fråga, Mäster, men har du gjort flöjten själv?”

”Självfallet, min unge lärling”, svarar Mäster.

”Den är underbart vacker, men… det är ju en present till bara mig.”

”Är det verkligen? Blir det inte en present även till Da-ro och alla andra om du visar dig vad du lärt dig?”

”Menar han att du lärt dig spela flöjt?” frågar Da-ro.

”Mäster tycker det”, svarar Jim.

”Var inte blyg, Jim! Om du vill så kan vi spela tillsammans”, säger Mäster uppmuntrande och lägger en omtänksam hand på Jims axel samtidigt som han lyfter fram sin andra hand som hela tiden dolt en annan flöjt. Han tar Jim i hand och leder honom fram till orkesterhörnet. ”Kom nu!” manar han.

Jim och Mäster spelar ett litet drömskt stycke. Mitt i framförandet håller Za-ma-ge-nu-se ner sin flöjt och låter Jim spela ensam, och det går utan några påfallande fadäser. Efteråt får de en rungande applåd och Da-ro rusar fram för att av förtjusning lyfta upp sin man i luften.

”Åh, Jim! Grossvis med tack för din underbara present!” utbrister Da-ro så högröstat att de flesta gästerna hör vad han säger. ”Men nu måste jag få ge *dig* en present, Jibbi!”

Da-ro går in i sina fäders hus och kommer snart tillbaka med ett stort paket inslaget i silvrigt papper. Han ställer paketet på ett bord nära Jim och säger: ”Varsågod, käre make!”

”Men snälla! Vad har du nu hittat på?” Jim öppnar paketet och finner ett keramiskt kärl som förefaller vara väldigt gammalt. Han känner till många jordiska och utomjordiska kulturer, men kan varken placera kärlets form eller dess dekorationer. ”Var i all världen har du fått tag på den här?”

”Nej, inte alls!” svarar Da-ro med ett leende, och skakar lite på huvudet. ”Den är från Proxima Centauri Beta. Jag fick lite hjälp att införskaffa den, och har nu en tacksamhetsskuld till mina fyrbenta kollegor. Det är en antik skål för matlagning.”

Det hörs en del förtjusta rop från åskådarna.

”Wow! Törs jag fråga hur gammal den är, Da-ro?”

”Bara några dussin gross år.”

”Ooops!” utbrister Jim och ställer väldigt försiktigt ner skålen. Sedan betraktar han den med vördnad. Utan att ta ögonen från skålen säger han: ”Den är obetalbar! Hur ska jag någonsin kunna tacka dig?!”

”En vacker flöjtmelodi varje morgon från imorgon till evigheten känns väl lagom?”

”Det är för billigt!”

O-la-fu har inlett en flirt med en av servitörerna. Eftersom hans unge kavaljer inte har så mycket att stå i, nu när nästan all mat serverats och ätits upp, bjuder O-la-fu upp honom till dans.

Jim står just och pratar med Mäster och sina svärfäder. Han noterar O-la-fus virvlande dans och säger lite skämtsamt att Mäster Za-ma-ge-nu-se nu skulle kunna liknas vid kungen i den minovaranska sagan om planetens tre solar. Mäster leker med, visar Jim en rätt sur min och vänder honom ryggen. Men sedan vänder han sig tillbaka till Jim och säger: ”Det gläder mig. O-la-fu är en pålitlig och omtänksam ung man. Den där servitören har verkligen hittat en prins!”

”Men i kvällens saga är prinsen lite äldre än ett dussin år.”

”Vad härligt!” utbrister Ma-ro förtjust till sin man. ”Vår svärson är förtrogen med lokala sagor!”

Da-ro letar upp sin make i myllret, där han står och pratar med fäderna.

”Du Jim, har du sett Ga-re-ma? Jag har inte sett honom sedan den där killen med asiatiskt påbrå bjöd upp honom till dans.”

”Ah! Jo, jag såg att Ga-re-ma fortfarande dansade med båda den killen och Ti-wi. De verkade ha det trevligt.”

”Menar du? En trippelflirt? Vad kul!” utbrister Da-ro och ler brett. ”Det är det rätta sättet att hylla kärleken på en bröllopsfest!”

Jim tittar ut mot dansgolvet. ”Om jag får gissa, trots mitt sensoriska funktionshinder, så kan nog min boss se fram emot en riktigt trevlig natt.”

Jims projektledare dansar en stillsam dans med sina båda partners. Da-ro skrattar glatt. ”Ga-re-ma och Ti-wi! Har ni kul?” tjoar han ut mot dansgolvet. Hans vänner viftar till synes argt åt honom att gå iväg – men i nästa stund ler de och nickar instämmande.

”Tror du att jag kan utnyttja detta till att få några fördelar på jobbet?”

”Absolut! Minst en vecka extra semester. Och jag ska tala om för Ti-wi att jag hade planerat denna ’blind date’ hela tiden!” skrockar Da-ro. Just då ser han sin pappi Ma-ro gå förbi, och drar honom till sig för att fråga: ”Pappi! Vem är det som Ga-re-ma och Ti-wi dansar så intimt med?”

”Eh?” Ma-ro tittar ut över dansgolvet. ”Det är Han-yun.”

”Vem är det?”

”Han är son till ett par vänner till oss.”

”Känner jag dem?” undrar Da-ro.

Da-bao-lo dyker upp och säger: ”Ursäkta, men pappi och jag har också en överraskning att ta hand om!” Han tar sin man i armen och drar iväg med honom innan Da-ro hinner fråga något mer om Han-yun.

Strax därefter står Da-bao-lo och Ma-ro framme vid musikerna och musiken tystnar. Da-bao-lo talar först: ”Käre Da-ro, käre Jim, ärade gäster!”

Ma-ro fortsätter: ”Vi har förberett en liten present till de nygifta.”

Da-bao-lo lyfter upp en kruka och säger: ”Kom fram och ta emot detta kärleksträd, pojkar!”

Bröllopsparet går fram och Da-ro gestikulerar åt Jim att ta emot krukan.

Da-bao-lo förklarar: ”I detta träd har jag ympat in tre olika sorters frukt som symboliserar dels makarna och dels deras förstfödde son.”

Ma-ro fortsätter: ”Vi vill att ni ska vårda detta träd precis som vi vill att ni ska vårda varandra.”

”Men vi vill även att Da-ro ska minnas sina fäder”, säger Da-bao-lo och ler lite listigt.

”Därför kommer vi att plantera detta träd här hos oss. Vi vill att ni ska veta att ni får komma på besök och ta hand om trädet när som helst”, säger Ma-ro och håller ut sina armar i en välkomnande gest.

”Men om ni stöter på något problem, och inte vet vad ni ska göra, så lovar vi att ställa upp för er och hjälpa er.”

”Och Bao talar självfallet både om ert träd och er familj”, förtydligar Ma-ro med ett tindrande leende.

Från åhörarna hörs förtjusta utrop, och när Jim och Da-ro gemensamt håller upp krukan utbrister de i en applåd.

”Tack pappa Bao, tack pappi Ma-ro!” säger Jim. Da-ro bara bockar mot sina fäder.

Ma-ro tar fram en näsduk och torkar en tår från sin kind. ”Hörde du, Bao? Han kallade mig för ’pappi’!” säger han och ler drömskt.

13. Smekmånad

Dagen efter bröllopet åker de nygifta iväg för att fira sin smekmånad på ögruppen Palo-Palo. De åker med hyperloop till hamnstaden Pythagoras Bay, och tar på eftermiddagen en färja över till Palo-Palo.

Vad Jim inte hade räknat med är att ögruppen ligger så nära Minovars ekvator, att de planetariska ringarna härifrån kan liknas vid ett smalt streck på himlen. Han pekar upp och kommenterar på detta för sin make: ”Har du någonsin sett ringarna ur den här vinkeln?”

”Bara på foto. Men det känns spännande att se med egna ögon.”

Ombord på båten hittar Jim ett informationshäfte om ögruppen. ”Se här, Da-ro!” säger han och håller upp häftet så att de båda kan läsa:

> *Den tropiska vulkanön Palo-Palo är huvudö i ögruppen Palo-Paloerna. Flera av de mindre öarna runt om huvudön har med tiden blivit bebodda, men det finns fortfarande en del helt obebodda öar. När ögruppen bebyggdes, valde bosättarna att skapa en liten stad med så lite högteknologi och moderniteter som möjligt. Ön har med tiden blivit speciellt uppskattad bland konstnärer och musiker, som antingen bosatt sig här eller ofta kommer hit på besök för att insupa sol och inspiration.*
>
> *Huvudön har en genomsnittlig diameter på cirka fem kilometer. Den slocknade vulkanen mitt på ön är 510 meter hög. Från vulkanens topp rinner bäckar och åar med flera vackra vattenfall.*
>
> *På den södra sidan av berget finns ett samhälle som anlagts för att imitera medeltida europeisk stil, runt en byggnad som med avsikt efterliknar en medeltida kyrka men egentligen är ett kulturhus. De flesta av gatorna är stenlagda. Där finns ett vackert torg med en porlande fontän i mitten, omringat av bland annat borgmästarens hus, värdshus, konsthantverkares*

butiker och charmiga uteserveringar. Stadens bagare och värdshus erbjuder både traditionellt jordiska rätter och minovariska specialiteter som uppskattas av lokalbefolkningen. Husen är inredda med möbler och bekvämlighetsutrustning i mer praktiskt modern stil än samhället självt. Strödda runt omkring på huvudön, och på ett antal mindre öar i havet nära den, finns gammaldags bondgårdar och små bostadshus i likaledes traditionell, jordisk stil.

Halvvägs upp på bergets östra sida finns varma källor, från vilka det rinner en varm bäck. Den varma bäcken flödar samman med en svalare bäck med färskvatten, och den resulterande bäcken med blandat vatten har ett inledande avsnitt som bildar en naturlig bassäng med sandbotten och 40-gradigt vatten. Därefter rinner den varma bäcken vidare i en naturlig rutschbana ner mot öns östra sida, och när bäcken når till den lummiga djungeln rinner den ner under marken i en grotta. Nära stranden öppnar grottan upp sig i en större sal, från vilken det finns en tunnel ut i havet. I denna sal bildas en naturlig bassäng lik den tidigare, men här håller vattnet en behaglig temperatur på 38 grader. Det finns dessutom sandstränder på båda sidor av ån genom salen. Det är enkelt att ta sig in i salen från stranden.

”Det här låter alldeles orimligt trevligt!” tänker Jim högt. ”Kan sådana osannolika platser verkligen uppstå av sig själva?”

”Jo, Palo-Palo har en del riktigt spännande naturliga inslag!”

”Det låter nästan som en tropisk variant av Island! Jag hoppas att de där temperaturerna är angivna i decimala siffror”, lägger han till. ”Fyra dussin grader skulle ju innebära en brännande temperatur på fyrtioåtta grader Celsius!”

Da-ro nickar. ”Med tanke på hur de skrivit sina texter, låter det som att det här är reklam för interplanetariska besökare.”

”Skönt! Jag svettas redan som en räka som simmar med Sichuan-chili i en fritös, och skulle uppskatta ett svalkande bad!”

”Mm! Mums!” säger Da-ro, tar hans hand och slickar den.

De fortsätter läsa:

Mellan staden och grottsalen finnas en liten hamn med små fiskebåtar och andra vattenfordon som turister kan hyra. Där finns en mycket fin och populär badstrand, och i anslutning till den en modern träningsanläggning. Från badstranden är det bara några hundra meter till grottsalen.

Väster om staden, delvis upp på bergets sida, finns ett litet slott med en storslagen festsal. Runt slottet finns en vackert planerad park med fontäner, fruktträd och blomsterodlingar. Från slottet och parken kan man beundra vackra solnedgångar över havet. Här anordnas ofta fester, danskvällar, teaterföreställningar, musikaftnar, maskerader och andra förnöjsamheter.

Norr om berget finns en lägerplats med anlagda eldstäder, hyddor där man kan övernatta, och en romantisk stig som leder över porlande bäckar, genom den blomstrande djungeln, och över en hängbro vid ett vattenfall. Under kvällar och nätter belyses både stigen och lägerplatsen med eldar, lyktor och facklor.

Andra mysiga stigar leder runt hela ön, till de varma källorna, grottsalen, hamnen, stranden, slottet, lägerplatsen, upp på berget, och till flera andra sevärda platser.

”Mhm!” konstaterar Jim. ”Det här är definitivt turist-porr!” Trots vad han tycker om den här sortens texter läser han vidare:

Många bofasta palo-paloer är konstnärer eller duktiga musiker. De flesta andra har ett uttalat och aktivt intresse av konsthantverk, teater, dans, akrobatik eller artistiska framföranden av olika sorter, så detta är vanligare yrken här än i någon annan del av Minovar. De mest populära musikinstrumenten är olika sorters flöjter, stråkinstrument och slagverk.

Det finns ytterst få motorfordon på öarna. Befolkningen tar sig helst fram till fots, cykel, häst eller möjligen med båtar. Ibland använder de hästar för att dra fram vagnar, eller drar själva fram kärror.

Jim räcker över häftet till sin man, som fortsätter att titta på alla bilder på vackra stränder med kristallklart vatten, håriga träd, exotiska blommor, egendomliga djur och vackra byggnader. Han ser Da-ro i ögonen och säger med en drömmande ton: ”Det verkar vara en väldigt speciell och trevlig ögrupp vi reser till.”

”Jag har förstått att det brukar vara ett mycket uppskattat mål för smekmånader bland både minovaranska och jordiska besökare.”

”Av broschyren att döma, finns det nog mer än nog att göra här!”

”Jo”, svarar Da-ro utan att slita sig från de förföriska bilderna. ”Synd att vi bara blir här i två veckor”, säger han och gör en lite besviken min.

”Om vi trivs, kan vi alltid komma tillbaka fler gånger!” viskar Jim och pussar Da-ro på örsnibben.

Da-ro vänder på huvudet och besvarar sin mans blick med ett uppskattande leende och en kyss på munnen.

Da-ro och Jim checkar in på ett charmigt litet värdshus. Portieren är en lång, blond och något kraftig ung man med lite utstående öron. Han bär en namnbricka där det står ”Bry-ma”. Han är mycket artig, och bär upp det nygifta parets bagage till ett fint, rymligt och väldigt hemtrevligt rum med utsikt över ett litet torg. Jim tycker sig ana ungdomlig osäkerhet hos portieren, men ser det som ett charmigt personlighetsdrag.

Paret bestämmer sig för att börja med att ta en kort titt på den lilla staden, och vandrar sedan ner till stranden. Män solbadar där, barn leker i vattnet, och många pappor leker med sina söner. De hittar en vägskylt som pekar mot badgrottan i närheten, och kan inte motstå att vandra i den angivna riktningen för att utforska platsen borta vid strandens slut, där den släta sanden går över till klippor. De öppnar en grind och går igenom en tunnel upplyst av lyktor som är dolda bakom stenar i väggen. Marken är täckt med fin sand, och mitt i sanden rinner en drygt två meter bred bäck fram.

Da-ro tar av sig sina skor och vadar ut i bäcken. ”Kom!” säger han. ”Det är ljuvligt ljummet i vattnet!”

Efter några meter öppnar tunneln upp sig i en bred grotta. Grottan är upplyst av facklor som är utspridda med några meters avstånd från varandra på väggarna. Även bäcken breddar sig till en sorts lagun med två stränder. Jim drar sig till minnes att han nyss läst om detta i informationsbladet på båten, men inget hade kunnat förbereda honom på denna upplevelse – han står som förstenad.

”Ja, visst är det alldeles underbart?” säger Da-ro, och hans röst får ett lite spöklikt eko i grottsalen. Utan att vänta på någon kommentar klär han av sig och doppar sig raskt i det sköna vattnet. ”Kom, älskling! Det här är gudomligt skönt!”

Jim tvekar lite. ”Är du säker på att man får bada naken här?”

”Det här är Minovar, Jim! Så länge vi bara badar, och inte fullbordar några äktenskapliga plikter eller något liknande, så kommer ingen att klaga.”

”Nå, då så”, säger Jim och börjar klä av sig även han. Han går ner i vattnet och sätter sig bredvid sin man. ”Wow! Det här är ju bara för skönt för att vara sant!”

”Du gillar min planet, va?”

”Minst sagt! Jag kan verkligen förstå att konstnärer tycker om att bo på den här ön. Även jag blir inspirerad till att skapa min egen konst när jag ser allt vackert som finns här!” Han lutar sig bakåt med armbågarna ner i sanden. ”Det här badet var precis vad jag behövde i denna hetta! Man kan undra varför det är helt tomt på ett så förbluffande ställe som det här!”

”Så länge solarna skiner och regnet lyser med sin frånvaro, skulle jag gissa att de som har tid att bada antagligen håller till ute på sandstranden.”

”Ah. Du menar att de inte gillar att sola i en grotta?”

Da-ro svarar med en fråga: ”De har kanske inte lika trevligt sällskap som jag?”

”Kanske det. Eller så kanske de tycker att det är lite kusligt här i grottan?”

”Jibbi!” Da-ro tittar förvånat på sin man. ”Jag hoppas då sannerligen att du inte tycker att vare sig jag eller det varma vattnet är ’kusliga’!”

”Nej, älskling! Jag menar ju förstås själva grottan och ekot!”

Nästa dag har de planerat att besöka Da-ros lillebror Pe-lo-ro och hans pojkvän Dan-ka. De bor i en lägenhet i ett stort och ståtligt hus som liknar en vitkalkad villa i medelhavsstil. Det finns luckor vid alla fönster, mitt på framsidan finns en stor port med ett valv över, det delvis valmade taket är täckt med terrakotta-färgat taktegel, och runt alla fönstren har någon besvärat sig med att måla väldigt dekorativa fresker med slingrande blomsterrankor.

”Du Da-ro, har vi verkligen kommit till rätt hus?”

”Jodå. Jag lovar. Det är ett hus med flera små lägenheter. Pello har berättat att de lät arkitekturstudenter rita huset, och konststudenter dekorera det.”

Porten leder in i ett trapphus med ett vackert mosaikgolv. Jim beundrar det eleganta mönstret i golvet: ”Nog för att palo-paloerna kan vara konstälskare, och att många konstnärer bor här, men det här känns rent överdådigt!”

”Jag ska berätta det för min bror. Det är visst han som designat utsidans dekor”, säger Da-ro glatt.

”Säg inte att det är hans pojkvän som gjort mosaiken!”

”Nej, det var en annan studiekamrat till honom som gjorde det. Dan-ka jobbar med konstsmide.”

”Det måste vara hög klass på utbildningarna här!”

De går uppför trappan och kommer fram till en vacker spegeldörr med ett handtag och en matchande namnskylt som är smidda för hand. Vid sidan av dörren finns ett gyllene lejonhuvud, och mitt i lejonets rytande gap finns dörrklockan.

”Vågar du ringa på, Jim?” undrar Da-ro med ett leende på läpparna.

Jim biter samman sina tänder i en grimas av spelad rädsla. ”Vi kanske kan knacka istället?”

Pe-lo-ro och Dan-ka tar emot de nygifta med öppna hjärtan. Det finns inte så mycket plats för gäster eller bjudningar mellan alla konstnärsprojekt som det jobbas på i den lilla lägenheten, så efter en hastig titt på den artistiskt inredda bostaden bjuder Pe-lo-ro och hans pojkvän med de andra till sitt favorit-café inne i staden.

Pe-lo-ro kunde inte ha valt en plats mer i Jims och Da-ros smak: Serveringen ser väldigt mycket ut som ett autentiskt gammaldags franskt café med små, runda bord, vita linnedukar och nätta stolar. Kyparna är klädda i luftiga, vita linneskjortor, svarta kostymbyxor och svarta förkläden. De spelar till och med romantiska, gamla, franska chansoner och annan musik som ger den rätta atmosfären. Där sitter folk vid nästan alla bord, och alla ser ut att trivas och ha det trevligt.

”Så romantiskt!” utbrister Jim. ”Alla byggnader här ser ju ut som ett återskapande av traditionell, jordisk stil!”

Da-ro ger honom en spontan puss på munnen. ”Du Jibbi, vi kanske kan återuppväcka våra minnen från Italien genom att ta oss var sin cappuccino och croissant?” föreslår han.

”Då har ni kommit till rätt ställe!” konstaterar Pe-lo-ro. ”De har väldigt goda choklad-croissanter på just detta café.”

De beställer fyra av de goda bakverken och lite olika kaffedrycker. Sedan tar Pe-lo-ro upp ett känsligt ämne: ”Da-ro, du skulle bara veta hur mycket våra fäder tjatat om att de vill att ni ska göra ett DNA-prov!”

”Vad? Har de besvärat även *dig* med det där snacket?” frågar Da-ro upprört och suckar.

”Men Da-ro, kan du förklara vad det är som era fäder är så oroliga för?” frågar Jim.

”Är du nu helt säker på att du orkar med att få höra det?”

”Hur farligt kan det vara?”

”Mina fäder är rädda att min blotta existens skulle vara en temporal paradox.”

”Men varför skulle de få för sig något så långsökt?”

”Du vet att de tror att jag föddes på Jorden år 2017? Nu när jag jobbar med temporalforskning inbillar de sig att jag en dag ska åka tillbaka i tiden och bli pappa till min egen biologiske pappa, att din och min son ska bli pappa till mig, eller något liknande.”

”Men vi har ingen son!” invänder Jim.

”Nej, men de oroar sig för vad som komma skall i framtiden. Och dessutom har de en gammal digital noteringsbok som de tror ska ha någon koppling till oss.”

”Då får vi väl vara noga med att uppfostra vår son till att inte låna pappas tidsmaskin utan tillstånd.”

Nu inflikar Pe-lo-ro: ”Efter att de sett Jims stamtavla, verkar de faktiskt ha lugnat ner sig lite.”

”Hur länge det lugnet nu varar!” grymtar Da-ro lite surt med en halvt hörbar röst.

”Men kan du förklara för mig?” ber Dan-ka. ”Om du nu är medveten om risken att orsaka en paradox, betyder det inte att du kommer att undvika att resa till Jorden, och även hindra er framtida son från att resa dit – eller i alla fall förhindra att någon av er blir havande på 2000-talet?”

”Grundregeln i samband med alla tidsresor är att inte göra något som kan orsaka förändringar i tidsflödet. Men helt oväntade saker kan alltid hända”, förklarar Da-ro.

”Som ’oväntat sex’, menar du?” frågar Jim med en insinuerande min.

”Du behöver inte oroa dig för att jag ska vara otrogen mot dig, älskling, men rent teoretiskt sett kan jag till exempel bli våldtagen…”

”Jo, det är ju förvisso sant”, bekräftar Jim.

En morgon efter frukost lämnar Jim och Da-ro nyckeln till portieren. Då sitter den unge mannen och skriver med bläckpenna i en färgglad liten gammaldags pappersbok. När han ser Jim, lägger han hastigt boken åt sidan och önskar glatt en god morgon. Jim noterar att det står skrivet ”BRY-MAS POESI” med stora bokstäver på bokens omslag, och utbrister: ”Men så charmigt!”

Portieren rodnar lite och stammar fram: ”D-d-det är bara några små… tankar om ditt och datt.”

”Det är inget att rodna för. Jag tycker det bara är trevligt med poesi, Det är inte varje dag man träffar en äkta poet. Dessutom tycker jag att det är hedervärt att du skriver med gammaldags skrivdon!”

”Tack!” säger portieren lite blygt, och gömmer undan sin bok under en hylla. ”Förresten så har det kommit ett meddelande till herr Da-ro.”

”Ah, tack!” säger Da-ro. ”Jag får titta på det lite senare.”

”Ha en trevlig dag!” säger portieren till smekmånadsparet när de går ut i den strålande solen.

”Det ser verkligen ut som att alla här på Palo-Palo är någon sorts konstnär”, säger Jim glatt leende till sin man.

Denna morgon går Jim och Da-ro runt i staden och tittar på olika konsthantverk. De besöker en konstnär som målar ägg. Detta är lite av ett tabu för de äggläggande minovaranerna som inte äter ägg. Enligt Da-ro kan keramiska, äggformade och vackert målade konstverk däremot tilltala vissa lite vågade eller utmanande personer.

En annan konstnär gör alldeles otroliga skapelser i papper. Dels tillverkar han papper och kartong för traditionalister som uppskattar att skriva brev för hand på äkta papper, eller att slå in presenter i fina omslagspapper. Dels använder han sina egna produkter för att göra ett slags mosaik-tavlor av olika sorters papper. Han viker dessutom de mest fantastiska origami-figurer Jim någonsin sett.

Både Da-ro och Jim beundrar som förtrollade de olika konstverken de ser. ”Det känns verkligen som om man rest hundratals år tillbaka i tiden när man går i den här staden!” säger Jim.

”Skulle du kalla det för hemplanets-retro?”

”Jag vet inte riktigt. Kanske det snarare är en sorts nostalgi?”

”Men kom! Jag tyckte mig se Dan-ka i smedjan här runt hörnet. Jag är verkligen intresserad av att se vad han gör för något spännande!”

Framme vid smedjan ser de ett bord där det ligger handsmidda dörrhandtag, konstnärliga skyltar som man kan få sina namn ingraverade på, beslag, handdukskrokar och andra dekorativa bruksföremål som man kan smycka sina hem med. Jim gillar vad han ser och föreslår till Da-ro: ”Jag tycker vi ska be din svåger om lite familjerabatt när vi bygger vårt första gemensamma hem!”

”Vi kanske borde anlita både Pello och Dan-ka som våra inredningsarkitekter?”

”Ja, det tycker jag!” bekräftar Jim entusiastiskt.

Dan-ka har lagt märke till de båda männen, och kommer fram till dem. ”Kan jag intressera herrarna för äkta palo-paloriskt konstsmide?” frågar han med ett leende.

”Jo, faktiskt!” svarar Jim.

”Hade ni något speciellt i åtanke?”

”Ja”, svarar Da-ro. ”Vad sägs om att inreda ett badrum åt oss?”

”Åh? Min herre vill bli sponsor för min smedja?”

”Tja, varför inte?” svarar Da-ro och skrattar glatt.

”Varsågoda att stiga på, bästa herrar!” säger Dan-ka och gestikulerar yvigt och överdrivet artigt åt sina svågrar att komma in i smedjan. ”Jag tror att vi kan bli riktigt goda vänner.”

När de nygifta senare kommer tillbaka till värdshuset, tittar Da-ro på det meddelande han fått. Det är från Jims bror Justin, som undrar om han skulle kunna bidra med något inom ramen för Da-ros temporalforskning.

”Vad tänker du svara?” frågar Jim.

”Jag ska tänka på saken, men jag tror definitivt att han har kunskaper som vi skulle kunna dra nytta av. Jag tror jag ska ge honom ett erbjudande.”

”Vad kul! Då kan jag kanske få chans att verkligen ta hand om min lillebror för en gångs skull”, utbrister Jim och ler.

”Jag tror dessutom att det kan vara bra för er båda att ha en familjemedlem nära.”

”Men jag har ju dig!” säger Jim glatt och ler ännu bredare.

”Jo, men Justin och du har gemensamma minnen och dessutom samma antal sinnen.”

”Och, som jag brukar kalla det: Vi spelar för samma lag.”

”Om du menar det jag tror du menar, så spelar alla minovaraner undantagslöst för samma lag”, påpekar Da-ro och blinkar menande med ena ögat.

”Jo. Det stämmer förstås”, instämmer Jim och skrattar.

~ * ~ * ~

En kväll när Jim och Da-ro kommer tillbaka till värdshuset, står portieren Bry-ma på knä och rättar till kläderna på en ung, liten pojke. Just när Bry-ma rufsar till den lille pojkens hår, ser pojken Jim och Da-ro komma in, och utbrister: ”Besökare!” Han nickar sidledes mot det unga paret.

Portieren reser hastigt på sig och säger: ”Åh, ursäkta!”

Jim ler varmt och replikerar: ”Ingen fara.”

”Jag ville bara försäkra mig om att lillebror är väl klädd, för det spås dåligt väder.” Samtidigt som han säger detta, går Bry-ma till sin arbetsplats och tar ner Jims och Da-ros rumsnyckel, som han räcker över.

”Hur dåligt väder?” undrar Jim.

”Regn och starka vindar”, svarar portieren. Utan att göra någon paus vänder han sig mot sin lillebror och lägger till: ”Så det är nog bäst att hålla sig inomhus!”

Lillebror säger lite småtjurigt: ”Ja, ja. Jag ska gå hem till farfar Bryan.”

”Och hälsa honom att jag snart kommer hem för att laga mat åt er!”

Da-ro tar Jim om axlarna och säger lite skämtsamt: ”Det är ingen fara, raring! Det brukar emellanåt bli lite blåsigt och regnigt på vårar och höstar här i tropikerna.”

~ * ~ * ~

Nästa morgon går det nygifta paret ner till frukost. Genom frukostsalens fönster ser de att det är ganska stökigt i trädgården bakom deras värdshus.

”Det verkar ha blåst rätt starkt här”, noterar Jim. ”Om det blåst lika starkt i Arch City, tror du då att lägenheten uppe i träden klarat sig?”

”Du kan slappna av, älskling! De där kojorna är gjorda enligt en modern och beprövad konstruktion, och träden i din urskog är ordentligt stabila. Den typen av bostäder har byggts sedan flera år här på Minovar, och vi har aldrig haft några problem med dem.”

”Det är lugnande att höra. Men vi har ju i vilket fall tänkt åka hem om två dagar.”

Just då kommer portieren in i frukostsalen. Han går fram till Jim och Da-ro och informerar dem: ”Ni har fått ett nytt meddelande från Jorden, från en viss Justin Birch.”

”Till oss båda?” utbrister Jim, och portieren nickar instämmande.

”Ska vi titta på det på en gång?” undrar Da-ro.

”Ja, annars kan jag inte koncentrera mig på något annat idag. Jag är alldeles för nyfiken på vad lillebror har att berätta!”

De går tillbaka till sitt rum och lyssnar på meddelandet. När Justin bett om ursäkt för att han hela tiden stör dem under deras smekmånad, meddelar han att han gärna antar det arbetserbjudande som Da-ro gett honom, och hälsar Jim, med glimten i ögat, att deras ömma moder förväntar sig att storebror ska ta väl hand om lillebror.

”Om det innebär att du tänker gå ut och slarva med honom ända in på tidiga morgnar, så har jag något viktigt att berätta”, säger Da-ro.

”Vad då?”

”Jag hänger gärna på!” svarar Da-ro och ler glatt mot sin man.

”Rent spontant sagt, så vill jag nog först ta med honom till Mäster för några nyttiga lektioner.”

”Ah! Smart tänkt”, instämmer Da-ro. ”Dina möten med Mäster verkar ju ha gett bra resultat för dig.”

”Tack och lov!” säger Jim med eftertryck och pustar av lättnad.

”Då tycker jag att vi ska spela in ett svarsmeddelande på en gång och nämna dina omtänksamma planer, så att han kan känna sig riktigt välkommen och lugna era föräldrar en aning!”

14. Efter stormen

Stormen som gick över Palo-Paloerna drog vidare norröver mot fastlandet, och tilltog dessutom i styrka. I Archimedes City orsakade den lite större bekymmer och fler skador än ute på Palo-Palo, men inga direkt allvarliga personskador.

Tre dagar efter stormen kommer Jim och Da-ro tillbaka från sin smekmånad. Jims kojbostad i urskogen stod emot stormen utan större problem, precis som Da-ro lovat. Det enda synliga spåret av ovädret är att en blomlåda hade trillat ner. Urskogen utanför själva kojområdet ser däremot väldigt stökig ut just nu, med omkullblåsta träd och en hel del skräp som blåst in från byggnadsplatser i den växande staden.

Da-ro flyttar nu officiellt in i den charmiga koj-lägenheten. De trivs där, men planerar att snart bygga ett lite större hus i Röda Ravinen, just i den glänta där Da-ro byggde kojor med sina vänner när de var små. Da-ro känner ett visst behov att kunna bjuda kollegor och samarbetspartners till små privata bjudningar, och då är det lite trångt uppe i trädkronorna. Dessutom har det unga paret på allvar börjat diskutera att kanske skaffa barn inom en snar framtid.

I ett skogsparti nära utgrävningarna har ett stort, gammalt träd blåst omkull. Under trädet hittar en lekande pojke en liten burk i samma oidentifierade metall som de föremål som man tidigare hittat i utgrävningarna. I burken finns nio pollettliknande skivor som är gjorda i ett material som påminner om transparent plexiglas, och där finns även ett mjukt och plastliknande material som nästan helt vittrat sönder. Som tur är, visar pojken burken för sina fäder, och de förstår att det antagligen fanns ett samband mellan burken och de pågående utgrävningarna. De räcker i sin tur över burken och dess innehåll till forskarna.

Ga-re-ma blir överlycklig över det oväntade och annorlunda fyndet. Han noterar förtjust att varje pollett har ingraverade små bilder och skrivtecknen i stil med de man sett på föremål funna i utgrävningarna, och sänder ut alla kollegor att genomsöka grannskapet för att se om stormen fått något annat av intresse att uppdagas.

Ga-re-ma har nyligen anlitat en ny medarbetare, Ke-leo, som är en ung och ivrig man. Eftersom Ke-leo har viss erfarenhet av analys av främmande artefakter, ger Ga-re-ma honom i uppdrag att titta närmare på de glasklara polletterna.

När Ke-leo ett par timmar senare sitter och undersöker polletterna under ett starkt mikroskop, jublar han plötsligt rakt ut, och får direkt alla närvarande kollegors kompletta uppmärksamhet: ”*Eureka!* Det här är datalagrings-diskar!”

Ga-re-ma lägger ner den lilla burken och det plastliknande materialet, som han själv för tillfället tittat närmare på, och går raskt fram till den unge mannen. ”Datalagring? Du menar att det finns information lagrad på polletterna?”

”Ja, Garre!” svarar han, även om han vet att Ga-re-ma inte riktigt gillar det smeknamnet. ”Det här är optiska lagringsenheter! När jag lyser med polariserat ljus på dem, kan jag se geometriskt utplacerade mikroskopiska färgpunkter i flera lager på dem.”

”Symmetriska rader av färgpunkter?

”Ja. Och jag räknar sju distinkta färger.”

”Sju färger? Och kanske vissa punkter som helt saknar färg?”

”Ja, precis!” bekräftar den unge forskaren.

”Så vi kanske har att göra med ett oktalt lagringsformat?”

”Ja, det skulle jag gissa på.”

”Verkligen spännande! Det här kan med tiden ge oss en massa information om vem som byggt den här anläggningen!” utbrister Ga-rema med stark röst så att alla kollegor ska höra. ”Det här förtjänar en liten festlighet!” Han vänder sig tillbaka mot Ke-leo och fortsätter: ”Vi måste se till att få fatt på utrustning så att vi kan läsa över informationen från alla polletterna till ett medium där vi enklare kan analysera den. Kan du ta hand om det?”

Ke-leo nickar för att visa sitt instämmande, och säger: ”Jag ska genast börja leta efter någon som är duktig på optisk utrustning.”

~ * ~ * ~

När Jim en vecka efter stormen går ner i sitt underjordiska kontor, sitter till hans förvåning alla kollegor församlade framför en stor skärm där de ser en myriad av prickar i rött, gult, grönt, ljusblått, blått, lila och vitt.

”Förlåt? Har jag kommit fel?” utbrister Jim förvånat.

Ga-re-ma svarar Jim: ”Kom hit! Sätt dig! Vi håller på att analysera det okända folkets språk.”

”Deras språk?” frågar Jim förvirrat. ”Varifrån har ni fått det här?”

Ga-re-ma plockar upp ett litet stativ från bordet framför sig. Stativet innehåller alla de transparenta polletterna snyggt och prydligt uppradade. ”Just efter stormen hittade en grannpojke en behållare med de här datapolletterna, och på dem finns information optiskt lagrad. Nu sitter vi och tittar på innehållet.”

”Hur länge har ni jobbat med detta?”

”Vi fick den optiska läsaren färdig igår eftermiddag, och försöker nu luska ut hur vi ska kunna läsa något ur det här. Vi letar efter mönster.”

”Det är ganska vackert, tycker jag”, kommenterar Jim.

Ke-leo bläddrar fram avsnitt efter avsnitt av prickmönstret. Plötsligt utbrister Ri-cha, en matematiskt sinnad kollega: ”Vänta! Jag kan se ett mönster! Varje lodrät grupp om åtta prickar börjar ju med tre röda prickar!”

De andra närvarande stirrar stint på den abstrakta bilden framför sig. De räknar och räknar, och den ene efter den andre instämmer.

”Bläddra igen!” föreslår Ga-re-ma.

Nästa bild visar upp samma mönster; det finns nästan alltid tre röda prickar i början av varje grupp om åtta prickar.

Ri-cha har suttit tyst och räknat, och konstaterar nu: ”Jag vet att jag drar lite förhastade slutsatser här, men om vi räknar med att de kodar text med oktala siffror i grupper om åtta siffror, och om fem av siffrorna varieras för att symbolisera olika skrivtecken, betyder det att de har ett lagringsformat för text som tillåter minst ett och ett halvt storgross olika skrivtecken. Det kan antyda att de har ett skriftspråk med ungefär lika många tecken som till exempel kinesiska.”

Ga-re-ma puffar Jim i sidan med armbågen, och säger med svag röst: ”Hörde du, Jim? Lika många tecken som i kinesiska? Jag visste att det var rätt av mig att få med dig i det här projektet!”

”Ett och ett halvt storgross?” frågar Jim. ”Det innebär ju över trettiotusen om man räknar decimalt.”

Ri-cha nickar för att visa att han håller med.

Jim grubblar och funderar så djupt att han inte märker att han talar för sig själv rakt ut i luften: ”Med tanke på att inskriptionerna i metallkärlen ser så mycket ut som kinesisk drakskrift, så börjar det nästan kännas som att här finns en koppling till Kina.”

”Jag har tänkt samma sak”, kommenterar Ga-re-ma. ”Men det har väl många av oss redan tänkt sedan länge?”

”Vad?” utbrister Jim. ”Åh, förlåt! Jag pratade bara med mig själv.”

”Men jag instämmer att det bara blir mer och mer tydligt att här finns någon sorts koppling till Kina”, säger Ga-re-ma.

”Men hur är det möjligt?”

”Det är något som vi får försöka finna svar på, Jim. Dina översättningar av inskriptionerna är en bra ledtråd i den forskningen, och nu har vi dessutom alla dessa optiska diskar att undersöka. Tror du att de eridianska xenolingvisternas översättningsprogram kan komma till nytta även här?”

”Ja, det är jag övertygad om.”

”Men då så! Då vet vi vad du kan sysselsätta dig med.”

”Men du, vem är den där unge och mörkhårige killen?”

”Ke-leo? Bara din nyaste och mest lovande kollega!”

Ke-leo hör sitt namn och kommer fram till Jim. Han säger ”Ah, du måste vara Jim Birch! Jag har bara hört trevliga saker om dig. Jag ser fram emot att samarbeta med dig för att lösa detta mysterium!”

”Angenämt”, svarar Jim och tar honom i hand.

”Nöjet är helt på min sida!” säger den unge kollegan med ett charmigt leende.

~ * ~ * ~

För att uppfylla Ga-re-mas önskemål från bröllopet, gör Da-ro ett besök till utgrävningarna.

Ga-re-ma frågar då om Da-ro känner till om någon bekant ras har utvecklat någon form av kvantanalysator eller liknande, som kan tala om åldern på olika föremål.

”Var har du hört talas om något sådant?” undrar Da-ro.

”Åh, jag mindes bara något ur en bok som jag läste som liten.”

”Men vad skulle du behöva den till?”

”Vi har inte hittat några organiska material som vi kan analysera med kol-14-metoden, och då tänkte jag att det vore underbart att hitta någon teknisk finurlighet som vi kunde använda för att datera metallföremålen.”

”Jo, det låter sannerligen som en bra idé.”

”Så? Har du en sådan i din bakficka, Da-ro?”

Da-ro känner efter i sina fickor, visar upp sina tomma händer och höjer sedan axlarna i en gest av uppgivenhet. ”Tyvärr!”

”Men kan du tillverka en?”

”Jag ska definitivt lägga till det på min att-göra-lista!”

”Tack, Da-ro! Du är sannerligen en äkta scout.”

”Tss! Det vet jag inte. Jag kanske bara hjälper dig lite för att jag fikar efter en gentjänst.”

”Som vad då?” undrar Ga-re-ma.

”Som att du skulle kunna berätta vad som pågår mellan dig, Ti-wi och den tredje killen!”

”Han-yun? Vi håller på att lära känna varandra lite bättre.”

”Härligt! Jag sade ju att även du en dag skulle hitta den rätte – och så hittade du två på en gång!”

”Jag vet! Jag kompenserar för alla mina ensamma år”, säger Ga-re-ma och knuffar sin vän med axel mot axel.

”Jag är så glad för din skull! Lycka till!” säger Da-ro och ger honom en kamratlig kram.

Just när Da-ro kommer ut ur Ga-re-mas rum, springer han på sin man.

”Da-ro! Är du här?” utbrister Jim. ”Och du har inte sagt något till mig!”

”Blev du överraskad? Jag var faktiskt här å tjänstens vägnar, men tänkte att jag kanske kunde få bjuda ut min man på lunch.”

”Absolut! Vi kan väl gå till det där mysiga stället nere vid hamnen? Och kanske du kan berätta någon söt minovaransk saga om prinsar och kökspojkar?”

”Finns det där stället kvar än?” frågar Da-ro.

Jim nickar några gånger.

”Hm?” Da-ro tänker en liten stund. ”Vad sägs i så fall om sagan om mannen som kunde väva vävar av känslor?”

~ * ~ * ~

Jim har efter många om och men fått fatt i översättningsprogrammet från eridianerna. Med Ke-leos hjälp har han matat in all information från de nio polletterna i en datorterminal, och programmet börjar genast bearbeta den till synes oändliga strängen av färgade prickar.

”Om den här programvaran skapats av eridianer, utgår jag från att den bygger på en databas med information om grossvis med kända språk”, kommenterar Ke-leo.

”Ja, det stämmer”, svarar Jim. ”Och referensspråken kan räknas i storgross! Där finns både språk som talas idag och språk som varit utdöda sedan många generationer; där finns jordiska språk, och även språk från planeter som människor aldrig besökt.”

Just då plingar det till på skärmen framför dem, och de kan se att datorn tydligen redan lyckats finna vissa mönster att arbeta med. På skärmen har den listat de första tecken och ord som den identifierat: det okända språkets symboler för siffror och kommatering.

Jim tittar fascinerat på skärmen. ”Ser du?” Han pekar på ordlistan.

”Ja. Symboler för siffror och kommatering. Systemet verkar tycka att det är en bra strategi att lokalisera siffror och separatorer för att få grepp om språkets strukturer. Och den hävdar att där finns över nittio procent data utan något synligt mönster.”

”Ja, men inte bara det!” lägger Jim till med exalterad röst. ”Siffrorna har basen tio, som vi redan trodde, men utöver det så har de tydligen symboler för hundra, tusen, tio tusen och hundra miljoner!”

”Ja? Och vad är det som du finner så upphetsande med det?” undrar Ke-leo, som känner Jims känslor och feromoner mycket starkare än de talade orden, och de ohörda orden talar definitivt om upphetsning.

”Det är precis som i kinesiska! De som talar det här språket räknar tydligen på precis samma sätt som kineser!”

”Har eridianerna lagt in kinesiska bland de kända språken i sin databas?”

”Jag utgår från det. Vänta lite!”

Jim söker igenom systemet för att se vilka språk som finns inlagda, och noterar strax: ”Mer än ett gross jordiska språk finns inlagda i databasen. Men inte bara det; programmet har dessutom redan noterat en påtaglig likhet mellan de analyserade texternas struktur och kinesiska!”

De sitter och granskar informationen på skärmen ingående medan programmet fortsätter sin analys, och ser att dess snabbt tickande diagnostik visar att språkets strukturer redan är analyserade till nära nittiofem procent. Samtidigt ser det ut som att större delen av informationen från polletterna är i ett oläsligt format – antingen ljud, fotografier eller kodad information.

Ke-leo konstaterar: ”Men även om så stora delar av polletterna just nu förblir oläsliga, så har vi ändå enorma mängder digital information att arbeta med. Ja, det finns nästan oändliga texter på ett tidigare okänt språk. Se här: nästan åtta megagross tecken av text har analyserats!"

Jim tittar lite snabbt på resultaten och noterar: "Ja, otroligt spännande! Även om vi inte har någon aning om hur språket uttalas, så ser det ut som att det har minst tiotusen skrivtecken, nästan som i kinesiska. Och titta här: Det mest vanliga tecknet är tydligen genitiv-s, precis som i nutida kinesiska!"

Ga-re-ma hör den ivriga och nästan euforiska diskussionen från det hörn som Jim och Ke-leo sitter i. Han går fram till dem och säger: "Jag känner entusiasm i luften, grabbar! Så berätta: Vad har ni hittat?"

"Vi har hittat Rosettastenen!" svarar Jim. Han syftar på den sten som franska soldater fann i Egypten år 1799, på vilken det fanns en inskription som blev avgörande för egyptologers dechiffrering av hieroglyfer. "Vi har en första översättningsmatris som vi kan jobba med."

"Kan du visa ett exempel?" undrar projektledaren.

"Vi ska se!" svarar Ke-leo. Han knappar lite på datorn och får sedan fram en text. Det ser ut att vara någon sorts arbetsrapport som listar vilka arbetsuppgifter en person arbetat med, och vilka uppgifter som personen kunnat lösa kontra vilka som återstår att behandla.

"Intressant!" säger Ga-re-ma. "Och se här: Dokumentets rubrik talar om 'Forskningsstation 28-15' och 'De Himmelska Andarna'. Kan det vara vad de kallar sig själva?"

"Det låter som en rimlig gissning", instämmer Jim.

"Men tycker ni inte att det låter lite egocentriskt och överdrivet att kalla sig själva för 'Himmelska Andar'?" frågar Ke-leo.

Jim svarar: "Tja, det låter förvisso lite storslaget. Men det kanske är en felöversättning? Översättningen går ju trots allt via eridianska!"

"Men de flesta andra texter låter ju fullkomligt begripliga!" invänder Ke-leo.

"Jo, men det kan ändå vara många saker som gått snett i översättningen. Vi får inte lita blint på resultaten förrän några minovaranska eller jordiska lingvister studerat dem närmare!"

"Men det kan ju ta evigheter!" protesterar Ke-leo.

”Jag vet. Men under tiden kan vi börja analysera de översättningar vi har. Vi måste bara hålla i minnet att vi har att göra med ett okänt språk och inte helt verifierade översättningar.”

”Du Jim, du får mig att undra om du är arkeolog eller lingvist.”

”Tack! Det gläder mig att höra”, replikerar Jim och flinar lurigt.

Ga-re-ma har stått och funderat medan de båda andra diskuterade. Nu säger han: ”Må så vara att vi ännu inte börjat analysera all denna information, och att vi inte har några direkt handgripliga bevis för att göra ett definitivt uttalande, men många detaljer pekar på en rätt stark koppling mellan dessa ’Himmelska Andar’ och Kina.”

”Jag känner på mig att det här betyder att jag sitter rätt säker på min position här på kontoret”, säger Jim.

”Och du har tur, Jim”, svarar hans projektledare. ”Du har tur som just varit på semester, för jag tror inte att jag kan bevilja dig någon mer ledighet under överskådlig framtid!”

Ke-leo lägger till: ”Jag skulle gärna vilja ta itu med att försöka analysera de oläsliga bitarna, för att se om jag kan luska ut om det är ljud eller bilder som döljer sig i dem.”

”Jättebra! Tack, Ke-leo!” säger Ga-re-ma glatt. ”Kör hårt, bara!” Han vänder sig mot Jim: ”Men du, har du kontakt med några kinesiska arkeologer eller lingvister som du tror skulle kunna hjälpa oss?”

”Jag ska fråga runt, och jag lovar hålla dig informerad!”

När Jim kommer hem till sitt koj-hem samma dag, hittar han en tårta på köksbordet. ”Da-ro?” halvropar han. ”Är du hemma?”

Da-ro kommer ut ur badrummet, iklädd enbart en handduk, och säger: ”Vi har något att fira!”

”Jo, jag vet”, instämmer Jim. ”Men jag antar att du har en annan anledning än jag.”

”Åh? Är du säker på det?”

”Ja, jag syftar på att vi har haft enormt trevliga framgångar i utgrävningarna idag. Vad talar du om?”

”Nej, men vad *trevligt!* Det visste jag inte. Själv har jag idag skrivit ett arbetskontrakt med en mycket lovande ung maskintekniker från Jorden.”

”Har du pratat med Justin? Vad kul! När kommer han?”

”Om två månader. Han hade några saker som han först behövde avsluta på någon måne.”

”Jag antar att du kommer att hjälpa honom att hitta en passande bostad?”

”Jadå. Det ordnar jag utan problem. Så länge inga eridianer eller cancrianer är inblandade, har jag inget emot att lösa små problem.”

”Bra”, säger Jim och hänger av sig sin jacka. ”Och jag ser att efterrätten är serverad”, noterar han.

”Ja, varsågod!” säger Da-ro. ”Jag ska bara gå och…”

Då avbryter Jim honom med att säga ”Tack!” och rycker raskt bort hans handduk.

”Ah! Du syftade på *den* efterrätten!” säger Da-ro glatt överraskat och skrattar.

15. Nästa generation

Genast efter smekmånaden börjar Da-ro planera och bygga ett hus för sig och sin man tvärs över gatan från sina fäders odlingar, precis på den plats där han som barn tyckt så mycket om att leka. Han har alltid tyckt om att planera och bygga saker, så han vet precis hur han vill att huset ska se ut. Han vill bygga det två våningar högt, så att det finns plats för gäster och senare för barn. Efter lite inspiration från ett hus som han sett på Palo-Palo, vill han låta mura utsidan i vitt och grått tegel, i någon form av geometriska mönster. Han vill också bo nära sina fäder, utan att ha dem alltför nära inpå.

Huset blir klart redan samma höst, och när det unga paret flyttar in i sin nya bostad erbjuder de Justin att ta över koj-lägenheten. Justin tackar med glädje ja till erbjudandet, för han har varit lite avundsjuk på sin storebror.

Jims projektledare Ga-re-ma har inlett en relation med Ti-wi och Han-yun. De bor för närvarande i Minovar City, men eftersom de alla har sina rötter i Röda Ravinen, har de planer på att flytta dit ganska snart. De planerar dock att bo inne i staden.

Ett par månader efter att Da-ro och Jim flyttat in i sitt nya hem, blir de fäder till en liten pojke. När de diskuterar vad de ska kalla sin son, är båda fäderna ense om att de vill följa den minovaranska kutymen, och kommer fram till att de båda tycker om namnet Da-ji.

”Det namnet borde dessutom lugna mina fäder lite, eftersom det inte är det namn som står på deras hemska gamla loggbok”, noterar Da-ro.

”Förresten så kan vi berätta för dem att ’da ji’ betyder ’stor lycka’ på mandarin.”

”Men det passar ju alldeles perfekt!” säger Da-ro glatt. Han håller upp sin son och säger: ”Min stora lycka!”

De nyblivna papporna besöker farfäderna. Da-bao-lo har lagt an ett skägg som får honom att se ut lite som en schimpans. Jim påpekar detta och Da-ro ber honom sänka rösten genom att hålla upp sitt pekfinger mot sina läppar: ”Ma-ro gillar det, och Da-bao-lo mår bra av hans uppskattande blickar”, viskar han.

”Aah! Som när du nafsar mig i öronen och viskar upphetsande saker?” säger Jim lika lågmält.

”Ja, typ det, men lite mer diskret.”

Ma-ro bär fram en fruktpaj och undrar: ”Har ni hittat någon lämplig gudfader?”

Jim svarar: ”Jag känner inte så många minovaraner, men kanske Pe-lo-ro och hans Dan-ka skulle kunna vara passande?”

Da-ro nickar instämmande: ”Det tycker jag också.”

”Vad trevligt! I så fall får ju vi också snart se vår lille pojke igen”, konstaterar Ma-ro.

Nu kommer Da-bao-lo in med en stor kanna iste. Han frågar: ”Är det bara jag som tycker att vår sonson liknar mig?”

”Jo, det stämmer faktiskt. Du måste ha synnerligen dominanta gener, pappa”, skämtar Da-ro.

Jim håller sin pojke i famnen och skrattar glatt. ”Ja, det måste vara luftburna gener, eller kanske mentalt överförda”, föreslår han, och de andra skrattar med honom.

En solig höstdag håller Jim och Da-ro en liten namngivningsceremoni i sitt hem. Pojkens farfäder har ordnat vackra blomsterarrangemang och Ma-ro har själv bakat en riktigt fin tårta.

Allt är vackert och harmoniskt, men så kommer Jim med en oväntad överraskning: ”Jag har nu bott här på Minovar i mer än ett jordiskt år. Jag känner att jag börjat bli mer bekväm med kulturen, och därför har jag bestämt mig för att tydligt visa att jag känner mig hemma här med min familj.” Han tar en paus för att med ena handen visa mot Da-ro, deras son och även svärfäderna innan han fortsätter: ”Alla vänner och kollegor.” Han tar en ny paus för att gestikulera mot de övriga gästerna. ”Därför har jag beslutat att från och med idag ändra mitt namn till det mer minovaranskt klingande ’Ji-bi’.”

Farfäderna stirrar på Jim. Da-bao-lo vänder sig till Da-ro och frågar: ”Var det här din idé?”

Da-ro skakar på huvudet och bedyrar sin oskuld: ”Jag har inte haft något med det här att göra! Jag är lika förvånad som ni!”

Jim blir lite förvirrad över reaktionerna och försvarar sig: ”Da-ro kallar mig hela tiden för ’Jibbi’, och våra vänner har också börjat göra det. Jag trodde ni skulle bli glada!”

”Jag är glad, Jibbi!” säger Da-ro. ”Det är bara mina fäder som är lite skrockfulla.” Till de församlade gästerna ropar Da-ro: ”Låt oss höja våra glas för att välkomna våra nyaste och finaste minovaraner: min dyre make Ji-bi och vår förstfödde son Da-ji!”

Gästerna lyfter sina glas, Da-ro ropar ”De leve!” och alla ropar med en stämma: ”Hurra, hurra, hurra, hurra!” Da-ros fäder ropar dock inte särdeles högt och inte med lika mycket inlevelse som de andra.

Efter kalaset hämtar Da-ros fäder den gamla förvaringslådan. För sin svärsons skull berättar de alla detaljer kring hur de hittade den nyfödde Da-ro. Till sist tar de fram den gamla loggboken.

Ji-bi läser: ”Denna loggbok tillhör Ro-bi, son till Da-ro och Ji-bi”. Han tittar förvånat på Da-ro. ”Visste du om det här?”

Da-ro nickar i tysthet åt Ji-bi. Även om Ji-bi inte kan läsa Da-ros känslor, så anar han en viss skam i sin makes ansikte.

Da-bao-lo ber sin son att försöka aktivera boken.

”Jag kan inte öppna den”, konstaterar Da-ro. ”Det är nog någon form av genetiskt lås på den, eller så är batteriet dött. Men det spelar ingen roll. Jag kan inte se någon paradox i att Jibbi ändrat sitt namn. Det är bara en ren slump!” Han känner att han höjt rösten mot sina fäder, så han harklar sig och sänker rösten tydligt innan han lägger till: ”Oväntat, ja, men ändå en slump.”

”Men du är en temporalforskare! Får dessa sammanträffanden ingen alarmklocka att ringa i ditt huvud?” frågar Da-bao-lo.

”Om det nu skulle vara en paradox, så kan det lika gärna vara ert fel, för det var ju ni som gav mig mitt namn!”

”Den dagen du inser att du är din egen farfar, förvänta dig då inte att vi ska lösa problemet!” fräser Da-bao-lo bestämt.

”Men pappa! Tror du verkligen att det är möjligt? Det är ju en logisk själv-motsägelse! Gammalt nonsens som hittats på av Jules Verne och andra antika författare!”

Ma-ro försöker desarmera diskussionen en aning: ”Än så länge har Da-ro varken någon son som heter Ro-bi eller någon tidsmaskin. Vi kanske ska försöka lugna oss lite och se tiden an?”

Da-ro tar pappaledigt från sin temporalforskning så att Ji-bi kan koncentrera sig på sitt jobb och sina långa texter om de Himmelska Andarna. Da-jis farfäder kan inte dölja att de uppskattar att deras son inte längre jobbar med sina helvetesmaskiner.

Ji-bi har fullt upp med att analysera texter från polletterna och att försöka få fram något begripligt av all den övriga informationen. När Ga-re-ma ett par månader senare själv blir pappa till en frisk och glad liten pojke, får Ji-bi tillfälligt ta över projektledarskapet.

Ke-leo har inte lyckats luska ut något om de oläsliga avsnitten på datapolletterna, men försöker av och till med nya algoritmer och testar att reversera enligt olika humanoida rasers kända komprimeringsmetoder. Han tycker om utmaningar, och ger inte upp i första taget.

Lille Da-ji växer fort – han får ju rikligt med kärlek från båda sina fäder och sina farfäder. När han är motsvarande sex jordiska månader gammal, kan han redan både gå och tala en hel del, och Da-ro vill be farfäderna om hjälp med barnpassning så att han kan börja jobba igen.

”Utvecklas alla minovaranska barn så här fort?” frågar Ji-bi sin man.

”Det kan variera en hel del, men barn som får mycket kärlek under sina första månader och år kan utvecklas nästan dubbelt så fort som Jord-barn.”

”Jag trodde att mycket kärlek gav småttingarna tydligare leopard-fläckar.”

”Det också”, bekräftar Da-ro.

”Men du…” Ji-bi funderar en stund innan han fortsätter: ”Betyder det att det inte finns någon exakt ålder för när en pojke räknas som mogen att börja i skolan?”

”Ja, det stämmer. Skolgången anpassas efter varje pojkes mognad. Sedan når olika pojkar även puberteten olika fort, och får utbildning i etik och moral när de är mogna för det.”

”Och även sådan utbildning som Mäster Za-ma-ge-nu-se har gett mig?”

”Ja, just det.”

”Mhm!” säger Ji-bi och nickar. ”Jag kan verkligen förstå vikten av det.”

~ * ~ * ~

Justin har kommit igång med sitt jobb som tekniker på institutionen för temporalforskning. Han trivs med jobbet och den homonormativa arbetsmiljön. Dessutom tycker han att det är väldigt givande att ha utbyte med kollegorna från icke-jordiska kulturer.

När Justin en dag står och jobbar vid en positrongenerator, kommer Ko-bi fram och frågar: ”Har du blivit varm i kläderna nu, Justin?”

”Jo, men jag kände ju mig rätt hemma bland generatorer och motorer redan innan jag kom hit.”

”Det låter bra, för jag kommer snart att behöva ta pappaledigt.”

”Jaså? Men vänta, betyder det att du är havande?”

”Jo, jag bär på ett ägg.”

”Det syns inte på dig.”

”Nej, men minovaraner använder inte ögonen för att känna om en man är med ägg”, säger Ko-bi och blinkar skämtsamt med ena ögat.

”Jo, jag har förstått det, även om jag inte varit så länge här på Minovar.”

”Vi försökte få en son redan innan din bror fick sin pojke, men jag fick ett missfall och vi blev tvungna att vänta tills nu innan vi försökte igen.”

”Då får vi hoppas att allt går bra denna gång!”

”Jodå. Vi har redan kommit förbi det kritiska stadiet.” Ko-bi tittar på sin jordiske kollega. ”Just nu känner jag att du gärna skulle vilja se mitt ägg. Eller hur?”

”Jo”, erkänner Justin. ”Men jag utgår från att det är lite väl intimt att titta på andra mäns äggblåsor.”

”Bor du här på institutionen? Är du aldrig ute i samhället? Har du aldrig varit på stranden? Minovaraner är inte kända för att vara blyga av sig.”

”Nej, det förstås. Men jag har heller ingen pojkvän.”

”Vad spelar det för roll?”

”Någon skulle kunna tro att jag flirtar med dig!”

”Men Justin! Jag räknar ju dig som en vän!”

”Tack, Ko-bi!” säger Justin och ler.

Ko-bi drar upp sin skjorta, och visar ett ägg som är lite större än ett hönsägg.

”Så vackert!” utbrister Justin spontant, och böjer sig ner för att titta lite närmare. ”Det har ju samma fläckmönster som du!” Sedan får han en känsla av att det kan se konstigt ut att titta så ingående på en kollegas mage, så han reser sig upp igen innan han frågar: ”Hur många dagar tar det tills det kläcks?”

”Det tar bara två eller tre dagar till innan ägget lossnar från blåsan, och sedan får Adnan och jag ruva det i ungefär en vecka.”

”Går det verkligen så snabbt?”

”Jo, du! Och ju mer kärlek man ger ägget, desto snabbare och starkare växer det sig. Dessutom har du faktiskt också gett ett litet känslomässigt bidrag när du tittade så intresserat på vårt ägg!”

”Ojdå! Jag hoppas jag inte brutit mot något tabu!”

”Inte alls! Jag är bara tacksam för din hjälp, hur liten den än var.”

”Ni minovaraner är verkligen ett väldigt annorlunda folk!”

”Men det gillar du väl?”

Justin skrattar lite. ”Står du och läser av mina känslor igen, Ko-bi?”

”Vid det här laget känner jag dig. Jag tycker om din oskuldsfullhet.”

”Du menar att du tycker om att jag inte är så världsvan? Eller ska jag säga 'Minovar-van'?”

”Jag tycker att du gör ett bra jobb, och det sätter jag värde på. Jag vågar låta dig ta huvudansvaret för ingenjörsarbetet medan jag tar pappaledigt. Du kan väl komma över på middag om ett par veckor, när pojken är född? Jag skulle vilja presentera dig för min man – och han är ju hundra procent människa, precis som du!”

”Tack”, svarar Justin. ”Det ser jag verkligen fram emot!”

~ * ~ * ~

Efter en liten övertalningskampanj lovar Da-ros fäder att se efter sitt barnbarn på eftermiddagarna, så att Da-ro kan börja jobba deltid igen. Ko-bi har just tagit pappaledigt, och är hemma med sin nyfödde son.

Da-ro kontaktar Ko-bi över videolänk, för att höra vilka framsteg de gjort inom temporalforskningen medan han själv var pappaledig.

Ko-bi förklarar att nebulosierna har kommit långt med miniatyriseringsprocessen, och temporalforskarna har inlett arbetet med att utnyttja denna process till att skapa mer portabla partikelacceleratorer.

”Men har nebulosierna gett oss någon insyn i hur miniatyriseringen verkligen funderar?” frågar Da-ro.

”Tyvärr, min vän! De är lika hemlighetsfulla som alltid. De hjälper oss att förminska olika komponenter, men det gör de utan extern hjälp inne i sitt avskärmade skepp.”

”Det låter som att jag kanske får börja nya förhandlingar med dem.”

”Lycka till, Da-ro!”

När Ji-bi kommer hem den kvällen, säger Da-ro till honom: ”Vet du, jag tror nästan att vi startat en veritabel baby-boom! Alla mina barndomsvänner har börjat skaffa barn! Först Ti-wi och nu Ko-bi.”

”Men vad trevligt!” svarar Ji-bi. Synd bara att Ko-bi och Adnan inte bor här omkring, för då hade Da-ji fått en lekkamrat till.”

”Vi kan ju alltid åka och hälsa på dem.”

”Annars skulle jag inte ha något emot om han fick en lillebror.”

”Du ser! Ren och skär baby-boom!” konstaterar Da-ro och skrattar.

”Ti-wi, Ga-re-ma och Han-yun flyttar hit till Röda Ravinen om bara några dagar, och deras lille pojke kommer nog att växa snabbt med all kärlek han får från sina tre fäder.”

”Men vad kul!” säger Ji-bi glatt. ”Och om jag förstått Ga-re-ma rätt, så planerar de att skaffa en stor familj.”

”Jo, de är alla ense om att de vill leva upp till regeringens uppmuntrande kampanj om att öka planetens befolkning.”

”Men jag menade allvar med vad jag sade!”

”Vilken del?”

”Att jag inte har något emot att planera för en lillebror åt Da-ji.”

”Nu på en gång?”

”Nja, det är ingen brådska. Men är du intresserad?”

Da-ros enda svar är en kyss, och sedan drar han iväg med sin man i riktning mot sovrummet.

~ * ~ * ~

En tidig kväll knackar Ga-re-ma på dörren hos Da-ro och Ji-bi. Han har med sig sin lille son i en vagn.

”Hejsan!” säger han. ”Jag har haft pappa-ledigt ända sedan Han-tiga föddes, och jag har inte riktigt koll på vad som händer på jobbet. Så nu har jag ett par frågor till er båda.”

”Du kan inte låta bli att tänka på jobbet, va?” säger Da-ro retoriskt och ler ett snett leende. ”Men stig på för all del! Så trevliga gäster som du är alltid välkomna.”

De slår sig ner i vardagsrummet, där Ji-bi sitter och läser.

”Vad är det du grubblar över?” frågar Da-ro.

”Ja, det som jag skulle vilja tala med dig om, är att jag undrar om du har haft några framgångar med den där kvantdateraren? Kanske en halvfärdig teori?”

”Jag är pappaledig just nu, bäste Ga-re-ma!”

”Jo, jag vet. Men det betyder väl inte att din hjärna helt gått in i viloläge?”

”Nej, förvisso. Men det är heller ingen lätt uppgift! Du känner till den grundläggande osäkerhetsprincipen inom kvantmekanik; man kan inte samtidigt veta både var en partikel befinner sig och hur snabbt den rör sig! Vi har inte funnit någon signatur som kan visa hur gammalt ett föremål är. Men så snart vi vet någon, så kan du vara säker på att jag ska låta dig veta!”

”Mmm. Jag var rädd för att du skulle säga något i den stilen.”

”Och vad ville du fråga mig?” undrar Ji-bi.

”Har du fått kontakt med några kinesiska lingvister eller arkeologer?

”Jag har pratat med ett par duktiga bekanta, och de tycker att våra preliminära resultat är mycket intressanta, men de har hittills inte kunnat hjälpa oss att komma längre i våra analyser.”

”Så typiskt. Jag börjar tro att jag får be Han-yun eller Ti-wi om att ta över hemmapappa-rollen!”

”Jag tror inte det skulle gå att få fram snabbare resultat ändå”, säger Ji-bi.

”Ti-wi kanske har några kontakter via universitetet?” föreslår Da-ro.

”Tro mig! Jag har redan frågat honom”, svarar Ga-re-ma lite uppgivet. ”Och Han-yuns kollegor kan heller inte bidra.”

”Vad jobbar han med egentligen?”

”Han håller just på att avsluta sina läkarstudier, och praktiserar på universitetssjukhuset.”

”Ja, då kanske han inte har så mycket att bidra med i just detta fall”, noterar Da-ro.

”Kan vi bjuda på en bit mat?” frågar Ji-bi.

”Nej, mina kära makar står just och lagar mat åt oss. Jag ska bege mig hem alldeles strax.”

Ett par veckor efter att Da-ro börjat jobba igen, kommer Ko-bi och Adnan på besök till Da-ro och Ji-bi. Paret har som så ofta förr matchande klädsel. Da-ro kommenterar detta: ”Jag ser fram emot att er son växer upp, och ni börjar klä er alla tre i matchande grannlåt.”

Ko-bi svarar: ”Problemet är bara det att jag inte har så vacker kroppsbehåring som Adnan.”

”Och jag har inte så vackra leopardfläckar som du!” invänder Adnan.

”Jag känner en bra tatuerings-artist”, tipsar Da-ro honom.

”Nej tack! Jag tycker inte om att förbättra det naturen gett oss med sådant fusk.”

”Förlåt mig för att jag pratar om jobbet”, avbryter Da-ro, ”men när har du tänkt komma tillbaka dit, Ko-bi? Det är hemskt hektiskt nu för tiden, när vi jobbar med de nya acceleratorerna!”

”Jag har inte bestämt mig. Jag är rätt förtjust i pappa-rollen, och det verkar som att Adnan trivs med att vara karriäristen i familjen.”

”Japp!” instämmer Adnan. ”Det är en ny och skön känsla.”

”Jag förstår precis vad du menar”, säger Ji-bi. ”Jag njuter själv av att få ta mer ansvar för utgrävningarna.”

Adnan sitter med sin son Ko-nan i famnen och tittar på Da-ji i Ji-bis famn. ”Jag tycker att er Da-ji liknar Han-yuns, Ti-wis och Ga-remas pojke.”

”Många småbarn liknar varandra”, säger Ji-bi.

”Jo”, instämmer Ko-bi. ”Men i det här fallet tycker jag att Adnan har en poäng. Jag tror det är de asiatiska dragen som gör det.”

”Da-ro har kinesiskt påbrå, och det har Han-yun också. Jag kan se en koppling där”, säger Adnan. ”Vår Ko-nan har många likheter med sin pappa. Vi tittade på några gamla baby-bilder av honom häromkvällen.”

”Oh, jag skulle vilja se fler baby-bilder på dig, Da-ro!” utbrister Ji-bi med glad röst.

Da-ro gillar inte Ji-bis förslag. Han vänder sig tillbaka mot Ko-bi: ”Ska vi ta och prata lite jobb, min vän? Har du någon bra dokumentförstörare?”

”Åh nej, Da-ro, försök inte ens! Jag kan gå över till dina fäder här och nu!” replikerar hans make med en menande min.

16. En lillebror föds

Ji-bi har snart jobbat tre jordiska år på utgrävningarna, men arbetet handlar inte längre om några regelrätta grävarbeten. Nu är det mest inriktat på analys av allt vad man funnit, och då främst studier av datapolletterna. Det finns planer på att göra om de utgrävda underjordiska utrymmena till ett museum, så all personal har flyttat till kontoret inne i Archimedes City.

Ji-bis kollegor har gjort klara framsteg med att tolka det främmande språket. De inskriptioner från metallföremål som man tolkat, har visat sig mestadels vara gratulationer, utmärkelser, minnestexter och liknande. Där finns inget som beskriver vem som tillverkat föremålen eller varifrån de kommer.

Även om man tyvärr inte haft några framgångar med att dechiffrera de oläsliga delarna av informationen från datapolletterna, och inte lyckats hitta något sätt att datera ett enda föremål, så har man fått fram stora mängder information ur de läsbara texterna. Dessvärre är pollett-texterna rätt torr och tråkig läsning utan några personliga eller vardagliga inslag.

Kinesiska språkvetare har till allas förvåning funnit att när de översätter de Himmelska Andarnas texter till kinesiska, kan de få fram en text som till oväntat hög procent överensstämmer med kinesisk skrift ner på tecken-nivå. Den egendomliga kopplingen mellan dessa oidentifierade besökare och Kina blir bara mer och mer påfallande, och ingen har någon aning om hur detta kommer sig.

De kinesiska arkeologer och historiker som Ji-bi varit i kontakt med är oerhört fascinerade av vad som med all tydlighet antyds av de fakta som man funnit: att kineser en gång i tiden fått inspirationen till sitt skriftspråk från utomjordiska besökare.

Av de digitala texterna att döma, var avsikten med de Himmelska Andarnas besök på Minovar och andra planeter att bättra på sin egen genbank genom att korsbefrukta sig med olika andra livsformer – och tydligen inte bara med intelligenta livsformer.

Det framgår att besökarna hade gjort flera framsteg inom sitt arbete, men en gruppering från en annan planet tyckte tydligen inte om de Himmelska Andarnas avsikter, utan försökte förvisa dem från Minovar. Rivalerna spred ut någon sorts mikrob eller virus som gjorde många av de Himmelska Andarna sjuka, och flera dog. Forskarna har inte lyckats få hela bilden klar för sig, men de misstänker att denna tvist kan ha varit huvudorsaken till att de Himmelska Andarna lämnade Minovar.

Det frustrerar Ji-bi enormt mycket att han och hans kollegor inte lyckats hitta någon referens till de Himmelska Andarnas ursprungsplanet. Det finns referenser till flera forskningsstationer på olika planeter, men återigen finns det inga angivelser om vilka planeter som befinner sig var i Vintergatan. De som byggt den underjordiska anläggningen har definitivt lyckats bra med att dölja sin identitet.

En höstdag får Da-ro och Ji-bi sin andre son. De planerar ett kalas för namngivningen. Denna gång föreslår Ji-bi att Justin kan vara en bra gudfader.

”Justin tycker om barn, och han har varit riktigt hjälpsam med Da-ji. Jag tror han skulle uppskatta att bli gudfader.”

”Jag håller med dig, Jibbi. Dessutom är det bra att ha en gudfader som ofta kan komma på besök, och ge av sin kraft till den lille parveln.”

”Han har redan två pappor och två farfäder som gör det, Da-ro! Och jag har sett att du är noga med att hans storebror också ska vara snäll och omtänksam mot honom.”

”Jo, det är en bra start. Men ju fler nära och kära han har runt sig, desto bättre!”

”Ni minovaraner är verkligen omtänksamma. Det förvånar mig att jag aldrig hört något om dessa trevliga aspekter under all min skolgång.”

”Man får kanske anta att det beror på att du inte haft några minovaranska lärare. Jag befarar att våra egna skolor inte heller lär ut allt om människor.”

”Jag är säker på att varken människor eller minovaraner har fördomar om varandra eller döljer information från varandra. Det handlar nog mest om att vi lever så långt ifrån varandra.”

”Två dussin ljusår är inte så långt, Jibbi!”

”Allt handlar om perspektiv. Ibland kan det kännas som att det är långt att gå till jobbet.”

”Något säger mig att du fått lektioner i filosofi av din Mäster.”

”Förvisso. Men samtidigt kan jag berätta att det helt klart har varit väldigt lärorikt bara att flytta hit till Minovar. Det har gett mig perspektiv på livet.”

”Apropå liv: Jag tror jag ska gå och se om lillebror vill dricka lite av pappas mjölk. Du kan väl titta till Da-ji under tiden?”

”Självklart, mitt älskade näbbdjur!”

Da-bao-lo och Ma-ro kommer på besök för att hälsa på den nye familjemedlemmen.

”Har ni bestämt er för ett namn till vår sonson?” undrar Ma-ro.

”Ja, vi har ju bara två stavelser i respektive av våra egna namn, så det finns inte så många alternativ. Vi tycker att ’Ro-bi’ låter fint”, svarar Da-ro.

”Du skämtar?” utbrister Da-bao-lo tydligt upprörd. ”Inser ni inte att ni utmanar ödet? Ni håller ju på att aktivt förverkliga tidsparadoxen!” protesterar han.

”Det här kommer inte att sluta gott!” säger Ma-ro med en ödesmättat kall röst.

”Jag orkar inte med ert evinnerliga ältande”, säger Da-ro uppgivet och skakar sakta på huvudet. ”Vad vi än gör, så ser ni det som ett bekräftande av den där påstådda paradoxen.”

”Men hur kan du kalla dig temporalforskare, och ändå inte se vad som håller på att hända?” frågar Da-bao-lo upprört.

”Det finns tydliga skillnader mellan domedagsprofetior, konspirationsteorier och paradoxer. Än så länge har ni bara indikationer på att någon kan ha gjort en tidsresa, men ni har inga belägg för vem som gjort resan eller att det skulle föreligga någon paradox i den.”

”Vid Minovars solar!” protesterar Da-bao-lo. ”Vad behöver du mer för bevis? Du och din man har samma namn som dina farfäder, och nu ger ni er son samma namn som den man som lämnade dig i ett bylte i ravinen när du var nyfödd!” invänder han bestört.

”Men ni vet fortfarande inte vilka som är eller var mina biologiska fäder. Ni vet inte vem den där okände mannen var eller om den gamla boken ni har verkligen var hans! Men vi kan definitivt se på Ji-bis stamtavla att vi inte är släkt!”

”Måste det hända en olycka innan du ska tänka om?” frågar Ma-ro.

”Att tjata på mig fungerar hur som helst inte”, säger Da-ro bestämt.

Just efter lunch samma dag som kalaset ska hållas ser Da-ji och hans pappi Ji-bi en meteoritsvärm på himlen. Da-ji verkar tycka att de brinnande stenarna är spännande, och blir riktigt förtjust över ett så vackert fyrverkeri mitt på blanka dagen. Pappa Ji-bi oroar sig däremot, så han slår på nyhetskanalen på videolänk. Han får höra att delar av svärmen tydligen har träffat både Minovar City och Archimedes City. Nyheten gör honom ännu mer oroad, för både hans make och bror är ju på sin arbetsplats i huvudstaden. Han försöker kontakta Da-ro, men får inget svar.

En stund senare får Ji-bi själv ett brådskande videomeddelande från universitetssjukhuset i Minovar City. Ett antal meteoriter har träffat temporalforskarnas anläggning och orsakat en våldsam explosion. Många skadade minovaraner, människor och icke-mänskliga individer håller just nu på att transporteras till sjukhuset. Ji-bi får veta att Da-ro och Justin finns bland de skadade, men att de inte har några livshotande skador. Deras räddning var att de uppenbarligen var på väg ut ur anläggningen just när den exploderade. Ett antal andra är förolyckade eller saknas ännu.

Ji-bi lämnar båda sina små pojkar hos farföräldrarna och skyndar till sjukhusets akutavdelning för att leta efter sin man. Han får veta att Da-ro anlände till sjukhuset medvetslös, och just nu håller på att opereras, så han måste vänta. Ji-bi blir hemskt nervös, men personalen intygar att hans make kommer att klara sig, och de lovar att skicka ett meddelande till honom så snart Da-ro vaknar upp ur narkosen.

Ji-bi finner sin bror i lite bättre tillstånd i en sal där ett antal skadade minovaraner och enstaka människor befinner sig. Det hörs surrande och blippande ljud från den utrustning som står vid vissa av britsarna i rummet.

Justin halvligger på en brits. Han berättar att när meteoriter började regna ner över Minovar City, tog de sig först inte igenom forskningsanläggningens tak. Snart märkte man dock att skyddsskölden på nebulosiernas parkerade skepp fick en del av meteoriterna att med kraft repelleras i sidled. Enstaka meteoriter kom då att skjutas mot en partikelaccelerator inne i anläggningen, och orsakade en förödande kaskadeffekt. Gravitationsspolar började överhettas, och de flesta insåg snabbt att det fanns en överhängande risk för en explosiv utveckling.

Kaos uppstod. Medan Justin och Da-ro hjälpte medarbetare ta sig ut ur anläggningen så snabbt som möjligt, försökte Ko-bi desperat att stoppa katastrofen genom att stänga av den skadade acceleratorn.

Alla kollegor med egna fötter rusade mot säkerhet, men eftersom de manet-liknande eridianerna inte kan röra sig lika fort som de andra, försökte Da-ro handgripligen hjälpa dem ut. Vad Justin inte visste var att när eridianer blir stressade eller rädda, utsöndrar de syra ur sina huvuden och tentakler. När han säger detta, håller han upp sina bandagerade händer. Syran är inte extremt frätande, men han fick ändå allvarliga brännskador på händerna när han drog två av eridianerna till säkerhet.

De flesta av medarbetarna lyckades ta sig till ett någorlunda säkert avstånd innan partikelacceleratorn exploderade. Centaurierna går alltid klädda i sina rymddräkter, så de var något mer skyddade än de andra. Da-ro och många andra träffades av splitter från explosionen. I Da-ros fall orsakade detta allvarliga men inte dödliga skador på hans ena ben. I Justins fall orsakade splittret inte lika allvarliga skador.

Justin återhämtar sig säkert rätt snart, men Da-ro kommer att behöva flera operationer och antagligen en protes för att ersätta vänstra foten och vaden.

Ji-bi är chockerad över att höra Justins berättelse. Han ser sin illa tilltygade bror framför sig och alla andra skadade omkring sig. Han sitter förstummad vid Justins sida. Efter en stund frågar han: ”Men hur gick det för Ko-bi? Hann han också ut?”

”Jag vet inte”, svarar Justin. ”Vi var fullt upptagna med att fly och hjälpa andra.”

En sjuksköterska kommer fram till Ji-bi och säger: ”Herrn får ursäkta, men vi måste ge patienten smärtlindring och börja behandlingen av skadorna. Jag måste be er gå ut i väntrummet.”

I väntrummet springer Ji-bi på Han-yun och Han-ti-ga. Ji-bi utbrister:

”Vid alla gudar! Har någon i er familj också skadats?”

”Också?” frågar Han-yun. ”Menar du att Da-ro blev skadad vid explosionen på institutionen?”

”Ja, både Da-ro och min bror Justin.”

”Jag beklagar, Ji-bi!”

”Tack, Han-yun. Jag har pratat med Justin, och de opererar Da-ro just nu, så jag är hemskt orolig! Men vad gör ni här?”

”Sjukhuset har kallat hit oss för att vi har en ovanlig blodtyp. Om nu Da-ro är här, så tolkar jag vår närvaro som att han kan vara i behov av en donation från just oss, eftersom han har samma speciella blodtyp som vi.”

”Ursäkta?!” utbrister Ji-bi. ”Hur vet du vilken blodtyp Da-ro har?”

”När jag var liten, blev jag plötsligt mycket sjuk”, förklarar Han-yun. ”Jag behövde en lever-transplantation, och då fann läkarna att Da-ro var en lämplig kandidat för mig. Så min lever är faktiskt klonad från Da-ros.”

”Det hade jag ingen aning om! Vet Da-ro själv om det?”

”Jag vet inte. Men hans fäder vet i alla fall. De har varit goda vänner med mina egna fäder allt sedan mitt tillfrisknande.”

”Tror du att ni är släkt?” frågar Ji-bi.

”Jag har ingen aning. Det är inte helt uteslutet. Men våra likheter kan också bero på det enkla faktum att vi båda har anfäder från Kina.”

~ * ~ * ~

På grund av Da-ros skador, skjuts dopet upp ett par veckor. När hans fäder besöker honom på sjukhuset är de först artiga och omtänksamma mot sin son, men det tar tyvärr inte lång tid för dem att tydliggöra att de ser olyckan som något av ett omen.

”Vad var det vi sade?!” säger Da-bao-lo barskt. ”Att leka med tidsmaskiner leder inte till något gott!”

Da-ro orkar inte argumentera. Med svag röst säger han bara: ”Pappa! Vår forskning orsakade inte meteoritsvärmen.”

”Hur kan du vara så säker på det?!” fräser Da-bao-lo tillbaka.

”Snälla pappa! Jag har fått amputera ena benet. Jag är svag. Bråka inte med mig! Jag försäkrar att jag ska ge dig tillfälle att prata om detta när jag är starkare och har kommit hem.”

”Men du tänker väl inte fortsätta med temporalforskningen längre?” frågar Ma-ro.

”Jag orkar inte tänka på det just nu, pappi. Men jag antar att det för närvarande inte finns något institut för temporalforskning här på Minovar.”

”Som tur är!” avslutar Da-bao-lo.

När Ji-bis och Justins föräldrar får höra nyheterna om vad som hänt på Minovar, blir de självklart mycket upprörda, och vill att deras pojkar genast ska komma tillbaka till Jorden.

Ji-bi vill inte flytta, för dels kan han helt enkelt inte lämna sin skadade man, hans söner skulle inte alls må bra av att flytta till Jorden, och dessutom har han ju gjort enorma framsteg inom sin karriär.

Det är lite svårare för Justin att motivera varför han vill stanna kvar på Minovar, när hans arbetsplats bokstavligt talat gått upp i rök, och han inte har några andra familjeband på Minovar än Ji-bi.

Till föräldrarna säger Justin: ”Jag känner att jag måste ge Minovar en chans. Det finns så många möjligheter här, och jag trivs med mina vänner och min fina lägenhet.”

Ji-bi vill dessutom klargöra en viktig detalj: ”Det var en komet som passerade nära Minovar, och i dess följe kom en skur av meteoriter. Det är högst osannolikt att det kommer att hända igen, men myndigheterna har låtit meddela att de med högsta prioritet ska börja jobba på ett planetariskt försvar som ska kunna skydda oss mot framtida problem med meteorer, meteoritsvärmar och liknande.”

Några dagar senare hålls Ko-bis begravning. Alla överlevande kollegor är där – med undantag för de som ännu inte lämnat sjukhuset, och de människor och andra utomplanetariska kollegor som i all hast åkt hem.

Adnan är klädd i den arabiska stil som Ko-bi tyckte så mycket om, men idag är han barfota och kläderna helt svarta. Han bär sin gyllene bröllopsring i form av en flätad blomsterstjälk i en kedja runt halsen. Deras son Ko-nan är snart ett helt minovaranskt år gammal, så han kan utan problem gå själv, men Adnan bär honom ändå nästan hela tiden. Det tröstar Adnan att hålla pojken nära sig, och hålla fast vid tanken att en del av Ko-bi lever vidare i deras son. Dessutom är Adnan väldigt mån om att beskydda pojken.

Eftersom Da-ro alltjämt är för svag för att stödja på sitt amputerade ben, har Ji-bi sällskap av sin lillebror. Med tanke på att Adnan är en människa, precis som de själva, och alla andra närvarande är minovaraner, känner de ett extra ansvar att bry sig om sin vän Adnan och hans son i denna svåra stund.

”Vi vill att du ska veta att vi finns här för dig, Adnan!” säger Justin. Han kramar sin gode vän och ger pojken en puss på pannan.

”Du kan komma till oss när som helst!” lägger Ji-bi till.

”Tack! Det känns skönt att ha så goda vänner. Jag vet inte om jag skulle orka ta hand om Ko-nan helt ensam.”

”Du har fler och bättre vänner än du vet!” säger Justin. ”Se dig bara omkring idag! Jag är säker på att alla kollegor vill hedra Ko-bis minne genom att hjälpa er båda.”

Adnan kan inte hålla tillbaka sina tårar. Med darrig röst ber han Justin hålla pojken för en stund, så att han kan ta fram en näsduk och torka sina ögon. Pojken ser definitivt ledsen ut, och även om han antagligen inte riktigt kan förstå varför hans pappi gråter, så börjar Ko-nan också gråta. Justin försöker vyssa pojken så gott han kan. Ji-bi säger inget, men i sitt stilla sinne tänker han att hans lillebror ser riktigt faderlig ut, och att han en dag kommer att bli en riktigt fin pappi själv.

I stort sett all utrustning på institutet för temporalforskning är fullständigt förstörd, och även lokalerna är tills vidare helt obrukbara. Nebulosierna åkte iväg i sitt rymdskepp omedelbart efter explosionen. Alla andra interplanetära samarbetspartners gav sig av så snart de blivit omplåstrade på sjukhuset.

Da-ro försöker kontakta sina kollegor från andra planeter för att övertala dem att han ska göra allt i sin makt för att kunna starta om deras gemensamma projekt. Beklagligtvis har något av en interplanetarisk kris uppstått. Ingen verkar vilja tro på att Da-ro ska kunna garantera deras trygghet mot eventuella framtida hot, och ingen vill ta någon vidare dialog med honom. Alla samarbetspartners drar sig omedelbart ur projektet.

Som resultat av denna kris, drar den minovaranska regeringen med omedelbar verkan in alla forskningsbidrag för att istället primärt satsa på att bygga det planetariska försvaret.

Fyra års samarbete är som bortblåst och de plötsliga förändringarna innebär att temporalforskningsprojektet helt läggs på is för obestämd framtid.

17. Hemmapappor och extrapappor

Ännu tre månader efter olyckan är Da-ro konvalescent. Han har vant sig vid sin benprotes, och ingen kan avslöja benet som en protes utan att bli intim eller använda röntgenutrustning, men han har inte riktigt fått tillbaka sin fulla, ungdomliga kraft. Han funderar nu över vilket annat projekt han kan jobba på när hans skador läkt ordentligt och han mår bättre.

Kanske han skulle kunna prata med Ga-re-ma om att hjälpa till med någon del av hans arkeologiska projekt, så att han kan jobba närmare Ji-bi? De har ju fortfarande inte lyckats lösa gåtan med de oläsliga delarna av de där datapolletterna. Kanske kan han komma på några nya trick som de skulle kunna testa?

Kanske kunde det vara intressant att ta del i något mindre riskabelt forskningsuppdrag i polarregionerna? Han drar sig till minnes att man funnit spännande djur som lever och är fullt aktiva långt under isen även vid bitande kalla minusgrader. Det skulle i så fall handla om ett lågteknologiskt projekt, och under all den där isen borde man väl vara någorlunda trygg?

Ett tredje alternativ vore om han skulle kunna fortsätta sin temporal-forskning på egen hand – och kanske lite i hemlighet?

Ji-bi tar hand om sin man och hjälper till med att pyssla om pojkarna så mycket han kan. Han kan dock inte slita sig helt från sitt jobb, som ju blivit än mer spännande än tidigare. Han känner att han lärt sig en massa om den okända forskningsgrupp som besökt Minovar för länge sedan, även om han inte vet mycket om dem som individer.

Ji-bis nyaste uppdrag är att för utgrävningsmuseets behov skriva en detaljerad helhetsanalys av de Himmelska Andarna. Han försöker skapa sig en bild av deras kultur utifrån de olika möbler och metallföremål man hittat, men med huvudfokus på de texter man analyserat. Dessvärre är Ji-bis text rätt torr, för man har bara tillgång till mycket bristfällig information om folkets vardagsliv, kultur och politik. Det enda man med säkerhet vet om dessa Himmelska Andar är deras forskning, genetiska projekt och rätt opersonliga arbetsrapporter.

Justins händer har läkt riktigt bra efter omtänksam behandling med modern medicinutrustning, och är lika fina som innan. Han hade blivit någorlunda bekant med Ko-bi och hans familj innan olyckan, och har känt medkänsla och empati för Adnan allt sedan olycksdagen då Ko-bi offrade sitt liv i hopp om att rädda alla andra. Istället för att ta ett nytt jobb, har Justin valt att dels hjälpa sin skadade svåger med barnen och hemmet, och dels försöka stötta sin vän Adnan i hans stund av sorg.

Den unge änklingen Adnan tog en hel minovaransk månad ledigt från sitt jobb för att sörja Ko-bi, men sedan kände han att det enda sättet att gå vidare var att försöka tänka på något annat – som till exempel just jobbet.

Adnan upplever Justin som oväntat snäll och hjälpsam. Även om det finns förskolor så ställer han ofta upp med att passa Ko-nan medan hans pappi jobbar.

Justin älskar att ta hand om den lille pojken, och ser barnpassning som en ypperlig möjlighet att ostört kunna gå till stränder, museer och andra trevliga platser utan att riskera att av misstag ragga upp minovaraner – han har nämligen lite av samma problem som hans storebror tidigare brottades med. Som tur är så är det inte alls lika många som flirtar med en småbarnspappa – eller i Justins fall en man som *ser ut* att vara småbarnspappa.

Adnan uppskattar sin jämngamle väns hjälp mer än han vågar säga, och tänker: ”Det är skönt att Justin inte är minovaran, för då skulle han snart avslöja att jag börjat få känslor för honom. Men jag är inte redo att uttrycka mina känslor i ord. Inte riktigt än.”

En dag när Justin tittar förbi, föreslår han att Adnan ska följa med och hälsa på hans brorsöner i Röda Ravinen. ”Vore det inte trevligt att låta

Ko-nan leka med jämngamla? Samtidigt kan vi vila i min brors svärfäders fina trädgård."

"Jag vet att du bara menar väl, Justin. Men just nu påminner alla mörkhåriga minovaraner mig om min Ko-bi. Dessutom orkar jag inte riktigt med deras icke-verbala psykoanalys."

Justin noterar att Adnan på ett mycket diskret sätt säger att rödblonda jordlingar som han själv antagligen är helt okej. Högt säger han: "Icke-verbal psykoanalys? Jo, jag förstår vad du menar. Man känner sig totalt blottad när de läser minsta nyans i ens tankar och feromoner. Man kan inte hålla något för sig själv!"

"Exakt!" instämmer Adnan och nickar igenkännande.

Justin sitter tyst en stund och tittar på Ko-nan som leker på golvet framför dem. "Försöker du säga att du har något speciellt som du skulle vilja berätta för mig?" frågar han sedan.

"Just nu vill jag hålla det för mig själv."

"Litar du inte på mig, Adnan?"

"Jodå, men fråga mig en annan gång, är du snäll!" Han ler vänligt till sin gode vän, och försöker att inte låta leendet bli överdrivet kärleksfullt.

"Okej. Då kanske jag kan föreslå att vi tar en promenad genom skogen istället? Det är en vacker höstdag ute, och inte alltför varmt."

~ * ~ * ~

I ett försök att få Adnan att tänka på något annat, tar Justin honom till en teaterföreställning. De har lämnat Ko-nan hos Ji-bi och Da-ro för kvällen.

De går för att se en modern version av Shakespeares klassiker "En midsommarnattsdröm". Även om vintern har kommit till Minovar, är vädret ändå så pass milt att föreställningen kan hållas på en utomhusscen nere på Röda Ravinens botten. Regissören har till stor del dragit nytta av omgivningen, genom att placera scenen alldeles nere vid ån, och sedan stapla stora röda stenbumlingar för att skapa broar, podier, pelare och murar som en inramning och utvidgning av scenen. Dessutom har han gjort pjäsen till en modern science fiction-berättelse med älvor som på många sätt liknar varelser från främmande planeter. En del av skådespelarna verkar vara akrobater, för de hoppar och skuttar mellan de olika delarna av sceneriet väldigt graciöst och vackert. Skådespelaren som spelar Puck är dessutom både en mycket kompetent skådespelare och en skicklig jonglör.

Vid föreställningens slut tittar Justin på minovaranerna som ställer sig upp och applåderar på sitt annorlunda sätt med båda handflatorna uppåt. Han har sett detta förr, men tycker ändå att det ser lustigt ut när en så stor grupp män gör detta unisont, och han börjar skratta. Den övriga publiken tror antagligen att han bara skrattar åt den trevliga föreställningen.

Justins skratt får även Adnan att känna sig gladare, och han inser att han glömt bort sin sorg sedan någonstans alldeles i början av akt 1. ”Tack för en underbar kväll, Justin!” säger han och ger sin vän en puss på kinden.

Justin blir lite överraskad över pussen, lägger handen på kinden och tittar Adnan i ögonen. I all hast hittar han inget bättre ord, utan säger bara: ”Tack!” Han glömmer bort att applådera och sänker sin blick från sin väns mjukt mandelbruna ögon till hans varmt leende läppar. Han tvekar en liten stund, men känner att Adnan mer eller mindre välkomnar honom att återgälda pussen, så han pussar Adnan i all hast på läpparna.

Adnan ser allvarsamt Justin i ögonen ett par ögonblick. Justin står orörlig och osäker, men så spricker Adnans leende åter fram, han vänder sig tillbaka mot scenen och applåderar vidare. Justin gör detsamma, men kan inte låta bli att tänka: ”Vad hände just? Betyder det här vad jag tror att det betyder?”

När applåderna tonat ner, börjar åskådarna dra sig hemåt. Så Justin går också tillbaka uppför den upptrampade stigen mot den sida av ravinen som hans storebrors hus ligger på. Som den äkta gentleman han är, tar han Adnan i handen och assisterar honom.

När de kommer fram till Ji-bis och Da-ros hus säger Justin: ”Jag antar att du vill gå hem med Ko-nan nu.”

”Åh?” utbrister Adnan med en smått ledsen ton i rösten. ”Får jag ingen avskedskyss? Inget hångel alls?”

”Förlåt?” frågar Justin förvånat.

”Jag trodde att det tände till lite mellan oss.”

”Jag…” Justin känner sig osäker. ”Jag trodde…”

”Jag är ensam, Justin. Även om jag inte är minovaran, så behöver jag mänsklig värme.”

”Jag vill inte stressa dig eller vara påflugen!”

”Det är du inte. Jag uppskattar verkligen ditt engagemang för mig och för Ko-nan. Du är min jourhavande ängel!”

”Ojdå! Tack!” Justin tror att han ska börja rodna. ”Det var en komplimang som heter duga!”

Tystnad uppstår, och Justin känner att Adnan menar allvar. Så han går fram, ger Adnan en kram och sedan en lång, lång kyss. Han håller kvar Adnan i sin famn och säger med svag röst: ”Vi jordlingar får tala klarspråk med varandra från och med nu! Om jag går fram för snabbt, så låt mig veta!”

”Jag kan åka hem ensam med Ko-nan i kväll, men vi skulle kanske kunna ordna barnpassning hela nästa helg, och göra en längre utflykt?”

”Gärna!” svarar Justin och smeker sakta Adnans kind.

De båda teaterbesökarna knackar lite försiktigt på dörren till Ji-bis och Da-ros hus, och snart kommer Ji-bi för att öppna.

”Hej, lillebror! Hur var teatern?”

”Mycket trevlig, tack!” svarar Justin medan han ser sig omkring aningen oroligt. ”Är Da-ro inte hemma?”

”Jodå, han sitter i sitt arbetsrum och smider framtidsplaner. Ska jag ropa efter honom?”

”Nej, det är lugnt. Adnan ville bara hämta sin pojke, och sedan åker vi hem på direkten.”

Ji-bi vänder sig mot ensam-pappan. ”Hur är det, Adnan? Mår du lite bättre?”

”Jo, det var skönt att få något annat att tänka på under ett par timmar. Föreställningen var spektakulär, och din lillebror är verkligen en omtänksam kavaljer.”

”Visst är han? Man kan ju nästan inte tro det om en sådan inbiten tekniker som han!”

”Nej, där slår verkligen ett stort och gott hjärta i hans plåtkropp!” säger Adnan och skrattar lite lätt.

”Ni behöver inte rusa iväg på en gång! Pojkarna har lekt så fint med varandra, och just nu ligger de och sussar riktigt sött. Dessutom har jag ett par gamla vänner på besök, så det finns både te och fika framme.”

I vardagsrummet sitter Ji-bis förste minovaranske vän O-la-fu, och hans make Ow-li. Ji-bi presenterar alla besökarna för varandra. Just då kommer Da-ro ner i vardagsrummet: ”Var det du som skrattade, Adnan? Det gläder mig att höra dig göra det igen!” Sedan noterar han att hans bortgångne kollegas änkling är klädd i en turkos skjorta, och lägger till: ”Och jag ser dessutom att du börjat bära din favoritfärg igen. Det ser jag som ett gott tecken.”

”Tack, Da-ro! Du har din svåger att tacka för mitt goda humör!”

”Jaså?” säger Da-ro. Han sniffar lite i luften.

Justin kastar ett stint öga mot Da-ro och tänker: ”Läs inte mina tankar mitt framför storebror! Läs inte mina tankar!”

Da-ro bara ler. ”Jag är glad för din skull, Adnan!” Sedan vänder han sig mot Justin: ”Och jag är glad att du tar hand om honom, Justin. Fortsätt med det!”

I sina tankar pustar Justin ut.

”Vill ni ha var sin kopp te?” frågar Ji-bi.

”Ja, det vore gott, tack!” svarar Justin.

Så snart Ji-bi gått ut i köket blinkar Da-ro mot Justin och boxar honom mjukt på ena axeln. Han säger inte ett enda ord, men det är tydligt att han förstått att något hänt mellan Justin och Adnan.

”Jäkla minovaranska sinnen!” tänker Justin tyst. ”Men tack, bäste svåger, för att du håller det för dig själv!”

Da-ro tittar först mot Justin och sedan mot Adnan, och gestikulerar som om han drar en dragkedja över sina läppar. De andra minovaranerna i rummet ser detta, och förstår uppenbarligen precis vad Da-ro syftar på, så de säger inte heller något.

O-la-fu känner att Justin är lite orolig, så han tar upp ett ofarligt diskussionsämne: ”Säg mig, grabbar: Är Shakespeare fortfarande en skald att räkna med?”

Adnan svarar först: ”Ja, kvällens föreställning var verkligen magisk! Jag kan definitivt rekommendera att ni går och ser den.”

Justin nickar. ”Jo, det var duktiga aktörer, och det fanns många överraskande detaljer i den moderna men ändå tidlösa uppsättningen.”

”Åh! Ni låter nästan som teaterkritiker”, säger O-la-fu och skrockar lite.

”Asch, det vågar jag inte påstå”, säger Justin. ”Det gläder mig bara att ett närapå åtta hundra år gammalt skådespel har ett budskap som människor av idag kan ta till sig. Manuset och skådespelarnas tolkningar visade helt enkelt att mystiska intriger kring kärlek, avundsjuka och sorg kan ges nytt perspektiv utifrån vår moderna livsstil på en avlägsen planet.”

Adnan känner sig förvånad och betagen av Justins insiktsfulla kommentar. Han tittar lite diskret i ögonvrån mot Justin. Justin ser hans känslosamma blick, men säger inget. Da-ro koncentrerar sig samtidigt på sin tekopp för att inte råka avslöja de känslor han kan känna mellan Justin och Adnan.

Den lite genanta tystnaden bryts av att Ji-bi kommer tillbaka in i rummet med två tekoppar. ”Det var värst vad tysta ni är!” säger han.

”Åh, nej, vi satt bara och pratade teater”, säger Da-ro. ”Justin verkar vara rätt bra införstådd i tolkning av de klassiska verken.”

”Justin? Du pratar om *min bror* Justin?” frågar Ji-bi förvirrat. ”Det tror jag på när jag hör det!”

Justin harklar sig och återger några kända ord ur kvällens pjäs med så stor pondus han kan förmå: *”Upp och ner, upp och ner, jag ska ta dem upp och ner. Stad och land med skräck mig ser när jag tar dem upp och ner, upp och ner...”*

Ji-bi betraktar storögt sin lillebror. ”Ja, jag säger då det! Vem behöver åka för att utforska nya planeter, när man kan göra så oväntade upptäckter i sitt eget hus?!”

Justin skrattar glatt, och de övriga stämmer in.

”Du kanske borde satsa på en ny karriär?” föreslår Adnan.

Da-ro bestämmer sig för att vara privat uppfinnare tills han hittar ett lovande uppdrag på någon annan plats. Han har ett par tankar om hur man skulle kunna skapa en kvantdaterare. Förvisso inser han att det är svårt att bygga avancerad teknisk utrustning hemma på skrivbordet, men han kan definitivt skissa på hypoteser och göra olika simuleringar i datorn.

”Det här ska bli riktigt kul!” säger han till sig själv, och gnuggar händerna mot varandra när han satt sig framför datorn. ”Här ska det tänkas nydanande idéer och skapas oanade storverk!” Han trummar en liten snutt på bordet innan han börjar knappa på datorn.

Ji-bi tycker att det känns skönt att Da-ro kan vara hemma med barnen, och samtidigt sysselsätta sig med saker som han verkligen tycker om.

18. En ny dörr öppnas

Det har gått sju minovariska år sedan den olycksbringande meteoritsvärmen föll över Minovar. Da-ro har jobbat några år med forskningsprojekt under Nordpolen, och livet har rullat vidare. På Jorden firades nyligen år 2371 in, men på Minovar är det höst. Da-ro sitter och pratar med Ro-bi och hans yngre bror Ro-ji. Ro-ji berättar att han fått lära sig första hjälpen på kvällens scoutmöte, och nu vill han bli sjuksköterska. Storebror Da-ji är tolv jordiska år gammal och sitter och koncentrerar sig på sina läxor.

Farbror Justin kommer på besök med sin man Adnan. Djupa känslor uppstod mellan de båda, och några månader efter den första kyssen flyttade Justin in hos änklingen Adnan. Ett år efter Ko-bis bortgång kände Adnan sig redo för att starta om med Justin, och de gifte sig. Alla vänner och närstående hade sett Justins engagemang för både Adnans och Ko-nans välmående, och hade inget att invända. Denna gång valde Adnan dock en enkel och slät bröllopsring i platina, och ingen konstnärlig skapelse i gult guld som skulle riskera att ständigt påminna honom om vad han förlorat.

Justin och Adnan har tagit med sig Adnans son Ko-nan och sin gemensamme son Ju-nan, som de fått efter att ha inseminerat en Minovar-primat.

Medan kusinerna leker utomhus, sätter de vuxna sig i köket och fikar.

”Så, Da-ro”, inleder Adnan. ”Justin har berättat att du hakat på ett nytt temporalforskningsprojekt. Så du tänker inte gräva vidare under isen?”

”Nej, du vet, jag kom aldrig någon vart med den där kvantdateraren, och jag har tillbringat så många år med projektstyrning för polarexpeditionen. När de började prata om att starta om vårt gamla projekt med temporalforskning, så kändes det helt rätt för mig att bli projektledare där.”

”Och av säkerhetsskäl inriktar ni er nu på att konstruera ett tidsskepp i omloppsbana runt planeten?” Justins fråga är rent retorisk. Han vet mer än väl vad som händer, eftersom han själv är inblandad i tekniska projekt till stöd för den rymdstation som Da-ros forskning planeras utgå ifrån.

Da-ro skrattar helt kort. ”Vad Justin försöker säga, är att vi åter blivit lite av kollegor, och att han kan hålla lite koll på vad jag har för mig.”

Adnan inflikar: ”Jag hoppas att även *du* kan hålla koll på *Justin*. Jag skulle inte klara av att förlora en andre man för en olycka som involverar tidsmaskiner!”

”Jag kan garantera dig, min vän”, säger Da-ro till Adnan, ”och även dig, älskade Jibbi”, säger han vänd mot sin man, ”att vi kommer att sätta in mycket större säkerhetsåtgärder denna gång.”

”Men enligt vad jag har hört, så har ni inte hjälp från några andra raser”, säger Ji-bi.

Da-ro suckar lite uppgivet. ”Det är svårt att få olika utomplanetariska raser att samarbeta. Jag utgår från att de antingen inte är intresserade av samarbete med oss längre, eller att de har startat sina helt egna projekt inom samma område.”

”Förlåt om jag avbryter ett definitivt intressant samtalsämne”, inflikar Ji-bi, ”men jag skulle vilja prata om något helt annat! Ro-ji fyller ju snart ett halvdussin minovaranska år. Ska vi inte ordna till ett stort kalas för alla våra pojkar?”

”Och kanske bjuda hit Pe-lo-ro och hans tre grabbar?” lägger Da-ro till.

”Ja? Vore det inte trevligt?”

Justin tittar ut genom fönstret, och ser pojkarna leka utanför. ”Ja, de verkar ju helt klart ha roligt tillsammans!”

~ * ~ * ~

På temporalforskningsprojektets kontor i Minovar City diskuterar Da-ro grundläggande koncept med nya kollegor. Man har sedan länge haft kunskap om att göra rymdresor i hastigheter snabbare än ljuset med hjälp av mikrovågor. Ett fält av mikrovågor kan användas för att trycka samman rymden just framför ett skepp, och samtidigt sträcka ut rymden bakom skeppet. Skeppets egentliga hastighet är inte ens en procent av ljusets hastighet, men genom mikrovågs-tricket kan man tillryggalägga avstånd på flera ljusår per dygn. Genom att lägga till ett takyon-fält kring skeppet kan man få resan att samtidigt bryta tidsbarriären. Justin är närvarande på mötet och presenterar den senaste versionen av partikelgeneratorer som endast mäter ett fåtal kubikmeter i storlek.

Da-ro har anställt en ung och lovande dator-trollkarl vid namn Jouna till projektet. Den unge mannen, som antagligen är i samma ålder som hans egen äldste son, har satt sig in i hur man gick till väga i projektet innan den tragiska katastrofen. Han vill gärna tänka i nya banor, och är skeptisk mot att repetera gamla idéer som enligt hans mening bara är dammiga och lönlösa. Han kastar en misstänksam blick mot Da-ro, och Da-ro både ser och känner Jou-nas tvivel.

”Jag vet att vissa av er tycker att tekniken med takyon-fält är ett lite gammalt och uttjatat koncept. Personligen tycker jag att eftersom det var där vi slutade sist, så kan det vara en bra start att se vad som kunde gjorts bättre eller annorlunda. Jag skulle även vilja veta vilka nya möjligheter vi har tillgång till idag.”

Da-ro får blandat medhåll från kollegorna. Ett par stämmor bland åhörarna påminner honom om att man aldrig löst det där problemet med kvantsönderfallet.

Justin slänger ut ett förslag: ”Nu när vi i vilket fall inte har något interplanetariskt samarbete, vad hindrar oss då från att samarbeta med Rymdflottan?”

”Ja, Justin, det är en bra fråga. Vi bör ta upp det till diskussion väldigt snart. Om vi inte kan räkna med stöd från andra raser, så kan

Rymdflottan säkert bidra med både tekniskt kunnande och en del utrustning."

Jou-na vågar sig också på att ställa en riskabel fråga: "Har du eller någon annan några nya och lovande koncept på bordet, Da-ro?"

"Vad sägs om att alla slår sina kloka huvuden ihop, och kommer med sina bästa förslag?" Därefter riktar han sig mot Jou-na personligen: "Dessutom har jag själv en liten idé som jag skulle vilja presentera för dig, om du har tid?"

"Jadå. Vilken idé handlar det om?"

"Jag tänkte att vi kunde prata om det i enrum, om det är okej?"

De ljudeffekter som hörs från ett flertal av åhörarna insinuerar att Da-ro skulle ha opassande avsikter med sin unge kollega.

"Ni kan hålla er lugna, bästa kollegor! Det enda jag är ute efter är Jou-nas hjärna."

"Och det vill du att vi ska tro på?" ropar en man längst bak. Spridda skratt hörs.

"Ja, om jag hör talas om något annat, så kan du utgå från att din man kommer att få veta det med detsamma!" säger Justin med en till synes allvarsam min.

"Se vad ni ställt till med! Ni har fått min egen svåger att vända sig mot mig!" säger Da-ro i en spelat bestört ton.

Alla församlade skrattar glatt.

På lördagen kommer Jou-na på besök hem till Da-ro. När Ji-bi ser den unge mannen dyka upp utanför huset, säger han: "Det kommer en ung man med mörkblont hår och rött pipskägg. Är det någon du känner?"

"Har han stålblå ögon också? Det är min nya kollega Jou-na. Han är ett rent geni!"

"Du, jag kan inte riktigt se hans ögon härifrån, men han har knälånga byxor i något sandfärgat material och en kortärmad skjorta med ett geometriskt mönster i starka färger."

”Det låter definitivt som Jou-na. Jag ska släppa in honom!”

Da-ro öppnar dörren i samma stund som dörrklockan hörs, och Jou-na hoppar till av överraskning.

”Välkommen, Jou-na! Kul att du kunde slita dig från din dator!”

”Du vet att dina idéer inspirerar mig, Da-ro. Och när du ber mig komma på ett ’hemligt möte’ mellan fyra ögon, kan jag ju inte motstå frestelsen!”

”Kom! Vi kan gå upp till mitt arbetsrum.”

Ji-bi tittar förvånat efter temporalforskarna. ”Vad har ni för hemligheter för er? Borde jag oroa mig?”

”Åh, det är inget farligt, Ji-bi! Jag bara ville undvika våra kollegors spionerande sinnen.”

Ji-bi förstår mer än väl vad hans make menar. När man har att göra med minovaraner, räcker det inte att stänga in sig i ett ljudisolerat rum, utan man måste se till att inte utsöndra några feromoner på väg till eller från rummet i fråga. Han går ut i köket för att förbereda något att äta åt sig och pojkarna, och utgår från att de båda vuxna gossarna också vill ha en matbit.

Da-ro sätter sig vid sin dator i arbetsrummet och bjuder Jou-na att slå sig ner på stolen vid sidan av.

”Jo, jag har rivit upp det där med att kombinera ett mikrovågsfält med ett takyon-fält, och inser att mikrovågsfotoner i sig kan uppnå hastigheter snabbare än ljuset – i alla fall över kortare avstånd. Och därför undrar jag om det inte kan vara den nyckel vi letar efter, att använda mikrovågsfotoner som en inkapsling av tidsbubblan.”

”Jag förstår vad du antyder”, säger Jou-na och nickar. ”Och jag förstår varför du inte vill att kollegorna ska få höra detta riktigt än.”

”Ja, nya och heta koncept som detta kan bli rena bombnedslag bland alla inbitna vetenskapsentusiaster. Jag vill bara försäkra mig om att jag inte räknat fel någonstans innan jag visar denna simulering för dem, och jag vill även att de själva ska få igång sina synapser först.”

Da-ro kalibrerar som hastigast en av de sekundära formlerna i simuleringen på skärmen, och visar resultatet för Jou-na.

Den unge kollegan tittar intresserat på Da-ros kalkyler. ”Får jag låna datorn ett ögonblick?”

Jou-na knappar lite på tangentbordet och justerar en av formlerna i Da-ros simulering.

”Betyder det här att vi skulle kunna färdas snabbare än ljuset genom att inte bara komprimera rymden framför ett skepp, utan även komprimera rymdtiden?”

”Det var så jag tolkade resultaten.”

”Men det är ju fullkomligt revolutionerande!”

”Så du tror att jag kan ha en bärande hypotes, då?”

”Absolut! Och om man kan komprimera rymdtiden, följer det helt logiskt att man kan tänja ut den också, och därmed kanske skapa stasisfält.”

”Ja, just det. Eller böja tiden!” lägger Da-ro till.

”Det låter otroligt spännande! Och neutrino-reflektionen ser ju ut att bli otroligt stabil över hela spektrumet!” utbrister Jou-na exalterat. ”Inser du vilka möjligheter detta skulle kunna innebära?!” Jou-na mer eller mindre flåsar av upphetsning medan han ivrigt knappar vidare på datorn.

”Ja, visst är det sexigt?”

”Synnerligen!” instämmer den unge mannen och ger datorskärmen sin odelade och brinnande uppmärksamhet.

Da-ro fnissar lite diskret för sig själv. ”Den här Jou-na är definitivt rätt person att ha med sig i vårt projekt. Han blir bevisligen fysiskt upphetsad av en kvantsimulering på en datorskärm!” tänker han. Högt säger han lite skämtsamt: ”Vill du att jag ska lämna dig ensam med datorn i några minuter?”

”Nej, det är lugnt. Men jag tar gärna med mig en datakristall med en kopia av dina kalkyleringar, om jag får. Jag kan studera dem närmare på min egen dator där hemma.”

”Absolut. Men vi kan väl hålla det här mellan oss båda under en vecka eller så?”

”Jag lovar!” svarar Jou-na och nickar utan att för en bråkdel av en sekund slita blicken från skärmen.

”Och det är tur för mig att Ji-bi inte har en minovaransk näsa. Du formligen stinker av upphetsning och förälskelse!”

”Men det här konceptet är fullkomligt banbrytande! Det är bättre än sex!”

”Jag ska ge dig en kopia på direkten. Vill du sedan låna duschen innan vi går ner och ser vad min lille gubbe har ordnat för något gott att äta?”

”Nej, jag har ändå inget klädombyte med mig!” skämtar Jou-na tillbaka.

Da-ro har på känn att Jou-na var alltför förtrollad av simuleringen för att höra ett enda ord av vad han sade tidigare. För säkerhets skull repeterar han därför sitt önskemål när de går nerför trappan: ”Kom ihåg: Inte ett ord till någon förrän jag ger dig mitt klartecken!”

”Visst, visst! Du är bossen!” bedyrar Jou-na med eftertryck.

Da-ros fäder är inte direkt förtjusta över att deras son hoppat på den vilda, gamla hästen igen. De skulle helst vilja se honom hoppa av från projektet på direkten. Som det låter i Da-ros öron pratar de bara tomt skrock, och han börjar bli uppriktigt irriterad på sina fäder.

”Jag förstår att ni tycker att de där sakerna i er gamla låda i garderoben insinuerar det ena eller det andra, men det räknas inte som fällande bevis.”

”Jag antar att det är ditt öde att utmana fysikens lagar”, säger Dabao-lo uppgivet.

”Vi får bara hoppas att du inte orsakar fler katastrofer!” lägger Maro till med en allvarstyngd röst.

”Och när jag vinner pris för århundradets mest revolutionerande vetenskapliga framsteg, då vill ni inte att jag ska nämna er i mitt tack-tal, va?”

19. Vårfest

På Jorden firas nyåret år 2375. Enligt den minovaranska kalendern är det vårdagjämning år ”nio-dussin-nio”, som de kallar det. Da-bao-lo och Ma-ro ser det som ett väldigt passande tillfälle att anordna en fest för hela familjen och deras närmaste vänner.

Det blir ett stort kalas; alla deras sex barnbarn och Ji-bis båda brorsbarn är där; Han-yun, hans fäder och hela hans stora familj med fem pojkar är där.

”Tänk, Bao”, säger Ma-ro. ”Innan Da-ro kom in i vårt liv drömde vi om en son, och se nu hur många barnbarn vi har!” Han ler lyckligt.

”Åh, käre make! Jag blir så glad över att känna din värmande glädje”, svarar Da-bao-lo.

Värdparets söner gläds med sina fäder, men barnbarnen tisslar och tasslar med varandra om andra saker.

Da-bao-lo och Ma-ro har dekorerat sitt hem med blommor i alla regnbågens färger, och de har satt upp mängder av kinesiska pappers-lyktor i hela huset.

”Jag tänkte att om vi nu ska fira Jordens Nyår och Minovars vårdagjämning, då kan vi även passa på att fira Da-bao-los anfäder”, säger Ma-ro. ”Så låt mig utbringa ett fyrfaldigt hurra för trägetens år 2375! Må det bli ett lyckligt år för alla oss som…”

”Du menar väl ’Må *han* bli lycklig’, farbror Ma-ro?” avbryter en av pojkarna mitt i Ma-ros skål.

Ma-ro vänder sig till Han-ti-ga och håller sitt glas mot honom. ”Absolut!” svarar han och skrattar. ”Länge leve trägeten, och må *han* bli lycklig var *han* än må befinna sig!” rättar han sin hyllning. ”Han leve!”

Alla de samlade gästerna instämmer glatt i hurrandet.

Da-ji är redan sexton jordiska år gammal, men ser ut att vara minst ett par år äldre. Han är en trevlig och hjälpsam son, och lite lillgammal. Han kramar hela tiden sina fäder, och omfamnar gärna deras vänner också. Denna kväll känner han tydligt av sina farfäders lycka, och föreslår en till skål: ”Jag skulle vilja utbringa en skål för världens bästa farfäder: Da-bao-lo och Ma-ro!”

Alla de närvarande skålar och det hörs även en del hurra-rop runt bordet.

Efter måltiden låter Da-ji och Ro-bi lillebror Ro-ji leka ostört med sina yngre kusiner och vänner i en trädkoja som de äldre bröderna byggt i ett gammalt fruktträd på farfädernas tomt. Totalt är nio grabbar ute och leker. De enda pojkarna kvar runt bordet är Da-ji, Ro-bi, Han-ti-ga och Ko-nan.

Dan-ka utnyttjar tillfället till att ta upp en fråga som länge malt i hans sinne: ”Ji-bi, Justin och Adnan, ni är alla födda på Jorden. Kan ni hjälpa mig att förstå en sak som jag inte kan få grepp om?”

Justin som sitter närmast Dan-ka svarar först: ”Självklart! Vad är det du undrar över?”

”Det där med… med tvåkönade relationer. Jag kan inte förstå det.”

Justin ser förbryllad ut. ”Du menar relationer mellan män och kvinnor?”

”Ja. För mig känns det som två helt skilda raser, och jag kan inte förstå hur det kan fungera.”

”Men män från Jorden kan få söner med Minovar-primater, och det är också två skilda raser. Adnan och jag har till exempel fått Ju-nan.”

”Är det så olika raser?” undrar Dan-ka. ”I mina ögon ser jag det som att vi har väldigt lika kroppar och könsorgan. De enda avgörande skillnader jag kan se är att primaterna har mer hår och mindre hjärnor.”

Justin försöker reda ut vad Dan-ka egentligen pratar om: ”Men alla minovaraner har mänskliga förfäder. Hur kan en så enkel sak vara obegriplig?”

”Jag är minovaran av fjärde generationen. Alla mina fäder, farfäder och farfäders fäder föddes på Minovar, så jag känner mig inte alls som en människa.”

”Men du är medveten om att dina anfäder kommer från Jorden, och att hälften av dem var kvinnor?” invänder Justin.

Ji-bi frågar: ”Är det själva alstrandet av barn som du undrar över?”

”Nej”, svarar Dan-ka. ”Men det känns också hemskt konstigt för mig. Det som förvirrar mig är att män skulle vilja ha relationer med kvinnor. Deras kroppar och mentalitet är så annorlunda, de har konstiga proportioner, och deras feromoner luktar ju bara fullständigt fel!”

Pe-lo-ro skrattar till. ”Nu förstår jag varför du plötsligt grubblar så mycket, älskling!” Han stryker sin mans kind med ena handen. ”Dan-ka och jag besökte nyligen en rymdstation för ett symposium där vi jämförde traditionella hantverk från olika intelligenta livsformer. Där fanns några konstnärer från Jorden, både kvinnor och män. En av männen hade en relation med en av kvinnorna, och de kramades och kysstes ibland offentligt.”

”Ja, usch! Det var väldigt obehagligt!” kommenterar Dan-ka.

”Jag har kontakt med kollegor på Jorden”, säger Ji-bi, ”och jag har noterat att jag har lite svårare att samarbeta med kvinnliga projektledare och överordnade. Så jag förstår dig på sätt och vis.”

Justin nickar instämmande. ”Jo, jag brukar känna samma sak. På Jorden brukar vi ibland tala om att det finns psykologiska skillnader mellan olika personer. Även om vi inte har lika bra näsor som minovaraner, så tror jag att vi omedvetet känner av våra skillnader, och vissa av oss fungerar helt enkelt bättre tillsammans med män. Andra män verkar fungera bättre med kvinnor.”

”Men kan det inte ändå vara något fysionomiskt?” undrar Da-ro. ”Jag har noterat att de minovaraner som har närmare anknytning till jordiska anfäder, har lite enklare att umgås med kvinnor. Jag är själv antagligen till hälften människa, och jag tycker inte att det är så hemskt jobbigt att umgås med kvinnor under kortare perioder.”

Nu blandar Adnan sig in i diskussionen: ”Ko-bi var minovaran av femte generationen, och han upplevde också stora problem med att umgås med kvinnor.”

Da-ro utbrister: ”Se där! Jag tror vi har en hypotes på gång här. Ju mindre mänskligt blod en minovaran har i sig, desto mer distanserad verkar han bli från sina jordiska rötter.”

Adnan fortsätter: ”Men Dan-ka, du är väl medveten om att många jordlingar har lika stora problem med att förstå vår livsstil?”

”Jag kan föreställa mig det”, erkänner Dan-ka. ”Men jag kan ändå inte riktigt förstå deras val.”

Adnan nickar förstående. ”Jag skulle vilja föreslå att du studerar Jordens 1900-tals-historia, och hur dåtidens folk tänkte om män som älskade män.”

”1900-talet?” utbrister Dan-ka. ”Naah! Jag är inte så intresserad av människors gamla dammiga värderingar. Och jag lämnar det där med tidsresor och svunna tider till min bror och min svåger!”

Ti-wi byter diskussionsämne med att berätta att Han-ti-ga nyligen skrivits in på Rymdakademin. ”Han är ju så språkbegåvad!” skryter Ti-wi ogenerat. ”Nu studerar han xenolingvistik – icke-mänskliga rasers språk.”

Han-ti-ga tycker det är genant att höra faderns stora ord och försöker vända bort blicken.

”Berätta, Hanni! Hur går skolarbetet?” manar Ti-wi sin son.

”Pappi! Du vet ju att det inte är något märkvärdigt. Vi lär oss om strukturerna i en uppsjö av olika typer av språk från främmande planeter. Det handlar om en massa morfologi, fonologi, syntax, översättning och implementering av olika datorstöd som man kan använda i analyser av olika språk och kommunikationsformer.”

”Ja, ni hör! Hur många av er kan ärligt säga att ni vet vad allt det där handlar om? Dessutom får han, precis som alla andra studenter på Akademin, allmän Rymdflotte-träning vid sidan av xenolingvistiken.”

Da-ro vill inte skryta, men samtidigt tycker han att Ti-wi kan behöva tas ner på Minovar. Han säger: ”Da-ji är också en duktig student. Han går i pappi Ji-bis fotspår och studerar arkeologi.”

Ji-bi ler mot sin son och gör en liten symbolisk och ohörbar applåd åt honom – på minovaraners vis med båda handflatorna upp.

Ro-bi beundrar sina fäder. När han nu hör dem tala om de andra sönernas utbildningar, känner han att han också vill göra dem stolta.

Han säger: ”Jag skulle också vilja gå på Rymdakademin. Jag är duktig på vetenskap och teknik – precis som du, pappa. Borde jag inte gå på Akademin då?”

Da-ro instämmer utan tvekan: ”Det tycker jag låter väldigt förståndigt av dig, Robbi!” Han klappar sin son på axeln. ”Faktum är att jag tycker att det är förståndigt av alla kloka pojkar att söka sig dit, för att kunna ge sitt bästa bidrag till samhället.”

Ti-wi instämmer: ”Absolut! Låt oss skåla för bevarandet av kunskapen och uppmuntran av idérikedomen!”

Alla fäderna och farfäderna lyfter sina glas med bubbliga drycker, och pojkarna instämmer artigt.

”I så fall ska jag ansöka redan imorgon!” konstaterar Ro-bi.

Ji-bi reser sig upp och går för att ge sin son en kram.

Nu när Da-ro för en gångs skull har både sina och Han-yuns fäder vid sin sida, passar han på att fråga sina fäder varför de under hela hans uppväxt varit så hemlighetsfulla om Han-yun och hans fäder, och aldrig talat om den livsavgörande lever-operationen. Han säger: ”Jag minns att jag låg på sjukhus i ett par dagar, men jag kan inte minnas varför jag var där.”

”Ni har båda en väldigt ovanlig blodtyp”, förklarar Ma-ro. ”Du var ung och frisk, så läkarna tyckte att du var en bra kandidat för transplantation.”

”Men om ni vet att vi har samma blodtyp, varför har ni då aldrig gjort en mer detaljerad genetisk undersökning? Jag menar, ni brukar ju annars oroa er om allt mellan himmel och jord!”

Da-bao-lo svarar: ”Vi ville inte ställa till med för stort väsen. Vi befarade att vi skulle dra till oss för mycket uppmärksamhet. Vi var rädda att om någon hade fått nys om din minst sagt speciella bakgrund, skulle de ha kunnat ta dig ifrån oss.”

”Men varför i hela friden skulle någon vilja göra det?”

”Vi var så lyckliga över att du kom in i våra liv”, förklarar Ma-ro. ”Ibland kan man förblindas av kärlek.”

Det hörs instämmande stämmor runt bordet.

Da-ro fortsätter: ”Jag kan bara inte smälta detta att ni umgåtts med dem i alla dessa år utan att tala om för mig hur ni lärt känna dem. Jag fick ju inte veta ett dyft om detta förrän den tragiska olyckan i samband med meteoritsvärmen!”

”Men låt oss se det positiva!” inflikar Ma-ro. ”Du och Han-yun har faktiskt räddat varandras liv!”

”Jo, det stämmer”, erkänner Da-ro och ler. ”Tack, Han-yun!”

”Tack själv, Da-ro! Utan dig hade varken du, jag eller min familj funnits här idag!”

Adnan passar på att fråga Ji-bi om han upptäckt något nytt och spännande i samband med sina arkeologiska efterforskningar. Då berättar Ji-bi att när de nyligen skulle bygga en ny entré till det arkeologiska museet, hittade de en omärkt grav där det fanns kvarlevor från en individ vars skelett ser mycket ut som den figur som finns inristad i den tallrik som de hittade för flera år sedan – med dubbla knäleder och armleder, men dessutom med två tummar på vardera handen och två stortår på vardera foten. De tror att det kan handla om en hybrid mellan de Himmelska Andarna och Minovar-primater.

Ji-bi berättar att han har låtit analysera skelettet med kol-14-metoden. Eftersom den utrustning som han använde hade donerats av jordiska forskare, fick han den uppskattade åldern angiven som 360 år. ”Ni minovaraner skulle säga att det är två-gross-sex-dussin jordiska år gammalt”, förtydligar han. ”Men det är inte slutet på historian! När vi häromdagen grävde vidare i graven, hittade vi dessutom en repig datapollett!”

”Wow, pappi!” utbrister Da-ji. ”Det har du inte sagt ett ord om! Har ni tittat närmare på polletten ännu?”

”Vi har just gjort ren den, raring! Den är i lite dåligt skick, men vi ska börja analysen genast efter helgen.”

~ * ~ * ~

Efter helgen, när den nya polletten ur graven analyseras, visar det sig att den innehåller personliga datafiler och loggböcker. En del av filerna är korrupta, men till mångas glädje innehåller denna pollett till större delen information som är lagrad i det textformat som är enkelt att dechiffrera. Detta fynd ger dessutom mycket större mängder information av privat och vardaglig karaktär än vad man tidigare haft tillgång till.

Efter några dagars närmare studier av alla data, hittar en forskare en textfil där en person har skrivit ner vad kollegor på forskningsstation 27-39 har gjort för upptäckter: ”Lokala forskare på denna planet har nyligen upptäckt vår hemplanet. De kallar den för [...] 186 [...] den stora, vita fågeln.” Hur osannolikt och kusligt detta än låter, så stämmer orden förvånansvärt väl överens med jordiska forskares gamla benämning för exoplaneten Kepler-186f i Svanens stjärnbild. Samma text nämner även andra exoplaneter vars namn och katalognummer också stämmer överens med jordiska beteckningar. Man drar nu den fullt logiska men ändå överrumplande slutsatsen att den nämnda forskningsstationen legat på Jorden!

Kepler-186f var en av de Jord-liknande planeter som upptäcktes år 2014 enligt den jordiska kalendern. Kepler-186f ligger 561 ljusår från Jorden, så det är ganska förståeligt att Jordens upptäcktsresande och kolonisatörer inte besökt detta stjärnsystem än. Årtalet 2017 stämmer dessutom väldigt väl samman med det funna skelettets uppskattade ålder.

Den nya informationen gör att minovaranerna nu väljer att inte längre kalla ”de Himmelska Andarna” vid det invanda namnet, utan att istället börja referera till dem som cygnier. Stjärnbilden ”Svanen” kallas i vetenskapliga referenser ofta för ”Cygnus”, och den gängse regeln är att namnge främmande raser efter den stjärnbild eller stjärna de kommer från.

Man hittar även en text som nämner att cygnierna på forskningsstation 27-39 lagt märke till ett rymdskepp av okänd typ, och att det uppenbarligen avslöjat deras verksamhet. Eftersom man kort därefter även sett ett likadant skepp över Minovar, tolkades det som ett bekräftande av att deras verksamhet blivit upptäckt av fientliga krafter, och man började utrymma sin station på Minovar. Kollegorna på forskningsstation 27-39 sägs plötsligt ha lämnat Jorden, och av texten att döma, låter det som att deras station uppenbarligen var någon form av kamouflerat rymdskepp, som flög iväg i all hast.

De olika avslöjandena om cygnierna skapar stor uppståndelse på både Minovar och Jorden. Många upprörda röster frågar sig vad cygnierna haft för sig på Jorden. Vissa kräver att man genast ska söka upp dessa spioner. Problemet är bara det att cygnierna antagligen är mer tekniskt utvecklade än både jordlingar och minovaraner, så man vet inte vad som kan hända om man hittar dem.

Jordiska myndigheter utfärdar en officiell efterlysning i ett försök att få fatt i information om cygnierna, men ingen verkar ha någon aning om vilken ras det kan handla om, och ingen verkar ha besökt planeten i fråga.

Det verkar som att cygnierna är mästerligt kompetenta på att dölja sig och sina förehavanden.

20. Rymdakademin

Ro-bi blir utan problem antagen till Rymdakademin i Minovar City redan samma hösttermin. Han går i pappa Da-ros fotspår, och studerar vetenskap och teknik.

Eftersom Han-ti-ga och Ro-bi känner varandra sedan tidigare, blir de rumskamrater, och Han-ti-ga blir fadder för sin vän. De skämtar lite om att de nästan är som kusiner med varandra, för deras fäder är ju både väldigt nära vänner och kollegor med varandra.

Ro-bi som är förstaårsstudent får sova i överslafen, men det tycker han bara är trevligt.

Ro-bi trivs på många sätt på Akademin, men han upptäcker pö om pö att vissa saker är lite annorlunda i den akademiska världen.

Redan under de första veckorna blir Ro-bi överraskad över Han-ti-gas oväntade personlighet. Rumskamraten är lika gammal som Ro-bis storebror, så Ro-bi hade förväntat sig en mer vuxen man. Han-ti-ga är definitivt mer av en opålitlig kanalje än vad Ro-bi hade trott.

Framför lärarna visar Han-ti-ga en skötsam och proper sida. I det privata är han en helt annan man, och pratar på ett slarvigare och smått vulgärt sätt. Han pratar om snygga skolkamrater med plumpa och dåligt maskerande omskrivningar som ”Har du sett vilken fotontorped han packat in under motorhuven?” eller ”Jag skulle gärna vilja inspektera hans laserkanon.”

”Passar det sig verkligen för en lingvist att uttrycka sig på det viset?” undrar Ro-bi. Han brukar inte se sig själv som direkt pryd eller oskuldsfull, men när han nu jämför sig med sin rumskamrat så börjar han definitivt känna något åt det hållet.

Han-ti-ga berättar att han drömmer om att få en chans att upptäcka något betydelsefullt, men han kan inte riktigt sätta fingret på vad det skulle kunna vara: ”Hur ska en xenolingvist kunna tillförsäkra sig en plats i historieböckerna? Mikroöversättaren har ju redan blivit uppfunnen!”

Ro-bi tycker att Han-ti-gas drömmar känns storvulna. Han ser det som osannolikt att någon som Han-ti-ga, som uppenbarligen inte är helt mogen, ska kunna göra en vetenskaplig upptäckt eller uppfinna något banbrytande. Han litar inte riktigt på sin kamrat, och är vaksam för att inte dras med i Han-ti-gas stil.

Den rymdflotteträning som Han-ti-ga får vid sidan av xenolingvistiken innefattar bland annat att flyga rymdskyttel. Dessvärre går hans pilotträning inte lika bra som språkstudierna. Han tenderar att blanda ihop kontrollerna på instrumentpanelen. När han till exempel ska ändra perspektiv på navigationsmonitorn, brukar han över lag slå på en genomsökning på alla våglängder.

En av hans studiekamrater skämtar med honom och säger: ”Du nöjer dig inte med att titta på de skepp du möter i rymden, utan du vill tydligen se vilken färg besättningen har på sina kalsonger!”

Han-ti-ga svarar ironiskt på sitt vanliga anspelande och smått grova sätt: ”Nej, förstår du inte att jag vill se om de gömmer några vapen för massförstörelse i byxorna?!”

Ro-bi hör hela den något ekivoka dialogen, och kommer mycket väl ihåg alla lovord som hans rumskamrats fäder tidigare gett honom. Han får en känsla av att de inte riktigt är medvetna om alla sonens styrkor och svagheter. ”Och jag som trodde att Han-ti-ga var någon sorts mönsterstudent!” tänker han. ”Men hans plumpa sätt att prata kanske är ett slags skyddsbeteende för att kompensera för blyghet eller osäkerhet?”

Efter några veckor upptäcker Ro-bi att han har en fallenhet för temporaldynamik, och börjar därför specialisera sig i den riktningen. Da-ro blir väldigt förtjust över detta, men farfäderna är inte alls roade.

På Akademin har Ro-bi även stött på en studentgrupp som förespråkar att man ska jobba för att utveckla och förfina minokreol. De vill göra kreolspråket till det enda officiella språket på Minovar, och samtidigt påverka politikerna till att minska grundskolornas undervisning av standardengelska. I många fall låter det även som att de helt vill klippa de sociokulturella banden med Jorden, och avsiktligt skapa ett än mer särartat minovaranskt samhälle. De diskuterar till och med ett förslag till en lagändring som skulle förbjuda kvinnor från att över huvud taget besöka planeten, för de anser att kvinnor stör samhällets harmoni.

I Ro-bis öron låter denna grupp som något sorts separatister, och som son till en jordling känner han sig inte alls välkommen dit. Det förvånar honom dock inte så mycket att lingvisten i Han-ti-ga är intresserad av gruppens rent språkvetenskapliga diskussioner.

Ro-bi engagerar sig istället i en intellektuell grupp som diskuterar vikten av fritt tänkande och skapande. Han känner igen både sig själv och sin pappa Da-ro i denna grupps tankegångar, och upplever att han i detta sällskap växer som person och att han får inspiration att gå djupare i sina studier.

~ * ~ * ~

Under vinterlovet åker Ro-bi hem till sitt fädernehem. Han nämner för sin pappa Da-ro att han skulle vilja titta på de gamla skisser som fadern tagit fram för kvantdateraren. Da-ro känner sig hedrad att pojken visar sådant intresse för hans arbete.

”Du är definitivt min pojke, Ro-bi! Precis som Da-ji är Jibbis pojke.”

”Och vems pojke är då Ro-ji?”

”Han är vår gemensamme pojke!” svarar Ji-bi, som just kommit in genom ytterdörren.

”Robbi berättade just att han vill axla min mantel, och jobba vidare på min idé om att skapa en handburen kvantanalysator.”

”Vad trevligt! Det är så skönt att alla i vår familj har så starka band mellan varandra”, säger Ji-bi glatt. ”Kom och ge pappi en kram, Robbi!”

Efter kramen lägger Ji-bi till: ”Och om du lyckas få den där kvantdateraren att fungera, så måste du lova att komma till mig på direkten!”

”Sakta i backarna, Jibbi! Om han lyckas få den att fungera, så tänker jag genast anställa honom för vårt projekt, och sedan vet jag inte om jag vill låna ut honom.”

Ji-bi tittar kritiskt på sin man och säger: ”Försök inte utnyttja mitt sensoriska funktionshinder här! Jag känner igen ironi när jag hör den.” Han trummar lätt på sin nästipp med ena pekfingret.

”Sanningen att säga, så hade jag en följdfråga till dig, pappi. Jag tänkte att det kunde vara perfekt att använda ett par föremål från era utgrävningar för att underlätta min forskning. Kan jag få göra det? Bara för att se om äldre föremål har några påvisbart skilda egenskaper på kvantnivå, jämfört med nyare föremål. Sedan lovar jag att ni båda ska få ta del av mina resultat!”

”Det ska vi nog kunna ordna, Robbi. Men du får inte göra någon fysisk åverkan på dem!”

”Som jag har förstått saker och ting, så är det väl nästan omöjligt att skada den där metallen utan att ta till det riktigt tunga artilleriet.”

”Jo, men vi vet inte om olika typer av exotisk strålning kan ha oväntad inverkan. Så var snäll och var försiktig i alla fall!”

Efter vinterlovet får Han-ti-ga träna sig i att översätta några texter från cygniernas datapolletter. Han sitter på sitt och Ro-bis studentrum och läser gamla privata brev från den pollett som man för ett drygt år sedan hittade i graven utanför utgrävningsmuseet i Archimedes City.

I en text beskriver en forskare hur han studerar ”folket i staden på den andra sidan havet”. Han pratar om att ”energi-kanalerna” under marken fungerar väldigt bra för att dölja deras närvaro på den planet där de befinner sig, och ingen av stadens innevånare har på något sätt märkt att de ständigt är bevakade.

”Vad kan de mena med det?” frågar Han-ti-ga sig själv. ”Vad kan det vara för energi-kanaler han talar om? Det verkar nästan som att den här personen befinner sig på en väldigt konstig planet! Eller kan det handla om något slags annorlunda energidistribueringssystem? Ett slags elnät?”

Han läser andra texter från samma pollett, och det är många saker som han inte får någon rätsida på. ”Ibland undrar jag om jag egentligen är så bra på att översätta, för jag förstår inte själv de resultat jag får! Jag börjar få känslan av att dessa ’Himmelska Andarna’ tänker på något annorlunda sätt än vi.”

Han-ti-ga kastar sina översättningar, nollställer sina datoranalyser och börjar om från början. ”Tabula rasa!” säger han till sig själv. ”Jag ska börja om med ett blankt ark. Jag vill vara säker på att jag tolkar de här texterna rätt!”

~ * ~ * ~

En kväll, när Ro-bi går på besök till sina farfäder, har de med avsikt låtit den gamla digitala loggboken ligga framme på matsalsbordet. De oroar sig för Ro-bis samröre med allt vad temporalstudier heter, och vill se hur han reagerar på ett oväntat föremål som detta.

Ro-bi ser loggboken så fort han sätter sig vid bordet. Han ser tydligt sitt eget och sina fäders namn på boken, och plockar upp den.

”Är det här en present till mig?”

”Nej, vi tror att det snarare är en del av din släkthistoria”, svarar Da-bao-lo.

”Hur menar du nu?”

”Din pappa har säkert berättat för dig att vi tror att han föddes i det jordiska året 2017 på Jorden.”

”Jo, han har nämnt att ni brukar hävda det.”

”Vi tror att mannen som hade den här loggboken i sin ficka var en tidsresenär, och att han var din farfar.”

”Och ni oroar er över att han hade samma namn som jag, och att hans fäder också hade samma namn som mina fäder?”

Farfäderna nickar instämmande.

Deras sonson knappar lite på plattan, men inget händer. ”Har ni laddat den?”

”Är den helt urladdad?” frågar Ma-ro lite förvånat.

”Ja, det ser så ut”, svarar Ro-bi, och vänder och vrider på plattan. ”Antingen det, eller så är den trasig.”

Da-bao-lo tar plattan ur Ro-bis hand. ”Håller inte sådana här saker väldigt länge?” frågar han, och plirar på boken på nära håll.

”Generellt sett, ja. Men om den utsätts för stark strålning av vissa slag, så kan batteriet eller andra kretsar i den slås ut.”

”Ja, du är då lika tekniskt kunnig som din far!” utbrister Ma-ro lite smått stolt.

”Om ni vill så kan jag undersöka plattan på direkten”, erbjuder sig Ro-bi.

”Vågar vi det, Bao?” frågar Ma-ro sin man.

”Något säger mig att det är bäst att inte störa den björn som sover”, svarar Da-bao-lo. ”Jag har på känn att Pandoras ask i vilket fall kommer att öppna sig vilken dag som helst!”

”Pandoras ask? Vad talar du om, farfar?”

”Ända sedan du fick ditt namn har vi gått och oroat oss för att hela din existens är en farfarsparadox”, förtydligar Da-bao-lo.

”Men det är en logisk omöjlighet!” säger hans sonson. ”Vi har talat om det på Akademin. Exakt det temat ingick i grundkursen i temporaldynamik. Om jag vore min egen farfar, så skulle jag stå utanför universums hela historia. Jag skulle ha uppstått ur ingenting, och skulle för alltid leva i en evigt repeterande tidsslinga.”

”Ja, det är det vi befarar!” replikerar Da-bao-lo. Ma-ro nickar instämmande.

”Ni kan ta det lugnt!” försäkrar Ro-bi. ”Farfarsparadoxer är bara filosofisk hjärn-gymnastik och rena fantasier. Det är som att fråga saker som 'Vad kom först, Minovar-primaten eller ägget?' Och jag utgår från att ni kan svaret på den gåtan!"

"Jo", säger Ma-ro. "Miljontals år av evolution kom först."

"Exakt! Jag är säker på att det finns en fullkomligt rimlig förklaring till den här loggboken, och jag kan säkert hitta förklaringen om jag bara tar en närmare titt på dess minneskretsar."

"Det känns betryggande att du är så lugn, Robbi!" säger farfar Dabao-lo. "Men vi är ändå rädda för att du kommer att råka ut för någon olycka! Vi tänker bara på din hälsa och välgång!"

"Lyssna på farfar Bao, Robbi!" ber Ma-ro. "Utsätt inte dig själv för några ogenomtänkta risker!"

21. Början på slutet eller slutet av en början?

Da-ro och Justin jobbar intensivt på var sitt håll med att färdigställa tidsskeppet. En dag besöker Da-ro sina fäder och visar dem en bild av skeppet. Da-bao-lo och Ma-ro känner genast igen designen.

”Vid Minovars ringar!” utbrister Da-bao-lo upprört. Det ser exakt ut som skeppet som kraschade i Röda Ravinen den dagen då vi hittade dig!” Han tittar på bilden och skakar på huvudet. Sedan slås han av en tanke: ”Vänta, så ska jag hämta vår låda med minnesföremål!”

Efter en liten stund kommer han tillbaka, och plockar genast upp den smutsiga gamla plåtbiten. Da-ro tittar på plåten, och ser att den exakt matchar en detalj av skeppets externa skyddsplåtar. Utan att tänka sig för säger Da-ro: ”Titta här! Det ser ju ut som en bit av Rymdflottans nya emblem! Men det är ju inte officiellt ännu!” Genast inser han att han inte borde ha sagt de orden. ”Fan, fan, fan!” tänker han för sig själv och grimaserar plågat.

”Da-ro!” ryter Da-bao-lo. ”Du måste hoppa av det där tidsmaskinsprojektet!”

”Vad tjänar det till? Skeppet är i stort sett färdigt nu, och hela tekniken bygger på koncept födda ur min hjärna.”

”Men förstår du inte?!” protesterar hans far. ”Vi har haft den där plåtbiten ända sedan du var ett spädbarn, och nu säger du att det där märket är Rymdflottans nya emblem som ännu inte är officiellt! Det betyder ju att plåten kommit från framtiden!”

”Det betyder att tidsskeppet kommer att fungera. Det är det enda vi med säkerhet kan veta!”

”Men du *måste* lova oss att inte sätta dig i den där helvetesmaskinen!” beordrar Ma-ro honom.

”Det kan jag inte garantera. Men däremot kan jag lova att jag ska vidta alla tänkbara försiktighetsåtgärder!”

”Tydligen kommer det inte att räcka”, säger Da-bao-lo surt.

”Vi har sett ditt tidsskepp implodera”, lägger Ma-ro till.

”Men jag överlevde tydligen.”

”Är du säker på att du kommer att ha gjort det imorgon också?” frågar Da-bao-lo.

”Men pappa! Står du här och talar i futural dåtid? Jag är imponerad!” Da-ro ler glatt medan han lägger tillbaka plåtbiten i den dammiga lådan.

”Försök inte att göra dig lustig, Da-ro! Du vet mycket väl att vi oroar oss!”

”Jag vet, pappa. Men jag lovar: Ni har absolut inget att oroa er för!”

”Du vet hur ofta vi hört dig säga det, Da-ro?” frågar Da-bao-lo. ”Förväntar du dig att vi ska tro på dig en gång till?”

~ * ~ * ~

I samband med sin utbildning har Han-ti-ga fått träna sig på att översätta den inskription som var det första Ji-bi fick se när han började arbeta vid utgrävningarna i Archimedes City. Texten verkar ha innebörden ”Bästa gratulationer med anledning av era forskningsframgångar. Med hälsningar från era kollegor från forskningsstation 27-39 på den isiga ön.”

Han-ti-ga tar en närmare titt på en bild av det emblem som finns på samma urna som texten. Där finns en kontur som skulle kunna vara en karta. På den vänstra sidan av konturen finns en markering som uppenbarligen föreställer en stjärna.

Han-ti-ga har klurat runt detta mysterium i flera dagar. Det är tydligt att forskningsstationen i fråga har legat på Jorden. Det innebär att ”den isiga ön” kan vara en referens till Island, och kartan skulle kunna föreställa Islands västkust. I så fall kan den där stjärnan markera den slocknade vulkanen Snæfellsjökull.

Han drar sig till minnes vad han läst i texterna från datapolletten. ”Stod där inte något om ’staden på andra sidan havet’ där? I så fall skulle den staden kunna vara Reykjavik!”

Han börjar undersöka om det finns någon koppling mellan vulkanen och någon form av elledningar eller liknande. Efter en stunds datorstött letande, upptäcker han att det finns gamla rykten eller sägner om att det i ett område nära vulkanen ska ha funnits någon form av spirituell plats. Platsen sägs vara kopplad via så kallade ”ley lines” till såväl pyramiderna i antika Egypten och Mexiko som till stjärnbilden Orion. ”Vad kan detta betyda?” frågar han sig själv. ”Och just vad är dessa ’ley lines’ för något?”

Efter ett litet samtal med sin pappi Ga-re-ma får Han-ti-ga ta del av den metallurgiska analysen av metallkärlen från utgrävningarna. Han programmerar en metalldetektor till att söka efter andra föremål i samma material. I flera veckor söker han runt utgrävningarna i Archimedes City, men har inte någon framgång. Han ber även en vän på Jorden om att åka till Island och söka runt glaciären norr om huvudstaden, men det är också dödfött.

~ * ~ * ~

Ro-bi är nu sjutton jordiska år gammal, men har ett utseende som snarare antyder att han är runt de tjugo. När han avklarat det första studieåret, får han som ett bevis på sin utbildning Rymdflottans mörkgrå uniformsjacka. Jackan är dekorerad med Flottans nya emblem och hans namn broderat med det interplanetariska alfabetet. Dessutom får han en digital loggbok med ett genetiskt kodat säkerhetslås. I loggbokens ram kan han läsa sitt och sina fäders namn. Han kan inte undgå att notera att denna loggbok är identiskt lik den han sett hos sina farfäder!

När hans fäder får se jackan och loggboken, hickar de också onekligen till en aning.

”Du är medveten om att dina farfäder har haft en exakt likadan jacka och loggbok i förvar hemma hos sig ända sedan den dagen de hittade mig?” frågar Da-ro.

"Jo. De har visat mig loggboken som de har, men den verkade inte fungera", svarar hans son. "Och jag ska inte visa de här sakerna för dem. De blir bara upprörda."

"Tack, Robbi!"

"Men kan du verkligen vara min son?" frågar Ro-bi tillbaka. "Är jag min egen farfar? Betyder det att jag måste åka tillbaka till forntiden för att bli pappa till dig? Vad händer om jag inte gör det?"

"Om du inte åker, så kommer jag kanske aldrig att födas, och i så fall kommer inte du heller att födas", svarar Da-ro sanningsenligt. Lite motvilligt lägger han sedan till: "Men om du åker, så finns det en viss risk att du kommer att dö bara några dagar efter din sons födsel..."

"Man kan också föra det logiska resonemanget att jag definitivt måste åka, för om du inte föds, så kanske inte tidsskeppet kommer att bli uppfunnet, och då kommer hela min existens också att raderas. Och så vidare."

"Jag vet. Sådant filosoferande kring manipulationer av tidsflöden kan vara ett rent helvete och en bergsäker strategi för att snabbt få huvudvärk."

~ * ~ * ~

Ro-bi börjar sitt andra studieår ett par veckor senare. Eftersom han är en lovande pilot, får han direkt börja arbeta med tidsskeppet. Han antecknar hela tiden minnespunkter och viktig information i sin loggbok.

Först får han jobba några veckor i en simulator, men när tidsskeppets motorer blir färdiga på hösten, tas skeppet ner från byggplatsen i omloppsbana runt planeten till en hangar i anslutning till Rymdakademin. Medan teknikerna jobbar med finjusteringar av motorerna, styrsystemen och datorn, får Ro-bi möjlighet att handgripligen bekanta sig med de verkliga systemen.

Dagen innan tidsskeppet ska sändas ut på sin första längre testflygning träffar Ro-bi sin rumskompis Han-ti-ga i Akademins matsal och börjar tala om tidsskeppet. Han nämner hela historien om den befarade farfarsparadoxen, och den där lådan med egendomliga saker som hans farfäder har undanstoppad.

”Kan det verkligen vara mitt öde att jag ska besöka 2000-talets Island och ha sex med min egen farfar? Kan jag bryta tidsloopen? Vad händer i så fall? Kanske kan jag undvika kraschen?”

”Du grubblar för mycket, Robbi!”

Ro-bi tar upp en välanvänd näsduk ur sin jackficka, trumpetar som en hel elefant, och stoppar ner näsduken igen.

”Är du sjuk?”

”Nej, det är bara mina nerver som spelar mig ett spratt just nu. Oro får min näsa att rinna”, förklarar han.

”Och nu söker du efter inre lugn och gudomlig insikt i en kopp te?”

Ro-bi ignorerar Han-ti-gas ironiska tonfall, och fortsätter sitt grubblande: ”Men förstår du inte? Allt hänger ju ihop! Mina farfäder har haft min uniformsjacka och loggbok sedan år sju-dussin-tio. Det är två dussin år innan jag fick dem! De har ett fotografi med en påskrift som nämner det jordiska året 2017, och det där skelettet som pappi undersökte är ungefär lika gammalt!”

”Vilket skelett menar du?”

”Det som de hittade utanför det arkeologiska museet i Arch City. Skelettet från en av cygnierna.”

”Ha! Verkligen? Vad spännande!” Han-ti-ga verkar ärligt intresserad, och det känner Ro-bi av.

”Tycker du? Jag tycker att det börjar bli lite skrämmande. Jag börjar tro att mina nojiga farfäder har haft rätt hela tiden.”

”Så du säger år 2017? Och nu är det väl 2377?”

Ro-bi nickar och dricker vidare av det te han har framför sig, i hopp om att det ska lugna honom en aning.

Han-ti-ga ursäktar sig, och säger att han ska gå på en föreläsning. Vad Ro-bi inte vet är att hans rumskamrat börjat leka med idén att åka till Jorden och undersöka Snæfellsjökull år 2017. Om det där metalliska kärlet kommer från den tiden, kan det vara möjligt att han kan hitta något annat tillverkat i samma legering, och då kan han vara de Himmelska Andarna på spåren. Det måste ju vara en upptäckt som kan ge honom den berömmelse han drömt om!

”Eller ska jag stanna kvar här på Minovar och bara åka tillbaka i tiden, för att spionera på de Himmelska Andarna här på hemmaplan?” funderar han medan han rusar ut ur matsalen. ”Nej, de blev attackerade med något kemiskt vapen. Det är nog säkrare att åka raka vägen till Jorden.”

Den morgon då Ro-bi ska provköra tidsskeppet, stiger Han-ti-ga upp extra tidigt, knycker Ro-bis jacka och hjälm för att han ska kunna ikläda sig Ro-bis roll. Dessutom behöver han tillgång till passerchipet i jackans manschett för att komma in i tidsskeppet. Han känner efter i jackfickorna och nickar åt sig själv med ett finurligt leende på sina läppar innan han tar sina stövlar i ena handen, smyger ut i korridoren för att ta på sig stövlarna och jackan där ute.

Just innan Han-ti-ga kommer fram till den hangar där tidsskeppet står, tar han på sig Ro-bis hjälm. Han hälsar i all enkelhet på vakten vid porten till den korridor som leder till hangaren, och håller fram den vänstra manschetten mot chipläsaren. Nu behöver han bara knappa in Ro-bis passerkod. Han-ti-ga är medveten om att Ro-bi brukar använda samma kod både till deras rumsdörr och till andra saker, så han har helt kallt utgått från att den ska fungera även här – vilket den också gör.

Vakten noterar att det är mer än två timmar till den planerade avresan för tidsskeppet, och han nämner det för Han-ti-ga.

”Jo, jag vet”, svarar han, och sluddrar lite för att vakten inte ska känna igen hans röst. ”Jag vill bara dubbelkolla min personliga utrustning och förbereda mig mentalt.”

Identitetstjuven slinker in i hangaren utan att bli stoppad eller stöta på någon annan. ”Skönt!” tänker han för sig själv. ”Nästa problem blir att öppna hangarporten, och till det behöver jag göra en DNA-verifiering.” Han sticker ner vänsterhanden i jackfickan och plockar upp Ro-bis smutsiga näsduk. ”Ha!” tänker han. ”Ro-bi ändrar aldrig på vissa av sina vanor. Han har alltid en näsduk på sig, och tvättar inte sina näsdukar alltför ofta!”

Han-ti-ga lägger näsduken på portens låsmekanism och repeterar samma numeriska kod som tidigare. Det finns tydligen tillräckligt mycket av Ro-bis DNA på näsduken, och den port som utgör större delen av hangarens ena kortsida glider snabbt upp. Nu behöver Han-ti-ga bara stiga in i tidsskeppet och åka iväg.

Han kliver ombord och sätter sig framför instrumentpanelen i tidsskeppet. Alla reglage ser precis ut som i en ordinär rymdskyttel – med undantag för den panel som anger nuvarande datum på Minovar och låter piloten ange det datum han vill resa till. Han startar motorerna och flyger enkelt och galant ut ur hangaren.

Personal på radarstationen ser genast att något inte är som det ska. Tidsskeppet ska ju inte testas förrän efter frukost! De kontaktar skeppet via radio: ”Piloten för tidsskeppet ’Minovars Framtid’, vad håller du på med?”

De får inget svar.

”Jag upprepar: Tidsskeppet ’Minovars Framtid’, vad gör du? Hallå! Ro-bi? Svara!”

Han-ti-ga styr skeppet upp bland molnen, slår snabbt in koordinater bort från Minovar i navigationspanelen, och tidsskeppet rusar iväg som om det vore skjutet ur en kanon. På nolltid försvinner skeppet från markradarn, och Han-ti-ga ignorerar blankt alla fortsatta anrop via radion.

När Han-ti-ga kommit tillräckligt långt från Minovars primärsol, styr han i riktning mot Jordens sol. Han slår in årtalet 2017 i panelen för val av tidskoordinater, men bryr sig inte om att ändra de siffror som anger månad och dag. Rymd-tids-hoppet förflyttar honom på ett ögonblick ända till Jordens solsystem och den önskade tidpunkten. Han är lite imponerad över hur smidigt allt gått, men låter sig inte slappna av riktigt än. Han matar in en bana mot den tredje planeten från Solen och låter autopiloten sköta navigeringen vidare till den blågröna planeten. Nu drar han tillbaka sina händer från kontrollpanelen och pustar nöjt ut över ett väl förrättat värv.

Med DNA-resterna på näsduken är det lätt för Han-ti-ga att aktivera Ro-bis digitala anteckningsbok som låg i ena jackfickan. Han lägger in sin egna inloggningskod och fördriver sedan tiden med att skriva några noteringar. ”Ro-bi borde verkligen lära sig att inte använda samma lösenord hela tiden!” säger han och skrockar för sig själv.

Snart ser Han-ti-ga Jorden och dess måne tydligt på skärmen. Han styr skeppet mot norra hemisfären, mot Island, och riktar sedan in sig på näset norr om Reykjavik. Han hittar en lite avsides strand på näsets norra sida, den sida som inte syns från huvudstaden, och går in för landning.

~ * ~ * ~

Radarstationen rapporterar genast till Akademins överste säkerhetsansvarige att Ro-bi utan tillstånd flugit iväg med tidsskeppet. Kort därefter hörs ett meddelande på högtalare runt om hela Akademin: ”Han-ti-ga på xenolingvistiska institutionen, vänligen kontakta omgående Överste Säkerhetsansvarige!”

Ro-bi står och håller på att klä på sig när han hör meddelandet. Han sträcker sig efter sin uniformsjacka, och upptäcker att både den och hans hjälm är borta. Men Han-ti-gas jacka hänger där.

”Vad är det som händer här?” frågar han sig själv.

Säkerhetsmeddelandet upprepas på högtalarsystemet.

”De ropar efter Han-ti-ga, och han har tagit med sig fel jacka. Är det ett samband här? Jag kanske själv borde kontakta den säkerhetsansvarige?”

Sagt och gjort. Ro-bi kontaktar säkerhetsavdelningen via sin kommunikator.

Den säkerhetsvakt som tar emot hans anrop blir förvånad över att höra Ro-bis röst. ”Är du här på Akademin?” frågar han.

"Ja. Men jag tror att Han-ti-ga har knyckt min uniformsjacka. Jag vet bara inte varför."

"Kan du komma hit till säkerhetsavdelningen på en gång?"

Ro-bi blir genast kallad till förhör med anledning av kapningen av tidsskeppet. Han är förtvivlad och berättar att han så sent som förra eftermiddagen talat med Han-ti-ga om testflygningen av tidsskeppet, och att han också fört det där gamla skelettet på tal.

"Om jag får gissa, så tror jag att han rest till det jordiska året 2017", säger Ro-bi.

"Det jordiska året 2017? Varför säger du det?" frågar förhörsledaren.

"Det är en lång historia. Det handlar om en misstänkt farfarsparadox."

"Förklara!" manar förhörsledaren med allvarsamt tonfall. "Och var tydlig!"

Ro-bi förklarar så gott han kan och med alla detaljer han kommer ihåg. Han återger de ganska förvirrande episoder som hans far och farfäder berättat för honom. Han berättar att han fått höra att hans egen far ska ha fötts på Island under år 2017, och han berättar om de "bevismaterial" hans farfäder har.

"Nu har jag berättat allt jag vet!" bedyrar Ro-bi.

"Ja, jag känner dina känslor klart och tydligt. Jag tror dig. Men det är fullkomligt tydligt att jag behöver ta in din far Da-ro och båda hans fäder till närmare förhör. Det finns alltför många oklara punkter i den här historien!"

"Det förstår jag. Men…" Ro-bi tvekar en aning. "Kan jag personligen få förvarna mina farfäder först?"

Förhörsledaren betraktar Ro-bi granskande. "Låt gå för det. Du har fram till lunch att prata med dem. Sedan kontaktar vi dem. När vi sedan förhört dem i detta ärende, kommer vi att kalla dig till ett nytt förhör."

Ro-bi nickar instämmande. ”En sak till, Överste Säkerhetsvakt: Vem ska tala med Han-ti-gas fäder om vad som hänt?”

”Vad jag förstått av din redogörelse, så verkar det som att din rumskamrat även kan vara din farfar. Till yttermera visso är det tydligt att han i så fall aldrig kommit tillbaka för att söka upp sin son. Det känns inte mer än rätt att vi ger dig i uppdrag att informera dem om vad som hänt.”

”Tack, Överste!”

Genast efter förhöret kontaktar Ro-bi sina farfäder. Det är skönt att veta att de nästan alltid är hemma för att sköta om sina odlingar. Ro-bi ber om att omedelbart få träffa dem för att berätta vad som hänt. Självklart blir de oroliga, men säger att de väntar på honom.

Snart därefter sitter Ro-bi, farfäderna och även lillebror Ro-ji församlade runt farfädernas middagsbord.

Först ber Ro-bi alla att sätta sig ner, men själv står han framför dem. Farfäderna märker en doft av skuldmedvetenhet, men de ord Ro-bi sedan yttrar faller ändå som ett veritabelt bombnedslag: ”Da-bao-lo, Ma-ro, jag har alla svar ni sökt allt sedan den dagen ni hittade pappa i det där byltet. Jag vet vad som finns i Pandoras ask.”

Da-bao-lo slår båda handflatorna i bordet. ”Vad är det du står och säger?!” utbrister han upprört.

”Lugn, farfar! Lugn! Jag ska berätta allt.”

Sedan beskriver Ro-bi allt som hänt sedan dagen innan. Han berättar att det är Han-ti-ga som begått en identitetsstöld och sedan flugit iväg med tidsskeppet. Han berättar om sina misstankar om vart och till vilken tid Han-ti-ga begett sig.

”Så nu vet ni varför Han-yun och pappa har så lika DNA: Han-yun är antagligen pappas biologiske farfar!”

Det finns inte ord för att beskriva den tystnad som lägger sig runt matsalsbordet.

”Överste Säkerhetsvakten på Akademin vill dessutom tala med er snarast möjligt”, lägger Ro-bi till.

”Aj, aj, aj”, säger Ma-ro i en halv viskning och döljer sitt ansikte i handflatorna.

När farfäderna delvis smält Ro-bis budskap går Ma-ro och hämtar den dammiga gamla lådan ur förrådet. ”Jag antar att det inte är mer än rätt att du får tillbaka din jacka”, säger han. ”Ja, du kan få loggboken och allt det andra också. Du kan säkert få boken att fungera igen.”

”Tack, farfar” svarar Ro-bi och tar på sig jackan. ”Kolla!” utbrister han och ler. ”Den har fått riktigt snyggt vintage-utseende med tiden!”

”Jag är glad att du kan skämta om så allvarliga saker”, säger Dabao-lo. ”Han-ti-gas fäder är antagligen inte lika roade.”

”Jag vet. Förlåt, farfar! Förlåt mig! Jag vill besöka dem personligen, för att berätta vad som hänt.”

Ro-ji ser det inramade gamla fotografiet i förvaringslådan, och plockar upp det. ”Så det här är pappas pappi, en av våra biologiska farfäder?” Han tittar ingående och noterar sedan: ”Det ser nästan ut som en antik fotoram.”

Ma-ro kommenterar: ”Vi har haft de här sakerna ända sedan er pappa var nyfödd, men vi är ganska säkra på att fotografiet är från Jordens 2000-tal.”

Ro-ji fortsätter att titta närmare på den gamla ramen. ”Det ser ut som att man kan ta loss baksidan.” Han plockar försiktigt loss den styva skivan bakom fotografiet, och då trillar det ut ett hopvikt papper. Ro-ji viker upp pappret och betraktar det förvirrat. Där finns en lite lätt urblekt bild av en slingrande fraktal. I Ro-jis ögon påminner bilden om en kinesisk lyckodrake i regnbågens alla färger mot blodröd bakgrund. Där finns rödgula spiraler och bläckfisk-liknande blåsvarta påfågelögon i den intrikata bilden.

”Titta vilken fin målning!”, säger han och håller upp bilden så att hans farfäder kan se. Då ser Ro-bi att på den andra sidan av pappret finns ett handskrivet brev.

Ro-bi tar pappret från sin lillebror och lägger ner det framför sig. Brevet är skrivet på ett språk som han inte känner igen. Sist i brevet finns det dock några siffror som definitivt verkar vara koordinater. Han tittar förvirrat på pappret. ”Om det här är ett brev från min biologiske farfar, så vill jag genast titta mycket närmare på det!” konstaterar han.

Ro-ji är mer intresserad av bilden. ”Får jag titta på målningen igen?”

Ro-bi vänder som hastigast på pappret. ”Mmm…” mumlar han lite tvekande. ”Du får titta mer på den när jag är klar.”

Ro-bi lånar farfädernas dator för att analysera brevet, och ganska snart får han fram en översättning:

Robbi, min älskade! Ro-geir, min son!

Jag hoppas att er resa går bra och att allt går väl för er när ni kommer fram. Det vore underbart om ni kan komma tillbaka någon gång, om än bara på ett kort besök! Jag tyckte det var gulligt när pappa Ro-bi hade sådana problem med att uttala mitt namn, och jag tror jag kan bli tvungen att ge min son några lektioner i isländska…

För säkerhets skull skriver jag koordinater till mitt hus här nedanför, så att ni säkert hittar tillbaka till mig.

P.S. Stjäl ingen tidsmaskin för min skull, utan försök att få tillstånd att låna den!

/Er Geir

När Ro-bi läst upp översättningen av sin farfars brev säger han: ”Så pappas namn skulle alltså ha varit Ro-geir?”

”Men hans äggbärande far var ju din rumskompis Han-ti-ga, så det borde väl snarare ha varit Han-geir?” inflikar Ro-ji.

”Eller kanske Ti-geir!” svarar Ro-bi utan att tänka på vad han säger.

Ro-ji håller upp händerna likt klor och ryter som en vildkatt. Han kiknar sedan av skratt medan Ro-bi skrockar lite mer diskret. Da-bao-lo lägger an en sträng min och plirar mot sin yngste sonson, men han säger inget.

Ro-bi viker försiktigt ihop det gamla brevet och lägger det i ett kuvert. ”Tycker ni att jag ska visa det här brevet för pappa Da-ro?”

Ma-ro svarar: ”Absolut! Han har all rätt att få veta mer om sina biologiska fäder.”

Da-bao-lo nickar instämmande på huvudet. ”Nu när vi vet att det inte handlat om någon farfarsparadox, kan jag inte se något hinder till det.”

Ro-bi räcker över en kopia av bilden från brevets dekorerade sida till sin lillebror. ”Du får det här av mig. Det kanske är vår farfar som gjort bilden!”

Ro-ji är nästan barnsligt förtjust över den lilla presenten, och betraktar den ingående. Da-bao-lo och Ma-ro sitter tysta och tittar lite halvt intresserat på den snirkliga bilden i deras sonsons hand.

Ro-bi sitter och funderar. Han lutar sig över bordet och stöttar sig på vänster underarm. Han har en tom blick och trummar sakta med högerhandens fingrar på den andra armen. ”Men även om jag nu inte är min egen farfar, så är ju pappa ändå döpt efter sig själv!”

Ma-ro hoppar till och greppar sitt huvud. Han utbrister ”Aaj! Jag får huvudvärk igen! Jag hatar temporala paradoxer!”

Da-bao-lo lägger handen på sin mans axel och försöker lugna honom: ”Nej, min käre! Han är faktiskt döpt efter oss, Ma-ro! ’Da’ efter mig, och ’ro’ efter dig. Där finns ingen paradox, bara en invecklad förklaring.”

~ * ~ * ~

Ro-bi går över till sina fäders hus. Ji-bi är inte hemma, men Da-ro är det, så Ro-bi berättar hela historien för honom, och visar upp det brev som lillebror funnit.

Da-ro har svårt att smälta all den nya informationen. Han inser att hans barndomsvänner Ti-wi och Ga-re-ma är hans farfäder. Han förstår att han i sin barndom donerat en del av sin lever till Han-yun, som nu paradoxalt nog också visat sig vara en av hans egna farfäder. Om inte Han-ti-gas fäder träffats på Da-ros och Ji-bis bröllop, så hade kanske Han-ti-ga aldrig fötts! Kugghjulen snurrar för fullt i Da-ros huvud. Plötsligt utbrister han högt: "Om jag inte byggt tidsskeppet som Han-ti-ga stal, så hade jag aldrig fötts!" Han tystnar för en stund innan han lägger till: "Och jag tror det är bäst att ingen av oss nämner dessa saker för mina adoptivfäder. De oroar sig så lätt för sådana här saker!"

"Skojar du?" utbrister Ro-bi. "Farfar Ma-ro ligger nog redan med en malande migrän efter mitt besök."

Da-bao-lo hoppar till. "Så du har redan berättat det för dem? Tja... Det kanske var lika bra." Han tittar på fraktalen på brevet och nickar intresserat. "Jag får känslan av att den där isländske mannen hade ett gott sinne för konst."

"Ro-ji verkar tycka detsamma", säger Ro-bi och nickar.

Ro-bi ber sin pappa följa med och tala med Han-ti-gas familj.

"Dels skulle jag uppskatta ditt stöd, pappa, men de är ju dessutom dina biologiska anfäder!"

"Jag vet, älskade son. Men du kanske trots allt vill berätta för dem med dina egna ord?"

När de knackar på dörren till Han-ti-gas fädernehem, öppnar Ti-wi dörren och hälsar glatt på sin gode vän.

Ro-bi inleder med att säga: "Förlåt! Jag jobbar med pappas tidsskepp, och jag har en del besvärande nyheter att berätta angående er son. Kan jag få komma in?"

"Förlåt? Vad menar du?"

"Jag tror det är bäst att vi sätter oss ner", säger Da-ro.

De gör det bekvämt för sig i två soffor. Ga-re-ma och tre av männens söner gör dem sällskap.

”Är inte Han-yun hemma?” undrar Da-ro.

”Nej, han och våra yngsta pojkar är ute och handlar”, svarar Ti-wi.

”Jag tycker du kan berätta vad som hänt för dem som är här nu. Det är viktigt för dem att få veta allt på en gång”, manar Da-ro sin son.

Ro-bi förklarar väldigt hastigt och direkt: ”Er son Han-ti-ga stal tidsskeppet, reste till jorden år 2017, men hade en olycka på vägen hem. Jag har inte tillräckliga fakta för att ens kunna gissa vad som hänt honom, eller om han lever eller ej. Men jag vet att min pappa, Da-ro, är hans son, och er sonson.”

”*Vänta här nu!* Sakta in och spola tillbaka!” protesterar Ti-wi. ”Har Han-ti-ga förolyckats? Och just *hur* i hela Minovar kan du vara hans sonson?!”

Med Da-ros hjälp förklarar Ro-bi hela historien saktare och mer detaljerat för Han-ti-gas fäder och bröder. Alla blir självfallet mycket bestörta.

Ga-re-ma frågar uppgivet: ”Kan vi inte ta ett annat tidsskepp och hämta hem honom?”

”Vi har inget annat tidsskepp”, svarar Da-ro. ”Detta var vår första prototyp, och det tar lång tid att bygga ett nytt skepp. Dessutom vet vi inte om det hjälper. Vi kan inte riskera att skada tidslinjen mer än vad som redan gjorts!”

”Varför det?” frågar Ti-wi. ”Han åkte ju iväg alldeles nyss!”

”Ja, Ti-wi, men han åkte två och ett halvt gross år tillbaka i tiden. Vi vet inte vilka förändringar det redan kan ha orsakat flera generationer tillbaka i tiden. Vi måste vara försiktiga så att vi inte orsakar större skada!”

Ga-re-ma inflikar: ”Men han åkte ju iväg bara i morse. Kanske kommer han snart tillbaka?”

”Jo, det stämmer”, instämmer Da-ro. ”Vi vet inte vad som hänt efter det att han lämnade mig i Röda Ravinen för alla dessa år sedan. Kanske kommer han tillbaka redan imorgon!”

Han-ti-gas fäder håller om varandra. ”Vi får inte ge upp hoppet”, säger Ti-wi till Ga-re-ma.

”Ti-wi har rätt”, säger Da-ro. ”Vi måste hålla modet uppe och hoppas att er pojke snart kommer tillbaka!”

~ * ~ * ~

Senare samma kväll tittar Ro-bi närmare på sin loggbok. Han provar att ladda batteriet, och då vaknar boken snabbt till liv igen. Han letar upp den senaste noteringen och ser till sin stora förvåning att någon skrivit flera sidor med dagboksinlägg. Uppenbarligen har Han-ti-ga skrivit ner allt vad han hittat på i forntiden.

”Ta mig tusan! Här står ju varenda liten detalj om hur han velat leta efter cygnier på Island år 2017, blandat med en massa romantiska detaljer om en flirt med en ung isländning, och hur de tillsammans tar hand om först ett ägg och sedan sin nyfödde son. Där står också att det uppstod problem med motorerna när han skulle resa hem med pojken.”

Ro-bi blir så överraskad att han tappar loggboken på golvet. ”Han-ti-ga, din jäkla rackare!” säger han högt. ”Vad har du ställt till med?!”

22. I fädernes spår

En knapp vecka efter Han-ti-gas stöld av tidsskeppet har Ro-bi avklarat det sista förhöret om incidenten. Ett tidsskepp är väldigt värdefullt, och både Rymdflottan och Rymdakademin vill självfallet göra det mycket tydligt att man inte accepterar förehavanden som detta.

Förvisso är Ro-bi helt oskyldig, men hans farfäder får en skarp reprimand för att ha undanhållit information om sina fynd från tidsskeppets kraschlandning.

På kvällen efter förhöret går Ro-bi ut till en servering och sätter sig ner med en kopp te för att varva ner efter en stressig dag. Han har sin nygamla jacka på sig. Stället är helt tomt sånär som på en blond jordbo. Efter en kort stund reser sig främlingen upp och går över till Ro-bis bord.

”Är den här stolen ledig?” frågar han.

”För all del. Varsågod!”

”Jag tyckte det kändes dumt att sitta alldeles ensam i andra änden av salen.”

”Jo, men det brukar vara ganska folktomt just såhär dags.” Den blonde mannen noterar Ro-bis tekopp.

”Dricker du också te?”

”Ja. Jag kände för att varva ner. Det har varit en jobbig dag idag.”

”Ha! Det var exakt min tanke. Jag landade i förmiddags, och har promenerat runt en massa i staden.”

”Är det första gången du kommer till Minovar?”

”Ja.”

De båda männen sitter tysta en stund. Ro-bi tittar lite på den blyge jordbon. Han har kammat sin långa, röda lugg över huvudet, som om han försöker dölja en flint som inte finns. Det är då Ro-bi noterar mannens ögon. ”Wow!” utropar han. ”Du har ju ett brunt och ett blått öga!”

Mannen skrattar till. ”Gillar du det?”

”Hade du varit minovaran, hade du inte behövt fråga.”

”Jo, jag har hört att ni kan känna av känslor. Du vet antagligen mycket väl att jag gillar dina gröna ögon.”

”Du hänger med!” säger Ro-bi och flirtar övertydligt med sina sammanvuxna ögonbryn.

Jordbon sträcker fram högerhanden och säger: ”Jag heter Hrafn.”

”Ursäkta?”

Mannen repeterar sitt namn med extra tydlighet: ”Hrrr-app-nn.”

”Hrapp” imiterar Ro-bi. ”Det är nästan en väldigt kort tungvrickningsramsa!”

De båda männen skrattar och Ro-bi klappar glatt till Hrafn på knät. Han låter handen ligga kvar, och Hrafn låter blicken vandra fram och tillbaka mellan Ro-bis ögon och hans hand. När Ro-bi lyfter undan sin hand, fastnar sedan blicken i Ro-bis ögon. Han frågar: ”Och du, då?”

”Ro-bi. Men alla mina vänner kallar mig för ’Robbi’.”

”Trevligt att träffas, Robbi.”

Hrafn tittar tillbaka på Ro-bis sexfingrade hand och sedan på hans ansikte och fläckiga hals. ”Jag tycker om de minovaranska leopardfläckarna.”

Ro-bi känner på sig att Hrafn tycker om mer än fläckarna. Han gillar Hrafns beundrande blickar och tankar, och tycker sig börja ana varför hans pappa och farfar fastnat för jordiska män. Ro-bi slås av en lite oroande tanke: ”Vänta lite! Varifrån kommer du egentligen?”

”Island. Vet du var det ligger?”

”Du skämtar?” frågar Ro-bi iskallt och tappar nästan sin tekopp. Han ställer ner koppen.

”Nej. Vad menar du?”

”Vet du, det här påminner mig om en sak! Jag hittade ett brev tidigare i veckan, där min isländske farfar nämner att hans älskare hade svårt att uttala hans namn.” Ro-bi spänner plötsligt ögonen i Hrafn: ”Du har väl ingen farfar eller annan anfader som hetat Geir?”

”Inte vad jag vet. Varför frågar du så? Är det ett problem?”

”Nej, men... Jag har ett par farfäder som skulle kunna bli ordentligt nojiga.” Han tar upp sin kopp. Just innan han tar en klunk lägger han till: ”Igen.”

Hrafn tittar med en fundersam min på Ro-bi, men sedan ändras minen till ett leende: ”Vi har bara pratat i några minuter, och du vill redan presentera mig för dina farfäder?”

”Oh nej. Det vågar jag inte. De skulle totalt flippa ut om jag kom hem med en islänning!” Ro-bi tystnar när han kommer att tänka på en sak, och börjar sedan plötsligt skratta.

”Vad är det som är så roligt?”

”Historien upprepar sig! Farfar fick barn med en islänning, pappa gifte sig med en engelsman, och nu sitter jag här och håller på att bli förtjust i en islänning!”

”Tack! Jag gillar dig också”, replikerar Hrafn. ”Men jag antar att du redan visste det, din lurige minovaran!”

”Jo, jag erkänner. Du behöver inte säga mer, för jag vet redan en hel del av det du inte vågar säga.”

”Du tar fullkomligt bort den där pirriga känslan man brukar få när man tar de första trevande stegen i att lära känna och bygga upp intresse för en person. Du behöver antagligen aldrig oroa dig för att våga ta nästa steg.”

”Men då kanske jag kan stoppa lite bomull i näsan, så att jag inte har den fördelen att jag kan lukta mig till dina feromoner?”

”Det vore nästan på sin plats”, svarar Hrafn och försöker att hålla en neutral min när han dricker vidare av sitt te. Men hur mycket han än försöker dölja sin skämtsamhet och sitt intresse för Ro-bi, så är Robi fullt medveten om att Hrafn är öppen för att lära känna honom bättre.

”Jag är ledig från Akademin imorgon. Vad sägs om att jag ger dig en guidad tur till de arkeologiska utgrävningarna som min ene far jobbat med sedan innan jag föddes?”

”Så du vill trots allt redan presentera mig för dina fäder?”

”Nej, inte på en gång. Först måste jag vara säker på att mina farfäder lugnat ner sig efter vad som hänt på senare tid.”

”Borde jag bli rädd?”

”Bara om du studerar temporalforskning eller äger en tidsmaskin.”

”Räknas en metronom som en tidsmaskin?”

”Ooh!” utbrister Ro-bi med spelad skräck. ”Är den konstruerad med takyon- eller kvantum-drift?”

~ * ~ * ~

Nästa dag hämtar Ro-bi upp Hrafn från hans pensionat i Minovar City och de besöker utgrävningsmuseet i Archimedes City tillsammans. De går runt i de underjordiska rummen i nästan en timme. De tittar på utställningsföremål och läser översatta texter från både utställningsföremål i metall och från datapolletter.

”Har du tänkt på att de där cygnierna måste ha varit en av de första utomjordiska varelser som människor stött på?” frågar Hrafn.

”Det har du rätt i. Och det verkar som att det första mötet måste ha skett någon gång under Kinas bronsålder. Tanken är svindlande!”

”Och din pappa har jobbat med detta i över tjugo år?”

”I ungefär tjugo jordiska år, ja.”

Ro-bi börjar känna sig färdig med besöket och föreslår för Hrafn: ”Mina fäder har berättat om en trevlig restaurang nära hamnen här i staden. Vi kanske kan leta upp den?”

”Det tycker jag låter trevligt!” svarar Hrafn och ler.

Just när de ska gå ut, stöter de på Ro-bis storebror Da-ji. Storebrodern bär på en rätt rejäl låda i sina händer.

”Jäklar!” utbrister Ro-bi.

”Förlåt? Vad är det?”

”Min storebror. Han studerar arkeologi. Jag trodde inte han skulle vara här!”

”Hej, Robbi!” tjoar storebrodern.

”Hej, Da-ji!” svarar Ro-bi lite besvärat.

"Hej, Robbis söte vän!" fortsätter Da-ji. Han ställer ner sin låda på golvet.

"Det här är Hrafn. Han är turist från Jorden."

"Jo, jag gissade på det." Han tar Hrafn i hand och hälsar artigt. "Och ni har det trevligt här, förstår jag?" lägger han till och drar hastigt ett andetag genom näsan.

Ro-bi förstår att hans bror tydligt insinuerar att han har en fungerande minovaransk näsa, och vet mer än vad som sagts med ord. Detta ignorerar Ro-bi, och svarar oskuldsfullt: "Jag har visat honom utgrävningarna. Vi tänkte gå och äta en bit."

"Åhå? Så ni har inte stämt träff med pappi, då?"

"Är han också här?"

"Ja, jag skulle låna några av visningsföremålen för en presentation som jag ska hålla vid Universitetet. Det är en del av mitt doktorsarbete, vet du."

"Min storebror har för avsikt att bli den förste doktorn i arkeologi som specialiserat sig på cygnierna", förklarar Ro-bi för Hrafn.

Då hörs Ji-bis stämma genom salen: "Hej pojkar! Jag trodde inte jag skulle få se er *båda* här idag!"

"Hej, pappi!" säger båda sönerna samfällt.

Ro-bi lägger märke till att Ji-bi lagt an en elegant och välansad eldröd skepparkrans runt hakan. Han har inte sett den tidigare. "Öh? Vad har hänt, pappi?" säger han och målar med ett pekfinger i en halvcirkel fram och tillbaka runt sin egen haka.

"Åh, du menar skägget? Jo, du vet, Da-ro verkar tycka om skägg. Jag antar att han brås på sina fäder."

Ro-bi ser att hans pappi tittar på den okände besökaren, så han förklarar: "Det här är Hrafn. Jag har visat runt honom idag."

"Så trevligt! Och du ville presentera honom för mig? Det låter ju som att ni är riktigt förälskade!" säger Ji-bi glatt och sträcker fram sin hand för att hälsa på Hrafn.

"Pappi!" protesterar Ro-bi generat.

Da-ji utbrister däremot förtjust: ”Wow! Har du börjat utveckla minovaranska sinnen, pappi? Och jag som hade tänkt vara artig och *inte* avslöja att det luktade romans lång väg om dem båda!”

”Da-ji!” hojtar Ro-bi märkbart upprört.

Ji-bi svarar: ”Om jag fått minovaranska sinnen? Nej, men jag vore en dålig far om jag inte kände mina pojkars tycken och smak. Och lite intuition skadar aldrig.”

Hrafn känner sig smått utanför diskussionen. Dessutom har han också fått veta vad Ro-bi tycker om honom. Han undviker allas blickar genom att titta på en monter med kopior av några av de utgrävda föremålen. Ro-bi klappar honom kamratligt på ena axeln och säger: ”Välkommen till Minovar! Räkna aldrig med att kunna hålla dina hemligheter för dig själv särskilt länge!”

”Robbi, om ni kan vänta några minuter, så ska jag bara be pappi om att låna ut några saker. Sedan kan vi kanske gå ut någonstans och äta tillsammans?”

”Ja, jag vet en mysig restaurang nere i hamnen!” lägger Ji-bi till.

”Vi vet!” säger hans söner i unison.

Hrafn försöker att le, men känner sig generad över hela situationen. ”Går ni hela tiden runt och läser varandras tankar?” frågar han blygt.

”Mer eller mindre”, erkänner Ro-bi. ”Det är nog lika bra att vänja sig vid det på en gång!”

Da-ji lägger till: ”Men vi läser inte av tankar, vi läser av känslor.”

”Jag tror att jag skulle föredra att tillbringa dagen ensam med dig, men jag antar att om jag vill lära känna dig närmare så är det lika bra att lära känna din vardag och din familj också.”

”Men jag måste be Da-ji om att inte sticka sin näsa i saker som inte angår honom!” säger Ro-bi och tittar stint på sin bror.

Storebror Da-ji ler bara, och säger: ”Min lillebror är lite diskret av sig. Men jag ska vara snäll. Jag lovar!”

”Da-ji, min kollega kan hjälpa dig med att välja ut de föremål du vill låna”, säger Ji-bi och vinkar efter en man från andra sidan rummet.

”Under tiden kan du väl berätta lite mer om dig själv, Hrafn? Varifrån kommer du?”

”Aj, aj, aj!” tänker Ro-bi för sig själv. ”Fråga *vad* som helst, men inte just *det!*”

Hrafn noterar Ro-bis ansträngda min, och svarar lite undvikande: ”Jorden. Jag kommer från Jorden.”

”Jo, *det* förstod jag ju. Men *varifrån* på Island kommer du? Från Reykjavik eller någon mindre ort?”

”*Vad?!*” utbrister Ro-bi med hög röst. ”Hur visste du att han var från Island?”

”Men snälla Robbi!” säger Ji-bi förvånat. ”Har du inte lagt märke till hans fina islandströja? Och hans anletsdrag är väldigt nordiska.”

”Du är farligt uppmärksam, pappi!”

”Det kommer med jobbet, Robbi. Kalla det för en ’yrkesskada’ om du vill!”

Medan de väntar på att Da-ji ska plocka ihop sina visningsföremål, tar Ro-bi upp ett nytt tema att prata om: ”Hrafn studerar musik.”

”Åhå? Har du kommit till Minovar för att spela på någon konsert?”

”Nej, jag är mest här som turist. Men samtidigt ville jag bekanta mig lite med den lokala musiken. Ni har en del mycket duktiga flöjtister här”, förklarar Hrafn.

”Är du flöjtist?” frågar Ji-bi.

”Ja, det är mitt huvudinstrument”, svarar Hrafn och nickar.

”Pappi tycker själv om att spela flöjt”, säger Ro-bi glatt. I sitt stilla sinne tänker han att det kanske är lite av ett lyckligt sammanträffande.

”Men jag är bara en glad amatör!” mumlar Ji-bi lite blygsamt.

”Om du kan några lokala melodier, så skulle jag gärna vilja lyssna!” säger Hrafn.

”Eh… Vänta lite här!” invänder Ro-bi. ”Börjar du bli kompis med min pappi här?”

”Hur så? Generar jag dig?”

”Åh, nej inte direkt. Det känns bara lite oväntat.”

”Det är ingen fara, Robbi! Jag ska inte försöka ta honom ifrån dig”, försäkrar Ji-bi med ett leende.

”Pappi!” protesterar Ro-bi. ”Vi är inte pojkvänner.”

”Är vi inte?” frågar Hrafn med en neutral röst.

”Är vi det?” frågar Ro-bi tillbaka med en viss förvirring i rösten.

”Nog låter det allt som att ni är det”, svarar Ji-bi glatt åt dem båda och nickar, med ett fortsatt uppskattande leende på sina läppar. ”Grattis!” Sedan puffar han sin sons axel mjukt med en knytnäve och säger: ”Du borde lära dig att lita mer på din näsa, pojk!”

”Pappi! Är du säker på att du inte har minovaranskt blod i dig?”

”Jag har sett förälskade par förr. Jag känner igen tecknen.”

”Du är farlig, pappi!” säger Ro-bi och skakar sakta och allvarsamt på huvudet. Han ser smått uppgivet i Hrafns ögon: ”Jag är hemskt ledsen om minovaranernas direkthet besvärar dig. Jag känner en viss osäkerhet från dig, och jag skulle förstå om du vill att vi går någon annanstans.”

”Nej, Ro-bi. Jag ska försöka ta tjuren vid hornen och lära mig mer om er kultur.”

”Jag beundrar ditt mod, Hrafn!”

”Jag hoppas att du inser att det är ett tecken på hur intresserad jag är av att lära känna dig bättre!”

23. En återförening

Geir har tänt en brasa och hängt upp sina jeans på tork framför den. Han har precis varit ute och skottat bort vinterns första snö på trappen. Plötsligt knackar det på dörren. Geir går in på toaletten för att ta på sig morgonrocken och dölja sina bara ben. Det knackar en andra gång på dörren. ”Ja, ja! Jag kommer!” hojtar Geir ut i hallen.

Han går för att öppna. På trappan står en reslig man. Det är mörkt utanför dörren, men skenet från lampan över dörren reflekteras i snön, och Geir kan genast se att mannen har ganska asiatiska drag – bortsett från att de blå ögonen är allt annat än asiatiska. Hans tydliga leopardfläckar på halsen syns lång väg. Dessutom ser Geir att mannens uniformsjacka ser exakt ut som hans älskares jacka. Geirs haka faller ner av förvåning. Bakom denne man står en annan man som Geir inte ser så tydligt i dunklet, men han har på nolltid identifierat den förste mannen som minovaran.

Mannen säger: ”God kväll! Heter du Geir?”

Geir stänger sin mun och nickar.

”Den där rösten låter väldigt mycket som Robbis röst”, tänker han. Högt säger han: ”Ja, Geir Jónsson. Det är jag.”

”Har du fått besök av en främmande man för ungefär en månad sedan?”

”Du menar en minovaran? Ja. Han åkte härifrån för en vecka sedan.”

”Bra. Får jag och min son komma in?”

”För all del”, svarar Geir. Samtidigt oroar han sig lite för vad detta besök kan handla om. ”Besök av utomjordingar två gånger på en månad?” tänker han. ”Det här känns inte bra.”

Geir tar ett steg tillbaka och släpper in männen i sin hall. Han ser att den äldre mannens son är lite snarlik hans egne minovaranske älskare, med sina asiatiska drag och mörka hår, men kanske är denne man aningen yngre.

”Ni kan gärna ta av er skorna och era jackor. Kan jag få bjuda på något att äta och dricka?”

”Ja tack. Men något vegetariskt i så fall.”

”Självklart. Och inga ägg.” Efter att ha sagt detta, kommer Geir att tänka på att han har lite opassande klädsel och lägger till: ”Jag ska bara ta på mig ett par byxor först. Sätt er för all del så länge!” Han pekar mot soffan och går till sovrummet för att hämta ett par torra byxor.

När Geir kommer tillbaka, sitter männen framför brasan och hans torkande byxor. Han tänker att det kanske inte var helt lyckat att ge besökarna en sådan vy, men säger inget, utan går bara ut i köket för att ordna en kanna med örtte och några enkla smörgåsar. Han bryr sig inte om att fråga besökarna om vad de tycker om, utan väljer pålägg som hans egne minovaran gillade. Men han känner sig nervös över sina besökare.

Den äldre mannen kommer fram till köksdörren: ”Du behöver inte oroa dig. Vi vill inte skada dig.”

Geir skrockar lite torrt för sig själv och vänder sig mot mannen: ”Om jag inte redan sett fläckarna på din hals och dina extra tummar, skulle det där tankeläsandet ha räckt för att avslöja dig som minovaran!” Han hör att hans egna röst låter hackig på grund av nervositeten.

”Jag hör att du känner till våra särdrag.”

”Mhm. Intimt! Och jag är inte rädd för er personligen, men lite orolig för anledningen till ert oväntade besök.”

Geir ställer fram tre tekoppar och tallrikar med smörgåsarna. Han drar ut en stol åt den äldre mannen och gestikulerar åt honom att han kan sätta sig. Han häller upp te åt besökarna och sedan åt sig själv. Robi sätter sig på sin fars andra sida.

När han satt sig mellan de båda besökarna säger den äldre mannen: ”Jag heter Da-ro. Det här är min son Ro-bi.”

Geir ryggar tillbaka en aning. ”Robbi?” upprepar han.

”Ja. Förvånar det namnet dig?”

”Minovaranen som var här hos mig heter också Robbi.”

”Sade han det? I så fall är jag rädd att han tyvärr ljög för dig.”

"Ljög? Hur menar du?"

Nu tar Ro-bi del i samtalet: "Han knyckte min jacka och åkte iväg med tidsskeppet. Hans riktiga namn var Han-ti-ga."

Geir tror inte att han hört rätt: "Vad? Varför skulle han ha gjort det? Och varför talar du i dåtid?"

"Det är en lång historia", svarar Da-ro och tar fram en liten svart platta ur sin jackficka. Han trycker på ett par knappar på plattan, och en bild visas på skärmen.

"Känner du igen detta fotografi?" undrar Da-ro.

Geir behöver inte titta länge på bilden. "Det är jag med Robbis och min son."

"Han-ti-gas och din son", korrigerar Da-ro.

"Jag tror inte på er!" protesterar Geir.

"Förlåt! Låt mig visa ett annat fotografi!" Da-ro drar med sitt högra pekfinger över skärmen, och ett tredimensionellt fotografi visas. "Känner du igen denne man?"

Geir är så upprörd att han inte ens noterar att bilden är tredimensionell och ser ut som en livs levande avbildning av hans älskare, utan svarar bara att "Ja, det är Robbi."

"Nej, detta är Han-ti-ga." Mannen berör plattan så att bildens mittensektion förstoras så att det inbroderade namnet på hans jacka syns.

"Jag kan inte läsa er skrift", säger Geir, men han noterar att det helt klart inte är de tecken som stod på den jacka som hans pojkvän bar. Han skakar på huvudet. "Nej. Jag kan inte tro på detta."

Da-ro lägger sin vänsterarm på Geirs axel. "Drick av ditt te. Jag har besvärande nyheter att berätta."

Geir känner att hans hjärta börjar slå. "Mer besvärande än vad du hittills sagt? Jag tror inte att jag kommer att gilla det här!" Hans nervositet ökar, och det känner besökarna av.

Den yngre mannen sträcker ut sin högerarm för att lägga handen på Geirs andra axel och säger: "Du kan lita på pappa!"

Geir försöker dricka av sitt te i tysthet, men han känner ett stort obehag. Att äta en bit hjälper honom inte heller att finna någon mental balans.

Besökarna dricker också av teet, smakar på smörgåsarna, och låter Geir bearbeta nyheterna så här långt.

Geir tar några djupa andetag, och sedan säger han: ”Så, varför är min pojkvän inte med er? Har han råkat ut för en olycka?”

”Vi vet inte exakt vad som hänt. Han är försvunnen sedan ett år.”

”Försvunnen? Sedan ett år?”

”Efter sitt besök hos dig reste han tillbaka till Minovar, men något gick fel, och han landade fyrtiosex jordiska år tidigare än han rest från planeten. Han kraschlandade rätt våldsamt och bar ut en nyfödd pojke ur tidsskeppet. Pojken var inlindad i ett par handdukar och min sons uniformsjacka. Sedan gick han tillbaka till skeppet som tydligen imploderade.”

”Imploderade?”

”Ja, dessvärre. Och vi har fått myndigheternas tillstånd att komma hit för att tala om det för dig.”

Geir sitter alldeles förstummad och skakar på huvudet.

Da-ro fortsätter att berätta: ”Jag förstår att du har svårt att tro på oss, så vi tog med ett par saker som kanske kan bevisa att jag talar sanning.” Han vänder sig mot sin son. ”Robbi, har du handdukarna?”

Den yngre mannen tar fram två ljusblå handdukar som han hållit hoprullade under bordet.

”Mina handdukar!” utropar Geir och rycker dem till sig. ”Men var är då Ro-geir?”

”Du menar din och din älskares son?”

”Ja?”

”Han är jag.”

Geir stirrar på mannen, sedan på handdukarna och den yngre mannen, och så åter på den äldre mannen.

”Men du ser ju ut att vara typ femtio år gammal! Min son är tre veckor gammal!”

Da-ro nickar sakta. ”Ja, enligt jordisk tideräkning är min biologiska ålder nära fyrtiosju år. Det stämmer. Men jag kan försäkra att jag är den lille pojken i fotografiet. Mina adoptivfäder hittade det inramade fotografiet och det här brevet i den jacka som jag låg inlindad i.”

Da-ro räcker fram det hopvikta brevet. Det ser mer slitet ut än vad man kunde ha väntat sig efter en enda vecka. Geir tar emot pappret och öppnar upp det. Han ser sin egen datorgrafik och sin egen skrivstil.

Geir slänger ifrån sig brevet på sin halvätna smörgås, rusar upp från bordet och ut i hallen. Hjärtat slår hårt i hans bröst. Han kan inte tro vad han hört. Hela situationen känns som en mardröm. Han går in på toaletten och låser dörren bakom sig.

Ro-bi tittar på sin pappa och säger: ”Vi hade bort lämna honom i fred.”

Da-ro svarar: ”Han förtjänar att få veta sanningen.”

”Varför det?”

”Så att han kan gå vidare med sitt liv. Så att han inte väntar hela sitt liv på någon som kanske aldrig kommer tillbaka.”

Ro-bi reser på sig och går ut i hallen. Han talar genom dörren till sin farfar: ”Vill du att vi ska gå?”

Geir sitter på toalettstolens lock och stirrar rakt framför sig. Han kan inte reda ut sina tankar och får inte fram ett enda ord till svars.

”Hallå?” ropar Ro-bi. ”Kan vi hjälpa?”

Da-ro har nu också kommit ut i hallen. Han lägger en hand på sin sons axel. ”Kom, Robbi. Vi lämnar honom i fred en stund.”

Da-ro plockar upp det gamla brevet. Han och Ro-bi äter upp sina smörgåsar och dricker upp sitt te i tystnad. En stund senare kommer Geir ut från toaletten. Hans ögon är röda, och de båda besökarna ser tydligt hur mycket han gråtit. De känner även hans upprörda känslor. Geir sätter sig hårt på sin stol och tittar rakt fram, mellan de båda minovaranerna och ut genom köksfönstret, ut i den mörka höstnatten. Hans blick är tom, och han lägger inte ens märke till att det gröna norrskenet börjat dansa över fjällen.

”Jag älskade honom”, säger Geir tonlöst.

”Jag tror dig”, säger Da-ro med omtänksamhet i rösten.

Geir ser sin vuxne son i ögonen. ”Vad kan jag göra nu? Han kommer aldrig tillbaka!”

”Vi vet inte! Men jag har ett förslag som jag tror kan hjälpa.”

”Vad då?”

”Följ med oss till Minovar. Följ med till minneshögtiden som Han-ti-gas fäder ordnar över honom.”

Geir tittar ut genom fönstret igen. ”Jag är för ung för att vara änkling”, säger han och skakar sakta på huvudet. ”Och jag är definitivt alldeles för ung för att vara farfar.”

Da-ro vet inte vad han ska säga, utan tittar lite frågande på sin son, men Ro-bi bara rycker på sina axlar och lyfter ögonbrynen för att visa att han inte heller vet vad de ska göra. Da-ro säger: ”Vi kan gå tillbaka till skeppet och övernatta där, och tala vidare imorgon.” Han skjuter tillbaka stolen för att resa på sig.

”Vänta lite!” utbrister Geir. ”Ni har ju en tidsmaskin! Kan ni inte åka tillbaka i tiden och rädda Robbi?”

”Du menar Han-ti-ga”, korrigerar Ro-bi.

Da-ro svarar på Geirs fråga: ”Det vore ett brott mot första direktivet för tidsresor: Vi får inte avsiktligt eller genom slarv försätta oss i en situation där vi riskerar att ändra historien.”

Ro-bi fortsätter: ”Om han inte stulit skeppet, skulle jag ha flugit det, och då hade det kunnat vara jag som suttit i det imploderande skeppet. Om vi hindrar honom från att åka hit till dig, så kommer varken pappa eller jag att ha existerat. Om vi försöker förhindra själva implosionen, då ändrar vi historien på andra sätt som vi inte ens kan göra vilda gissningar om. Vad vi än gör så riskerar vi bara att göra situationen etter värre.”

”Robbi har rätt”, bekräftar Da-ro. ”Hur gärna vi än vill rädda din älskare, och vad vi än gör, så kommer vi att orsaka oönskade och oanade förändringar.”

Geir känner sig alldeles tom inuti. De andra känner av hans sorg och uppgivenhet, och låter honom försöka smälta allt de berättat.

Efter en stund säger Geir: ”Jag antar att jag borde ge er Robbis metalldetektor, eller vad ni vill kalla den.”

”Metalldetektor?” utbrister Da-ro. ”Varför lämnade han en detektor hos dig?”

”Jag hjälpte honom att leta efter något under fjället. Jag har ingen aning om vad jag letat efter, men jag fick ett utslag häromdagen.”

”Får jag se?”

Geir hämtar detektorn och räcker över den till Da-ro, som tittar närmare på den.

”Den verkar vara inställd för att söka en viss metall”, noterar Da-ro.

”Han sade att han letade efter någon sorts energilinjer.”

Da-ro lägger ner detektorn på bordet framför sig, och tittar Geir i ögonen. ”Jag är rädd att han kan ha ljugit för dig mer än en gång.” Till sin son säger han: ”Jag skulle vilja se vad Han-ti-ga har letat efter här.”

”Vill du gå ut *nu*, pappa? Det är mörkt ute”, säger hans son.

”Det tar en timme att gå dit där jag fick utslagen”, informerar Geir dem med en svag och sprucken röst.

”Då kanske vi ska gå till skeppet, och låta Geir återhämta sig. Sedan kan vi prata vidare imorgon”, föreslår Da-ro igen.

Geir tittar ut genom fönstret ännu en liten stund. ”Nej!” invänder han. ”Om du nu verkligen är min son, stanna då kvar här. Jag ska hämta sängkläder åt er, så kan ni bädda i gästrummet.”

Geir kan inte sova. Han vänder och vrider sig i sin säng, försöker känna sin älskares doft i den kudde han sov på för bara en vecka sedan, och gråter sig igenom hela natten.

Tidigt på morgonen går han ner i köket och försöker fördriva sina tankar med att baka scones till frukost åt sig och sina gäster. Även Da-ro och Ro-bi vaknar tidigt av Geirs skrammel i köket, och de går dit för att hjälpa honom.

De äter frukosten i total tystnad.

Efter frukost tar Geir med sina gäster på en vandring till glaciärens södra sida. De aktiverar den detektor som Han-ti-ga lämnat kvar hos Geir och följer signalen. De finner att detektorn verkar indikera att signalen kommer från en klippa på andra sidan av en oläglig sluttning.

Snön gör det riskabelt och besvärligt att passera sluttningen, men efter en stunds strapats lyckas de tre männen ta sig fram till klippan.

Da-ro använder detektorn för att analysera klippan, och upptäcker att det finns ett hologram som uppenbarligen döljer ingången till en tunnel in under glaciärens södra sida. När de står där ropar Da-ro plötsligt: ”Kolla!” Han pekar på detektorn. ”Jag har snappat upp en signal på hypervågs-bandet!”

Ro-bi säger genast: ”Spela in meddelandet!”

”Självklart! Detektorn spelar automatiskt in sändningen.”

”Kan du inte spela upp ljudet?”

Da-ro knappar på detektorns lilla panel. ”Det här är en modell som jag inte är van vid. Jag kan inte riktigt klura ut hur jag ska få den till att samarbeta.”

De båda minovaranerna studerar detektorn och försöker slå på ljudet. Efter en minut eller två slutar sändningen tvärt. En kort stund senare hör de ett öronbedövande dån, och de slår händerna för sina öron. Marken skakar under deras fötter som om de upplevde en jordbävning.

”Vad i helvete?!” ropar Geir.

Dånet minskar och enstaka stenbumlingar rullar ner för fjällväggen. Sedan börjar den holografiska stenväggen flimra och se egendomligt detaljlös ut, som när en video-signal blir svag. Efter några sekunder försvinner illusionen av en bergvägg helt. Samtidigt som tystnaden åter lägger sig, ser männen en tunnel in i fjället.

”Jesus min!” utbrister Geir och tappar hakan.

De båda andra ser nästan lika förvånade ut.

”Vad fan var det där?” frågar Geir med hög röst. ”Det ringer i mina öron och jag kan knappt höra min egen röst!”

”Antagligen var det ett kamouflerat rymdskepp”, halvskriker Da-ro till svars.

”Här? Men varför?” fortsätter Geir att fråga.

Da-ro rycker på axlarna. ”Jag har inte den ringaste aning!”

”Vågar vi gå in?” undrar Ro-bi.

Da-ro studerar lite snabbt detektorn, och svarar: ”Jag kan inte avläsa någon strålning eller några livsformer. Jag tror det är ofarligt att gå in.”

Vid gångens slut kommer de tre männen ut i ett stort hålrum i fjället. Morgonsolen skiner blygt in genom den vida öppningen, så de kan tydligt se de kala fjällväggarna runt det nästan perfekt cirkulära hålet. Det syns ingen snö och ingen mossa eller annan växtlighet inne i hålrummet.

”Jag ska inte fråga något mer”, säger Geir med stark röst, och märker då att hans hörsel börjat komma tillbaka. Han sänker rösten en aning. ”Men det här är fullkomligt obegripligt!”

”För mig också!” bedyrar Da-ro. ”Men jag lovar analysera vår inspelning så snart jag kan!” Han håller upp detektorn i luften.

Trion går runt i hålrummet för att se om de kan hitta några spår av de okända besökarna.

”Jag får inte in några avvikande signaler på den här detektorn”, säger Da-ro halvt uppgivet. ”Den indikerar bara vulkaniska bergarter, och det är ju inte till någon hjälp.” Han fäster detektorn i sitt verktygsbälte och går ut genom tunneln och nerför sluttningen. De båda andra följer efter honom och börjar gå i riktning tillbaka till Geirs hus.

Under den timslånga promenaden är alla åter väldigt tystlåtna. När de kommer tillbaka till Geirs hus går den unge isländningen raka vägen in i köket och börjar koka en kastrull med vatten.

Da-ro frågar: ”Kan vi hjälpa till?”

”Nej”, svarar Geir. ”Jag ska bara göra lite te och frallor. Förlåt mig, men jag orkar inte ställa mig och laga en riktig lunch.”

”Vi förstår”, svarar Da-ro. ”Vi är i vilket fall som helst tacksamma för all din gästfrihet!”

Da-ro och Ro-bi sätter sig ner i respektfull tystnad.

Geir dukar bordet, ställer fram en kanna, ett fat med tre frallor och lite pålägg. ”Varsågoda!” säger han och sätter sig ner.

”Tack!” säger de båda andra unisont, och väntar på att Geir ska servera teet. Därefter väntar de även på att han ska ta den första frallan. Geir är väldigt sammanbiten och hans ansikte visar inte några tydliga känslor. Minovaranerna känner hans uppgivenhet tydligt, och låter maten tysta mun.

Efter en stund lägger Geir ner sin halvätna fralla och säger, utan att höja blicken från brödbiten: ”Förresten så har jag bestämt mig.”

Da-ro lägger ner sin egen fralla. ”Vad har du bestämt?”

”Jag kommer med er till Minovar. Jag vill hedra min älskares minne.”

”Tack, Geir!” säger Da-ro. ”Jag vet att hans fäder kommer att uppskatta det.”

”Dessutom vill jag lära känna min son”, lägger Geir till och höjer blicken mot Da-ro.

Da-ro tittar på sin far med en lätt överraskning i sitt ansikte. Detta är första gången han känner att hans blodsfar ser på honom som sin egen son. ”Och jag dig!” säger han och nickar. ”Jag kände knappt Han-ti-ga”, lägger han till med tydligt vemod i rösten.

”Jag har bara två frågor.”

”Jag lovar att jag ska svara så gott jag kan!”

”För det första: Vad behöver jag packa?”

”Egentligen behöver du inte packa någonting. Men du kan ta med lite kläder för ett varmare klimat, och något som du tycker passar för en minneshögtid.”

”Okej. Fråga nummer två: Hur lång tid har jag på mig att vänja mig vid att ni kallar mig för ’pappa’ och ’farfar’?”

”Jag ska be alla familjemedlemmar att bara kalla dig vid ditt förnamn, Geir.”

”Tack, min son! Men innan vi åker iväg skulle jag vilja att du berättar lite mer om din uppväxt och din familj.”

Da-ro sitter något förstummad på sin stol, och hittar först inte ord, men samtidigt är han glad att hans far har accepterat det faktum att han är just far till Da-ro. ”Känner du dig redo för det?” undrar han.

”Ja. Berätta för mig hur du känner min älskade. Sade ni att han hette ’Han-ti-ga’?”

”Det stämmer. Och jag har känt två av hans fäder ända sedan vi var riktigt små.”

”Berätta för mig!” uppmanar Geir honom med mjuk röst.

”Får jag börja med att berätta om mig och mina adoptivfäder?”

”Ja, förlåt! Det vill jag ju självfallet också höra.”

24. Åter till Minovar

När Ro-bi landat sin fars tidsskepp på Minovar och de tre familjemedlemmarna kommer till familjehemmet, ber Da-ro sin make om hjälp med att analysera det inspelade meddelandet.

Alla tidsresenärerna sitter i Da-ros arbetsrum tillsammans med Ji-bi. När de spelar upp meddelandet, hör de alla genast att språket låter som en obekant dialekt av kinesiska. Ji-bi tycker till och med att vissa ord låter lite som mandarin, och instruerar raskt sitt nyaste översättningsprogram att göra en översättning som utgår från moderna och äldre dialekter av kinesiska.

När programmet körs, hör de nästan omgående en digital röst läsa upp en automatisk översättning: ”Detta är den Himmelske Gudens Här, forskningsstation 27-39. Ett spionskepp av samma typ som tidigare har åter siktats, och genomsökningsstrålar har återigen snappats upp. Ingången till forskningsstationen har just avslöjats och vi lämnar omgående planeten. Jag upprepar: Ingången till forskningsstation 27-39 har avslöjats och vi lämnar omgående denna planet.” Rösten fortsätter att ge mottagaren av meddelandet information om vart de ämnar bege sig, och hur lång tid resan förväntas ta.

”Hörde jag rösten tala om 'Den Himmelske Gudens Här'?” frågar Ji-bi. ”Det låter väldigt mycket som 'de Himmelska Andarna'. Vi har kanske gjort en liten miss i översättningen av de texter vi funnit, precis som jag misstänkte.”

Da-ro kommenterar vidare: ”Men det viktigaste är att de talar om att de sett vårt skepp tidigare. Det måste vara Han-ti-ga som flugit förbi deras radar. Och sedan har vi skrämt bort dem från Jorden när vi åkte tillbaka, gick runt med detektorn och hittade tunneln med det holografiska kamouflaget!”

”Så vi har skrämt bort cygnierna från Jorden?” utbrister deras son.

Just då knackar Da-ji på dörren. Han kommer rakt in, och utbrister utan förvarning med hög röst: ”Glada nyheter! Jag ska flytta ihop med min pojkvän!”

Geir tittar på den unge mannen och tycker sig se lite av sina egna drag i hans ansikte. Ji-bi tar Da-ji i handen och drar honom diskret åt sidan.

”Vad är det, pappi?”

Ji-bi hyschar åt honom och viskar: ”Da-ro har besökt din biologiske farfar på Jorden-som-var, och låtit honom komma med hit för att närvara vid minnesstunden.”

”Min biologiske farfar!” utropar Da-ji med hög röst.

Ji-bi hyschar sin son igen och säger: ”Han vill helst inte bli kallad för just det.”

”Ooops! Förlåt!”

Geir vänder sig om och säger: ”Det är lugnt. Jag har börjat vänja mig. Men jag har lite problem med att du ser ut att vara jämngammal med mig, unge man!”

”Jag är ungefär nitton jordiska år gammal.”

”Och jag, din farfar, är bara två år äldre. Och änkling.” Geir känner genast hur tårarna börja rinna igen. Han tar upp sin näsduk, säger ”Förlåt”, och går ut i köket.

Da-ji vänder sig mot Ji-bi och säger med skamsen min: ”Förlåt, pappi!”

”Ingen fara, Da-ji. Du får förlåta *oss* för att vi inte är riktigt på humör att fira din glada nyhet idag, men vi måste förbereda oss för minneshögtiden i övermorgon.”

Geir får sällskap av Da-ro och Ji-bi till minnesstunden. Där träffar han Han-ti-gas fäder och yngre bröder, och även flera av sina egna släktingar som han nyss lärt känna. Minovaranerna känner av hans sorg och känslomässiga obehag, och visar sin djupa sympati. Själv känner Geir inga personliga kopplingar till någon av de övriga sörjande. Han vet bara vilka som är Han-ti-gas närmaste familj.

Ro-bi närvarar också på minnesstunden. Han-ti-ga har ju trots deras väldigt olika personligheter varit hans vän och rumskamrat. Hrafn är på besök, och följer med Ro-bi för att ge sitt stöd till honom. Både Ro-bi och Hrafn har bestämt sig för att avsluta sina studier innan de flyttar samman, så det går några månader mellan varje gång de ses. Hrafn tycker att allt umgänge med Ro-bi är betydelsefullt.

Ro-bi presenterar Hrafn för Geir, och de båda blir lite förvånade över att höra att de båda är islänningar.

”Jag lider med dig”, säger Hrafn på isländska.

Geir hör att hans översättare går in i viloläge när den andre islänningen talar, och läpprörelserna stämmer med de ord han hör – det är ju annars inte fallet när orden tolkas via mikroöversättaren. Han reflekterar inte över att Hrafn tydligen anstränger sig att tala gammaldags isländska.

”Tack!” säger Geir. ”Är vi släkt med varandra?”

”Nejdå. Jag är bara Ro-bis pojkvän.”

”Mmm.” säger Geir med sorgsen ton i rösten. ”Det verkar nästan vara islänningars lott att falla för minovaraner med det namnet.”

Da-ro märker att många ur Han-ti-gas familj känner ett visst besvär i hans närvaro. Han är en del av familjen, för Han-ti-ga var ju hans far, och han har donerat en bit av sin lever till Han-yun. Men samtidigt känner han att hans temporalforskning till stor del orsakat hela situationen, och att det är lite besvärande för de inblandade.

Geir känner sig också besvärad av situationen, men finner att i jämförelse med alla andra släktingar är det lättare att tala med svärsonen Ji-bi – kanske till stor del beroende på att Ji-bi inte kan läsa hans känslor.

Eftersom man inte har någon aska att jordsätta, lägger de sörjande ner olika föremål som de förknippar med Han-ti-ga eller sina minnen av honom i en metallkista. Geir har ramat in en av sina datorgenererade bilder i en gyllene ram. Ro-bi lägger ner ett broderat märke med Akademins emblem. Någon har lagt ner en gammaldags ordbok i kistan. Någon annan har tagit med metallvaser i stil med de man hittat i utgrävningarna i Archimedes City.

När alla som ville lägga sina sista hälsningar i kistan har fått tillfälle att göra det, försluter man kistan och sänker ner den i en grav. Därefter spelas stillsam musik, och de närvarande kastar ner olika blommor på kistan. Geir kastar ner en stor bukett med röda rosor.

~ * ~ * ~

Med ett explosivt ”plopp” och ett bländande ljus dyker helt plötsligt det försvunna tidsskeppet upp i ravinen nära Da-bao-los och Ma-ros odlingar. Efter några minuter vaknar piloten till liv mitt på skeppsgolvet och han känner sig öm i hela kroppen. Han har en hemsk huvudvärk och en del skrapsår, men är annars inte allvarligt skadad.

Piloten lyckas ta sig ut ur skeppet, men känner sig hemskt yr, och solljuset bländar honom så att han tappar balansen och trillar hårt på de stenar som ligger framför skeppets dörr. Han ser att tidsskeppet är illa tilltygat, han ser lågor och rök från instrumentpanelerna, och inser att det är bäst att försöka skynda sig bort eftersom det antagligen finns risk att skeppet snart kommer att explodera. Han kämpar sig upp på fötterna igen. ”Vid alla solar! Var är min son?!” utbrister han bestört. ”Jag lade ju honom här i jackan!”

Mannen kämpar för att hålla sig på benen och spanar så gott han kan, men hittar inga spår av vare sig pojken eller jackan. Däremot hittar han den steniga stigen uppför ravinens sida. Han orkar knappt stå på benen, och än mindre gå. Han snubblar och trillar flera gånger, men kämpar sig uppför branten.

Det ringer på dörren till Da-ros och Ji-bis hus. Det är bara Ro-ji som är hemma, för alla andra är på minnesceremonin. När han öppnar dörren, ser han en illa tilltygad och blodig ung man framför sig. Mannens kläder är röda av damm, så Ro-ji kan utan att anstränga sig gissa att han har varit nere i ravinen. Han noterar Rymdflottans broderade emblem på mannens tröja. Mannen stöder sig mot dörrkarmen och pustar. Mellan pustningarna flåsar han fram: ”Min son! Har du.. sett min… son?!”

Ro-ji stöttar mannen och hjälper honom till en soffa i vardagsrummet. Han börjar ta hand om den stackars mannen, tvättar bort den värsta smutsen kring hans skador, och plåstrar om såren.

”Vem är du?” frågar Ro-ji. ”Jag tycker du ser bekant ut.”

”Jag… Jag heter… Han-ti-ga”, stammar hans patient till svars. Sedan faller mannen samman på soffan och förlorar medvetandet.

I samma ögonblick kommer Da-ro tillbaka i sällskap med Ji-bi, Geir och sina adoptivfäder.

”Ah, pappa och pappi!” utbrister Ro-ji. ”Så bra att ni kommer. Det har precis dykt upp en skadad man. Han säger att han heter Han-ti-ga, och han verkar ha råkat ut för någon olycka. Han letar tydligen efter sin son.”

Da-ro och Geir står helt förstummade av Ro-jis fullkomligt oväntade uttalande. De går fram till soffan, medan Ji-bi går till Ro-jis sida.

Plötsligt skriker Geir: ”Robbi!!” Han rusar fram till den skadade mannen och smeker varsamt hans kind. ”Robbi, älskling! Hör du mig?” frågar han med ömsint röst.

Da-ro står som förstenad. När han efter en liten stund finner sig, frågar han ”Vad är det som pågår?” som om han inte kan acceptera vad han ser och hör.

Ji-bi går fram till sin man och säger i en halv viskning: ”Det verkar otroligt nog som att Geirs älskade kommit tillbaka från döden.”

”Jo, jag ser det, men… Men det betyder ju att…” börjar Da-ro.

”… att dina biologiska fäder återförenats?” avslutar Ji-bi. ”Jo, det verkar så.”

”Nej, jag menar… Det betyder att Han-ti-ga bara åkt vilse i tiden!”

Även om Ji-bi inte kan läsa Da-ros känslor, så gör hans totala tystnad och höjda ögonbryn det fullkomligt klart att han inte vet vad han ska säga.

Da-bao-lo är chockad, och säger sakta ”Vid Minovars alla ringar och solar!” Sedan tar han sig för munnen, medan Ma-ro tar sig om huvudet som om han fått en plötslig huvudvärk.

Även Ro-ji står helt förstummad, men i hans fall handlar det inte om chock, utan snarare om att allt känns för komplicerat. ”Vänta! Menar ni att de båda är pappa Da-ros fäder? Att de… Att jag plötsligt har *fyra* farfäder?”

Ji-bi nickar till sin son och lägger sin arm runt hans axlar. ”Kom! Jag tror vi behöver lämna dem i fred en stund.” Han vänder sig mot sina svärfäder. ”Bao, Ma-ro, kommer ni med mig ut i köket? Jag tror definitivt att Da-ro och Geir behöver lite andrum. Och så vitt jag känner dig, Ma-ro, så behöver du nog få en lugnande kopp te.”

”Men vänta!” protesterar Ro-ji. ”Det innebär ju att Robbi varit rumskompis med farfar på Akademin! Tänk om de spjuvrarna kanske delat säng med varandra någon gång!”

”Gudars skymning!” utbrister Ma-ro chockerat. ”Ska alla galna detaljer i den här paradoxen aldrig ta slut?!”

Da-bao-lo tar sin man runt axlarna. ”Kom, Ma-ro. Vi går och tar en kopp örtte!”

När de övriga gått ut ur rummet, vaknar Han-ti-ga sakta till igen. Han känner fortfarande smärta i hela kroppen och huvudet snurrar något hemskt. Sedan ser han Geirs oroliga ansikte framför sig och får ett lyckligt leende över hela sitt sargade anlete. ”Geir! Älskling, hur kan du vara här?! Drömmer jag?”

”Robbi! Du lever!”

”Alla rykten om… om något annat är… är falska!” bedyrar Han-ti-ga med märkbar ansträngning.

”Jag tror vi ska ta honom till sjukhuset”, föreslår Da-ro.

”Da-ro? Är det du?” frågar Han-ti-ga förvånat.

”Vi har nog inget annat val”, lägger Da-ro till. ”Han behöver pysslas om av dem och förberedas inför alla överraskningar.”

”Vad menar du?” frågar Han-ti-ga förvirrat.

”Det har hänt väldigt mycket sedan du åkte iväg från Island, älskling. Jag lovar att vi ska berätta allt för dig så snart du mår bättre!” svarar Geir.

”Men förklara! Vad menade Da-ro?”

”Han menar bland annat att han är vår lille son. Han är Ro-geir!”

”Nej! Det är inte möjligt!” protesterar Han-ti-ga. ”Ro-geir är nyfödd. Det där är Ro-bis pappa.”

”Jag vet. Men var snäll och lugna ner dig, Robbi! Vi måste ta dig till sjukhuset för att plåstra om dig ordentligt!”

Han-ti-ga svimmar åter av utmattning.

Nästa morgon sitter Da-ro vid Han-ti-gas säng på sjukhuset och förklarar vad som hänt sedan han kom tillbaka till Minovar efter sin resa till Island; hur han landat fyrtiosex år för tidigt, burit ut sin son ur tidsskeppet, gått in igen, och att de överhettade motorerna då transporterat honom fyrtiosju år framåt i tiden. Han berättar hur Da-bao-lo och Maro hittat hans son, adopterat honom och att pojken sedan vuxit upp till att bli den man som nu sitter på hans sängkant.

Han-ti-ga förstår logiken i hela resonemanget, men har svårt att svälja det. Hela historien känns alldeles för osannolik och overklig.

Da-ro ser på sin far med en blick av medlidande, och vet att Han-ti-ga kan känna hans känslor. Han säger: ”Jag vet att du inte är redo för att jag ska kalla dig för ’pappa’, men Geir och jag har låtit göra en genetisk undersökning, och det är fullkomligt tydligt att Geir och du är mina fäder.”

Han-ti-ga mumlar en lång harang på något språk som Da-ro inte förstår, och han skakar uppgivet på huvudet.

Da-ro tänker på hur Ji-bi brukat svära på mandarin, och skrattar till. Han skäms genast för skrattet. ”Förlåt mig, Han-ti-ga!” säger han. ”Jag ska låta dig vila och återhämta dig. Men först ska jag bara hälsa från dina fäder. De är väldigt glada att du kommit tillbaka, och lovar att komma hit till dig så snart de kan. Men du måste förstå att deras känslor är väldigt förvirrade just nu, eftersom de bara igår begravde din kista!”

”Tack för förvarningen! De är antagligen fruktansvärt arga på mig”, konstaterar Han-ti-ga uppgivet.

”Jag tror inte det. De verkade mest tacksamma när jag pratade med dem igår. Men de tyckte att det kunde vara bra om jag först kom hit och förklarade hela historien i detalj för dig. De har fortfarande svårt att greppa allt som hänt.” Han tar sin fars ena hand i båda sina. ”Jag är också tacksam, ska du veta!”

”Kommer Geir också?”

”Jamen självklart! Han är hos dina fäder just nu. Hela klanen kommer hit senare idag, så vila nu en stund!”

Da-ro reser på sig och går mot dörren, men stannar till och vänder sig om. ”Jo, förresten”, säger han. ”Vi hittade förresten en korg i tidsskeppet. Vet du varifrån den kommer?”

”Den var din första säng.”

”Min första...” Da-ro börjar skratta. ”Då ska jag se till att spara den!”

Så snart han blivit lite starkare, blir Han-ti-ga kallad till förhör. Han är misstänkt för stöld av statlig egendom, och måste antagligen tillbringa minst ett par år i fängelse. I samband med förhören får han ytterligare information om vad som hänt sedan han senast höll sin nyfödde son i sin famn.

Han-ti-ga får av sin försvarsadvokat höra vad cygnierna skrivit i sina loggböcker och sagt i det radiomeddelande som Da-ro spelat in på Island hösten 2017. Han inser att om cygnierna blivit skrämda av undersökningsstrålar, så betyder det antagligen att han återigen måste ha gjort sitt alltför vanliga misstag att använda röntgenkameran när han skulle zooma in bilden på tidsskeppets monitor, och att de tolkat detta som en hotfull undersökning.

”Jo, det är helt korrekt”, bekräftar advokaten. ”Faktum är att enligt färdskrivaren slog du på alla genomsökningsstrålar redan då du anlände till Jorden på hösten i det jordiska året 2017. Det var för övrigt det som orsakade överbelastningen av skeppets partikelgenerator.”

”Ursäkta, men du menar alltså att jag i stort sett hela tiden ’kört med parkeringsbromsen åtdragen’, och att det var detta som orsakade hela den här stökiga historien?”

”Och att du därigenom skrämde bort cygnierna både från Jorden och från Minovar? Ja. Men när tidsskeppet nu repareras, kommer skeppsdatorn att programmeras om så att den varnar piloten i god tid innan systemen överbelastas. Så man kan säga att du hjälpt till med den första testflygningen.”

”Men vänta lite!” avbryter Han-ti-ga. ”Kan man inte se det som förmildrande omständigheter att jag hittat den där systembristen och dessutom skrämde bort cygnierna?”

”Jag vågar inte uttala mig om det just nu. Men jag har för avsikt att framföra det i rätten.”

Vetenskapsmän brottas med att analysera den senaste tidens händelser. Framförallt har man svårt för att besluta sig för huruvida man helt borde förbjuda tidsresor. Fjärilseffekten skulle kunna ha förödande inverkan; en försumbart liten förändring av en händelse i det förgångna kan ha enorm inverkan på större skeenden i framtiden.

Men den riktigt stora och obesvarade frågan är: Vad skulle kunna hända om man åkte tillbaka i tiden och hindrade stölden av tidsskeppet? Skulle då cygnierna finnas kvar på Jorden och på Minovar? Skulle människorna någonsin ha koloniserat Minovar? Skulle den minovaranska rasen över huvud taget fortfarande existera?

Många är övertygade om att om man försöker göra Han-ti-gas oövertänkta resa till Jordens 2000-tal ogjord, kan det innebära en katastrof för Minovar och hela den minovaranska rasen.

En annan hypotes får en snabbt växande skara av anhängare: Den påverkan som man kan komma att orsaka när man ger sig ut på en resa till det förgångna, den har redan inträffat, och därför är det lika farligt att *inte* göra sin resa.

Det finns även en annan grupp som växer: De som inte orkar följa med i alla dessa djupt filosofiska diskussioner om tidsresor, och som får huvudvärk av att ens försöka göra det. Da-ros pappi Ma-ro hör till den sistnämnda gruppen.

Han-ti-ga sitter i en cell på häktet. En vakt kommer fram till honom och frågar om han är på humör att ta emot en besökare.

”För all del. Jag har inte så mycket annat att göra här”, svarar han.

En kort stund senare kommer en strålande glad Geir och hälsar: ”God morgon, Minovars befriare!”

”God morgon, Geir!” svarar Han-ti-ga medan vakten släpper in Geir i cellen. Han fortsätter: ”Så du har hört vad jag ställt till med i all min iver?”

”En av dina fäder har jobbat som projektledare för de arkeologiska utgrävningarna och vår son är gift med en arkeolog. De vet allt om vad du gjort både här och hemma på Island!”

”Så jag har blivit lite av en kändis?”

”Minst sagt! Det verkar som att din dröm om att hamna i historieböckerna har slagit in.”

”Har du hört talas om mina drömmar också?”

”Din gamle rumskamrat råkar vara vår sonson, och han hade också en hel del att berätta om dig, din filur!”

”Bevare mig! Jag verkar ha ställt till det ordentligt med tidslinjen.”

”Förvisso, förvisso. Men folket här på Minovar verkar ändå se dig som lite av en hjälte. Allt fler och fler kallar dig för ’Planetens Befriare’, ska du veta!”

”Du skämtar?”

”Nej, jag är rädd att jag inte gör det. Det luktar dessutom lite som att du kan se fram emot en full benådning…”

”Luktar? Har du lagt dig an med minovaranskt doftsinne nu också?”

”Nej, det är bara ett uttryck.”

Han-ti-ga kramar om sin älskare. ”Men Geir, märker du inte något som är annorlunda?” Han tar ett steg tillbaka och håller ut sina händer.

”Hur menar du?”

”Jag talar isländska med dig!”

”Vad?!” utbrister Geir.

”Jag får ju inte använda någon elektronisk utrustning medan jag avtjänar mitt straff, och jag skulle inte klara av det om jag inte kunde prata med dig.”

”Men jag har fått min egen mikroöversättare”, säger Geir. ”Så jag utgick från att det var den som översatte allt du sade.”

Han-ti-ga pekar på sina läppar och säger: ”Men du ser väl att mina läpprörelser överensstämmer med de ord du hör?”

Geir tittar storögt på Han-ti-gas läppar. ”Men när har du lärt dig isländska?”

”Mikroöversättaren kan ställas om till ett undervisningsläge. Jag började använda den funktionen just när Ro-geir fötts.” Han säger detta på klingande isländska så som Geir talar språket.

”Du talar ju alldeles klanderfri isländska!”

”Jag har studerat många språk.”

”Du är ju helt otrolig!” utbrister Geir och omfamnar sin älskade.

Geir släpper Han-ti-ga och tar ett steg tillbaka.

”Men vet du, det är en liten sak som jag inte kan få grepp om.”

”Vaddå, Geir?”

”Vi gav vår son namnet ’Ro-geir’, men du har inte stavelsen ’ro’ i ditt namn, Han-ti-ga!”

”Jag skäms. Jag har stulit, ljugit och utsatt dig för fara. Kan du någonsin förlåta mig, Geir?”

”Jag tror jag redan gjort det. Annars hade jag nog inte kommit hit idag.”

”Du förlåter mig även om en leopard inte kan ändra sina fläckar?”

”Ja, även om så är fallet” svarar Geir och nickar. ”Jag har förlorat dig en gång, och jag vill inte göra det igen!”

”Då är det väl bra att jag sitter här bakom galler?”

”Det varar nog inte så länge, ska du se!”

”Men vad ska vi kalla vår son, då? ’Han-geir’, ’Ti-geir’ eller ’Ga-geir’?

”Jag skulle nog tycka om att ha min egen lille tiger som vaktar huset. Tigrar är starka och stolta djur!” säger Geir och ler underfundigt. ”Men eftersom han redan levt så många år med det namn han nu har, tror jag det är bäst att låta honom bestämma själv.”

”Dessutom har han tre söner med namn baserade på det namn hans adoptivfäder gett honom”, lägger Han-ti-ga till.

”Vi kanske kan spara namngivningen till vår näste lille ’ti-geir-valp’?”

”Menar du allvar?”

”Jag har inte fått se vår förstfödde son växa upp. Jag skulle uppskatta att få se en andre son växa upp med dig och mig.”

”Jag älskar dig, Geir!” säger Han-ti-ga ömt.

”Jag älskar dig också, din galne rymdpirat!”

”Men vi har ett problem kvar.”

”Vad tänker du på?”

”Det här är inte din rätta plats. Du hör hemma på Jorden och i din egen tid.”

”Nej, jag hör hemma hos dig och vår familj.”

”Frågan är vad myndigheterna har att säga om det. Och vad ska din blodsfamilj och dina isländska vänner tro?”

”Jag har ingen familj på Jorden, varken i den tid som jag kommer från eller i den tid som är nu.”

”Jag är rädd att det kan bli svårt att övertyga folk om det.”

”Försöker du säga att du vill att jag ska åka hem?”

”Nej, inte jag. Men jag vet inte vad alla andra ska säga.”

”Du om någon borde veta att även om den som tar risker kan falla hårt, så kan han också lyckas med långt mycket mer än han någonsin drömt om!”

~ * ~ * ~

ÄNGLAR

– en fristående fortsättning på berättelsen om planeten Minovar.

I min nästa roman kommer flera av de bekanta personerna tillbaka, men vi får även knyta bekantskap med nya personer och platser. Detta är en berättelse om liv och död, om kärlek och sorg, om etiskt diskutabel teknik, om oväntade upptäckter under polarisen, om de renaste av själar och en helt otänkbar födsel som strider mot samhällets fundament.